미안해...
......고마워
사랑해......

신달자 감동 에세이

미안해...
...고마워
사랑해

송영방 그림

문학의
문학

미안해 고마워 사랑해

부끄러움 한 권을 다시 냅니다.

이번 에세이의 핵심은 '화해'입니다. 버스를 타고 기차를 타고 비행기를 타고 다니면서 저는 이 화해라는 인간의 가장 아름다운 가치를 창출하는 데 작은 힘이지만 전력을 기울이며 전국을 다녔습니다.

처음엔 자신과의 화해였습니다. 어떤 어려운 경우에도 자신을 버리지 않고 자신을 믿으며 자신의 가치를 존중하고, 스스로의 내적 힘을 이끌어 내는 것이 첫 화해라면, 가족의 화해는 자신을 버리면서 작은 공동체의 사랑을 키워 사회로 그 힘을 넓히는 것이 두 번째라고 할 수 있을 것입니다.

'가족'이야말로 우리가 받은 최고의 선물 아닐까요. 가족을 사랑할 때는 도저히 가능하지 않았던 힘까지 솟아오르는 것을 우리는 뜨겁게 경험했습니다. 우리는 거기서 '행복'이라는 단어를 배웠습니다.

사회와의 화해가 이루어지면 국가와의 화해는 쉬울지도 모릅니다. 나의 작은 행복이 사회를 향상시키는 데 힘을 보탤 수 있다는 자부심이야말로 인간다움의 최선이요, 자기 존재에 대한 긍지가 될 수 있을 것입니다. 세계는 그 순간 내 앞에 서게 될 것입니다.

공동체는 함께하는 미덕을 갖추지 않고는 동행할 수 없을 것입니다. 화해는 동행의 또 다른 말입니다. 얼마나 감사한 일입니까. '감사하는 분량이 곧 행복 분량'이라는 것을 우리는 잊지 말아야 할 것입니다.

우리에게은 아직 사용하지 않은 힘이 남아 있습니다. 한국인이라면 누구나 다급할 때 하나가 되는 힘을 가지고 있습니다. 서로서로 그 새로운 힘을 이끌어 주는 동력을 우리 사회의 에너지로 재발견해야 할 때라고 생각합니다.

그렇게만 한다면 지금의 나에서 보다 큰 나를, 지금의 우리에서 보다 큰 우리를 재창조할 수 있을 것입니다.

이번 글들은 신문이나 잡지에서 본 감동을 인용한 것들이 많습니다. 양해를 받지 않고 사용한 것을 백배 절하며 다시 감사의 인사를 올립니다.

화해는 우리가 가지고 있는 현실적 힘을 천 배로 늘리는 인간의 기적일 것입니다. 우리 서로 그런 마음의 각오를 표현하는 일에 인색하지 말고, 바로 앞분에게 이렇게 인사를 하면 어떨까요? '미안해, 고마워, 사랑해'라고 말입니다.

저도 지금껏 어설픈 제 글을 읽어 주신 독자들에게, 미지의 독자들에게 진심으로 인사드립니다.

미안합니다, 고맙습니다, 사랑합니다.

2010년 봄, 신달자

차례

1 행복을 찾아가는 사람들

2 삶이 문학을 부른다

3 모든 도약에는 후추 냄새가 난다

1

행복을 찾아가는 사람들

정서적 허기를 아십니까?

　일 관계로 잠시 집 근처에서 누군가를 만난 적이 있습니다. 그는 퇴근길에 우리 집 부근에 들러 사진 몇 장을 건네주었습니다. 어림잡아 사십대 정도의 남자로 보였습니다. 사진을 건네받고 바로 일어나기가 뭐해 차 한 잔을 나누게 되었습니다. 이야기를 나누는 동안 중학생 아이가 둘 있고 아내는 유치원 선생이라는 걸 알게 되었습니다.

　별 다를 것 없는 평범한 가정이었습니다. 그러나 평범한 곳에 평범하지 않은 그림자가 있듯 그는 대뜸 내게 이런 질문을 했습니다.

"시인이시니까 묻고 싶은데요. 별로 큰 문제도 없는데 쓸쓸한 것은 왜 그런가요?"

그렇게 운을 뗀 이야기가 차츰 길어졌습니다.

"일터에서 집으로 돌아가는 것은 관성 같고, 그다지 특기할 만한 일은 일어나지 않습니다. 아이들은 아주 평범해 공부를 잘하지도, 그렇다고 못하지도 않습니다. 아내는 조금씩 허리가 굵어지면서 성깔도 사나워지고, 저에게 불만이 많은 듯 돈 이야기를 자주 합니다."

이런 일상이 매일 반복되는 것이 자신의 생활이라는 겁니다.

"사는 일이 그런 거니까, 큰일은 아닌 것 같고 더 이상 생활에 변화가 올 것 같지 않고…… 사는 일이 그러니까, 큰일은 아니잖아요. 사는 게 그런 것이니까……."

그는 자꾸 이 말만 되풀이했습니다.

그 남자 말대로 큰일은 아니고 어디서도 많이 볼 수 있는 사람이고 많이 듣던 말인데도 그 남자의 말끝에 그 남자의 말대로 쓸쓸함이 묻어났습니다.

갑자기 그 남자가 피로해 보이고 작아 보이고 안쓰러워 보이는 것은 왜일까요. 나는 일부러 시선을 멀리 두었습니다.

　하루 일상 중 그가 가장 좋아하고 즐기는 일은, 퇴근길에
아파트 입구에 차려진 포장마차에서 소주 반병을 하고 들
어가는 일이라고 합니다.

　"가끔은 한 병도 마시죠."

　반병과 한 병의 차이는 바로 쓸쓸함의 차이라고 생각합
니다. 반병과 한 병의 차이처럼 우리는 늘 조금 더 슬프고,
조금 덜 슬픈 것, 그것이 우리들의 감정이라는 것입니다.

　"친구들을 만나면 늘 누군가 잘나가는 일부터 아무개가
승진을 하고 누구는 미끄러지고 아파트를 사고팔았다는
이야기, 자식이 학교에서 몇 등 했다는 이야기, 고향 땅이
몇십 배로 올랐다는 이야기, 아무개가 이혼했다는 이야기
들이 드라마처럼 펼쳐집니다."

　그래서 그런 것이 싫어서 소주를 마신다는 겁니다. 그것
도 늘 혼자서.

　"그게 그래도 위안이 되더라고요."

　그의 말대로라면 큰 문제는 없지만 쓸쓸하다는 것이고
하루하루가 별반 다를 게 없이 지나가고 있다는 얘깁니다.

우리 집이 있는 수서역 부근에는 새벽 다섯 시까지 포장마차가 오렌지 빛 등을 켜고 손님을 기다리고 있습니다. 이름 하여 〈돼지집〉과 〈떵이네〉라고 합니다. 늦은 시간 귀가할 때도 그 포장마차는 마치 저를 기다리고 있었던 듯 노을빛 불을 깜빡거리며 서 있습니다. 그 시간만 되면 저는 늘 포장마차 앞에서 갈등을 느낍니다. 갑자기 배가 고파 오며 잔치국수나 우동 한 그릇을 확 비우고 싶어집니다. 그리고 소주 한 잔을 한입에 탁 털어 넣고 싶은 것입니다.

쓸쓸하게 노란무 한 쪽을 씹고 싶어집니다. 자학 같기도 하고 애정 같기도 한 이 밤의 감정적 무도회는 늘 다음 날 배탈이 나거나 퉁퉁 부은 얼굴로 대가를 호되게 치르게 됩니다. 야식 중독성이 있는지 집에 있을 때도 밤 열한 시가 넘으면 라면 하나를 끓여 먹고 싶어집니다.

자정 무렵 TV 드라마에는 어쩜 그렇게 맛있게 먹는 장면이 많이 나오는지…… 저는 그만 먹는 동조성에 끌려 살찌는 생각, 건강 걱정 따윈 깡그리 날려 버리고 약간의 공복 상태를 채우듯, 위장 안에 뜨거운 라면 하나를 밀어 넣고 맙니다.

먹고 나면 늘 후회하는 것이 바로 라면이죠. 그것은 마치 연애와도 같아서 후회하면서 또 합니다. 그처럼 매력 있는 것도 이 세상에 드뭅니다. 아니, 연애와는 다릅니다. 연애는 온통 인생을 달구었다가 얼음 밖으로 내쫓지만, 한밤중의 라면은 배탈 정도로 끝납니다.

그렇다면 왜 저는 배가 부른데도 포장마차 앞에서 갈등할까요. 왜 배고프지도 않은데 막중하게 허기를 느끼는 것일까요?

그런 허기를 느끼는 경우는 의외로 많습니다. 야간 수업을 끝내고 비가 주룩주룩 내리는 운동장의 어둠 속을 운전하며 집으로 돌아갈 때, 저는 그런 순간에 '나 힘들어!'라고 말하고 싶어집니다.

몸살을 격렬하게 앓고 동네에 나가 혼자 죽 한 그릇을 사먹을 때도 이상한 허기를 느낍니다. 허기는 그럴 때만 오는 것이 아닙니다. 신명나게 몇백 명을 앞에 놓고 온몸으로 강의를 하며 박수를 받고 난 뒤에도 느낍니다. 허기는 그렇게 모순을 동반해 옵니다. 정확한 원인이나 그럴듯한 이유가 있는 게 아닙니다. 왜 오는지 왜 가는지, 그 허기는 왜 이다지도 어지러운 것인지 아리송하기만 합니다.

좀처럼 시들해지지 않는 이 야릇한 슬픔은 살아 있는 생명에 남아 있는 더운 입김처럼, 몸 안에 있는 또 하나의 장기 같은 것인지 모릅니다. 그렇습니다. 그런 슬픔, 그런 허기 말입니다.

인간에겐 누구나 허기가 있습니다.

남성들은 저녁 모임에서 흔히 술타령을 합니다. 술을 먹게 되면 안주를 먹게 되고 늘어나는 술만큼 안주량도 늘어날지 모릅니다. 건강 문제가 늘 압박으로 다가오기 때문에 밥이나 국수 한 그릇으로 메우는 일도 허다합니다.

K라는 남자도 늘 이렇게 술과 안주와 밥을 먹고 늦은 시간 동료들과 헤어집니다. 택시를 타고 집으로 들어가다 아파트 입구에서 내려 버립니다. 그것은 K의 습관적 행동입니다.

그 순간 그의 눈에는 포장마차가 들어옵니다. K는 늘 이 순간 배가 고파 옵니다. 집으로 가 라면 하나 먹으면 될 일이지만 아내가 얼마나 잔소리를 하겠습니까. '아예 여기서 우동이라도 한 그릇 먹고 가자' 고 생각합니다.

K는 집에 발을 들여 놓기 직전까지의 말할 수 없는 갈등

과 혼돈을 압니다.

'집이면서 하숙 같은 것일까. 주인이면서 타인인 것 같은 소외감일까.'

취기와 적당한 우울과 술자리에서 들었던 잡동사니 말들이 조금씩 살아나면서 K는 오줌 마려운 것처럼 몸을 부르르 떱니다. 그리고 포장마차에 들어섭니다. 아주머니의 반가운 목소리가 참으로 따뜻합니다.

배는 부르는데 정신적으론 허기가 지는 이런 모순은 K의 오래된 습관입니다. 잔뜩 부른 위장 안에 우동 한 그릇을 부어 넣곤 이해할 수 없는 우울에 빠집니다.

과연 우동 한 그릇으로 그의 정신적 허기가 사라질까요.

제 후배 미옥이는 이제 갓 마흔이 넘은 여성입니다. 아들 하나에, 직장 여성은 아니지만 자기계발을 위해 여러 가지를 배우러 다닙니다. 특히 아들의 미래를 위해 투자하는 학습이 많습니다. 그렇게 정신도 육체도 건강한 미옥이는 가끔 우리 집 앞 포장마차에 와 소주를 마시면서 저를 불러냅니다.

"언니, 언니는 소주 말고 우동이나 드세요."

술친구가 못 되는 저의 주량을 아는 소리지요. 제가 나가지 못할 경우 혼자 마시고 가는 날도 많습니다. 집엔 아들이 있기도 하고, 술 먹는 에미 꼴을 보여주고 싶지 않다네요. '너는 왜 술을 마시니?' 물으면 '배가 고파서요' 하고 웃으며 대답합니다.

왜 모두 배가 고픈 걸까요?

그녀는 남편과의 사이도 나쁘지 않습니다. '좋다' 가 아니라 '나쁘지 않다' 가 맞습니다. 그 표현에 저는 맞장구를 칩니다.

그녀에게 마흔이라는 것은, 사십대라는 것은…… 제게 아무 이야기를 하지 않아도 저는 압니다. 젊은 시절 세상을 향해 품었던 꿈은 제대로 이루어지지 않았을 겁니다. 가정이라는 것도 사랑이 아니라 책임과 의무라는 것을 알게 됐을 겁니다. 그리고 자신이 그다지 똑똑한 여자가 아니라는 것을 조금씩 알아가다가 마흔 넘으면서 너무 정확히 알아 버린 것입니다. 세상을 둘러보니 잘사는 여자들이 너무 많다는 사실은, 이해를 넘어 충격이며 상처였던 것입니다.

그렇습니다. 그건 남편과 어린 자식한텐 말할 수 없는 것일지 모릅니다.

남자들의 고독 또한 같은 이유가 아닐까요?

사람은 누구나 혼자 견뎌야만 하는 일이 있습니다.

어쩌면 우린 몸이 가지고 있는 위장의 배고픔이 아니라 마음이 고픈 것인지 모릅니다. 후배들과 잘도 먹고, 웃고, 소리치며 돌아가는 그 시간에 저는 왜 포장마차의 우동을 바라보았을까요?

제게 사진을 건네주러 왔던 그 남자는 왜 큰일도 없는데 쓸쓸함에 대해 이야기했을까요. 왜 K는 잔뜩 부른 배 속에 우동을 붓고, 후배 미옥이는 왜 우리 동네 포장마차를 그리워하는 걸까요. 아마도 그것은 생리적 허기가 아닌 또 다른 무엇이 자신을 괴롭히고 있어서일 겁니다. 그 마음의 허기를 알지 못한 채 위장 채우는 것만으로 해결하려 한

얄팍한 생각 때문입니다.

우리 몸에 유령 위장이라는 것이 있어, 늘 '고프다' 는 뇌의 지령을 내리게 해 우리를 고단하게 하는 것입니다. 누구에게나 이런 감정적 모순은 존재하는데, 이것을 정신과 전문의 하지현 박사는 '정서적 허기' 라고 명명합니다.

친구나 글 쓰는 동료들과 저녁을 먹고 헤어지는 길이나 지방 강연을 하고 돌아오는 늦은 저녁의 수서역에는 언제나 '어서 와' 하고 부르는 또 하나의 제가 존재합니다. '피곤하지?' '한잔하고 들어가' 혹은 '배고프지?' 하고 제 손을 잡아끄는 것입니다.

건강 상태가 양호하거나 생각지도 않은 돈이 생길 때, 제가 쓴 글이 좋다고 두어 사람에게 전화를 받거나 제 딸들에게 좋은 일이 생겼을 때는 이상하게도 이 정서적 허기가 고개를 숙입니다. 없는 듯 조용합니다. 그러나 속상한 일이 생기거나 일이 잘 풀리지 않아 전전긍긍할 때, 외롭고 쓸쓸하다고 느낄 때, 울화통이 터지는 일이 생기는 날에는 그 정서적 허기가 백 배로 늘어나서 나를 짓누릅니다. 이런 경우 꼭 배탈이 납니다. 허겁지겁 음식을 집어 먹고 소화제를 두 배로 먹는 것도 모자라 사흘간 죽만 먹습니다.

완전히 밑지는 장사지요. 늘 그렇게 당해도 달라지지 않습니다. 나이도 먹을 만큼 먹었는데 식탐만 늘어 고생을 사서 합니다.

그렇다면 이 정서적 허기를 내쫓는 방법은 없을까요? 배고픔의 허방에 끌려들지 않도록 정신을 다른 곳으로 이동시키는 것이 가장 바람직하다고 봅니다.

남자들이여! 가정에 한발 더 다가섭시다! 아내가 하는 일에, 아이들이 하는 일에 한발 더 다가서면 어떨까요? 아이들 공부도 함께한다는 마음으로 더 좋은 방법을 모색해 아내와 의논합시다. 돈 버는 사람이라는 생각을 벗어 버리고 나는 가장이며 남편이고 아빠라는 생각을 더 먼저 하면 어떨까요. 휴일엔 잠자거나 운동만 하지 말고 아내가 못다 한 가정일을 함께 돌보는 것입니다.

당신이 가지고 있는 정신의 허기를, 그 속내 모를 정서적 허기를 그런 가정일로 해소해 보는 건 어떨까요. 바쁘게, 더 좋은 가장이 되도록 노력하는 것만으로도 남자들은 더 좋은 아빠와 남편이 될 수 있습니다. 아이들 숙제를 돌보거나 영어 공부를 함께하고, 수학 문제를 푼다든지, 새 이름이나 식물 이름을 외우는 겁니다. 말하자면 스스로가 실질적인 역할을 맡아 보라는 겁니다. 그렇게 하면 뭔가 달라질 것입니다. 그렇게 해도 감정의 딱지가 해소되지 않는다면, 그동안 마음만 먹고 실천하지 못했던 등산이나 만보 걷기를 시작해 보면 어떨까요.

자기 직업에 대해, 좀 더 특별한 학습을 해 보는 것도 좋은 방법입니다. 세상에는 할일이 너무 많습니다. 한 달에 반드시 세 권의 책을 읽고 독서 감상문을 써 보는 것도 좋은 해결책이 될 것입니다. 처음엔 지루하겠지만 재미가 붙으면 오히려 잠을 쫓고 독서 삼매경에 빠질지도 모릅니다.

사는 일은 다 그렇습니다. 누군가가 재미라는 것을 '아침 우유'처럼 배달해 주는 것이 아닙니다. 재미는 스스로 만들지 않으면 내 것이 될 수 없습니다. 신문을 펼쳐 관심 있는 기사나 좋은 기사를 스크랩하거나 다시 읽는 것도 나쁘지 않습니다. 관심사를 모으다 보면 그것이 좋은 스승이 되기도, 친구가 되기도 합니다. 돈만이 유산이 되는 것은 아닙니다. 아빠의 관심사가 자녀들에겐 중요한 유산이 됩니다.

그렇게 한다면 배불리 먹고도 괜스레 포장마차 우동을 넘보지 않아도 되고, 야식으로 라면을 끓이지 않아도 됩니다. 쓸쓸하다 말하지 않아도 되고, 인생이 왜 이렇게 허전한 거냐며 하늘에 대고 따지지 않아도 될 것입니다.

우리의 마음과 정신이 가족이 주는 믿음과 신뢰의 포만감으로 가득할 때, 우리가 무언가 무상의 자연을 공부하기 위해 노력하고 그런 이야기를 가족 간의 대화로 삼을 수 있을 때, 남편이나 아내 모두가 '여유 있어 좋네, 지금 그럴 정신이 어딨어!' 라며 쏘아붙이지만 않는다면, '당신 그런 생각을 어떻게 했어?' 하고 웃어 줄 수만 있어도 우리는 배고프다고 느끼지 않을 것입니다.

그래도 허전하다면 어떻게 할까요? 그 허기를 서로가 이해합시다. 생명에는 일정 정도 그런 허기가 필요합니다. 그 허기는 우리와 함께 사는 식구일 뿐입니다. 그 감정적 불청객 하나 때문에 우리가 망가져서야 되겠습니까. 함께 사는 것입니다. 가정이야말로 이런 크고 작은 노력에 의해 성숙되는 것 아닐까요? 그런 이해가 뒷받침됐을 때, 남성들의 광산 같은 에너지도 분출되지 않을까요?

사람의 마음에 가 닿을 수 있는 방법

살면서 가장 답답한 일은 마음을 알아주지 못하는 것입니다. 마음이란 눈에 보이지 않는 것이어서 제아무리 이게 아니라고 이야기해도 알아듣지 못합니다. 그럴 때 사람들은 '버선목처럼 뒤집어 보일 수도 없다'는 속담을 던지기도 합니다.

왜 사람들 마음은 보이지 않는 것일까요. 초특급 현미경을 들이대면 어느 정도 보이는 그런 것이라야 하는데 마음은 결코 그 냄새조차 없습니다.

그러나 그런 답답한 마음을 알아내는 일은 너무 쉽습니

다. 마음은 서로 믿으면 보입니다. 서로 사랑할 때는 상대방이 미소만 띠어도 속이 훤히 들여다보입니다. 그러나 마음이 멀어지면 금방 앞이 캄캄해지고 보이지 않습니다.

서로 통하지 않기 때문입니다. 통하지 않는 것은 보이지 않는 것이고, 보이지 않으면 없는 것과 매한가지입니다. 그렇게 되면 더 멀어지고 어색하고 밉고 원망스러우며 한이 쌓입니다. 저주하다가 결국 감정의 파산에 이르게 되는 것입니다.

멀어진 마음을 앞으로 당기거나 더 멀어지지 않도록 하는 방법은 결국 대화밖에 없습니다. 대화는 마음을 연결하는 고리이기 때문입니다.

대화에는 다음과 같은 여러 가지 방법과 단계가 있습니다.

1. 일상적인 언어

2. 사무적인 언어

3. 생각의 교환

4. 미래, 추억, 공감

5. 언어로 말할 수 없는 것

일상적인 대화는 아주 단순한 언어들입니다. '여보, 밥 먹어' '얘들아, 일어나' '비가 와요' 등등 누구하고나 할 수 있는 평범한 대화지요. '가을이 왔네' 라든가 '벌써 봄이야' 처럼 자연스럽게 옆집 가게 주인하고도 나눌 수 있는 말들입니다. 말하자면 거대 담론이 아니라 그냥 아무렇지 않게 나누는 사소한 인사 한마디가 중요합니다. 가까운 관계의 형성도 바로 이 첫 번째 단계로 시작됩니다.

둘째는 사무적인 언어가 있습니다. 우리가 연애할 시절에는 통행금지라는 것이 있었어요. 맥시멈이 열한 시였는데, 열한 시는 너무 금방 다가왔습니다. 사랑하는 젊은 남녀에게 시간이란 그야말로 총알택시 같았지요. '한 것도 없는데 이 남자와 벌써 헤어져야 해?', 그래서 그 시대 사람들은 결혼이란 것을 했습니다. 그저 함께 있고 싶어서…… 같이 촛불 켜놓고 밤새 이야기하고 싶어서…… 말없이 함께 있다는 그 사실만으로도 날아오를 것 같아 결혼이라는 것을 했습니다.

결혼하면 헤어지지 않고 영원히 함께할 수 있다는 황홀한 생각에 가슴이 마구 뛰었던 시절이었습니다. 이야기에 대한 갈증이 없어질 것 같아서 결혼했는데, 막상 결혼을 하고 나니 그날부터 할 말이 없어지더군요. 정말 이상했어요. 그래서 '오늘 고모가 입원을 했다'는 이야기로 시작해 시시콜콜 무드 없는 이야기로 하루를 시작하고 하루를 마무리했던 시절이었습니다.

그것이 별일 아니라는 것은 아닙니다. 중요한 일이죠. 그런데 우리는 서서히 '사랑이 식었다'는 둥 이상한 말을 하게 되고, 어머니 제사며 시누이 아이 돌이라는 지극히 사무적인 이야기 외에 할 말이 없어졌다는 사실에 놀라울 따름입니다.

단둘이 있으면 그 자체가 어색해서 마루로 나와 버린다는 친구도 있었습니다. 결혼은 왜 이렇게 사람을 건조하게 만들까요. 촛불 켜고 밤새 이야기하고 싶은 그 마음은 지금 어디에서 춥게 떨고 있을까요. 이것이 현실입니다. 그렇지만 이런 사소한 현실이 어쩌면 더 소중할지 모릅니다. 사무적인 이야기는 결국 가정을 이끌어 가는 동맥 같은 것이니까요.

세 번째는 생각의 교환입니다. 이 단계에선 좀 더 이야기가 깊어져야 하지 않을까요. 친한 사람이거나 연인, 혹은 부부 사이라면 훨씬 깊은 내면의 이야기가 나와야 하지 않을까요. 이 생각의 교환 단계야말로 두 사람의 관계가 어느 정도인지, 오래갈 수 있는지 아닌지 여부를 확인할 수 있습니다.

모든 이야기가 서로 통해야 합니다. 막힘이 있으면 안 되지요. 관심사가 같아야 하고, 설사 다르다 하더라도 왜 다른지에 대해 상대방을 이해시켜 가는 심오한 대화의 단계입니다.

서로의 약점을 건드리는 것은 피하고, 부부라면 가정사도 피하고, 가능한 한 두 사람에게 직접적인 관계가 없는 신문 이야기, 여행 이야기, 식물이나 동물 이야기, TV에서 본 이야기들을 공통 화제로 삼는 것입니다. '미국 대통령은 이런 사람이다'라고 하면 서로가 그 사람에 대해 이야기하는 것입니다. 서로 관점이 다르면 다른 대로 이야기할 수 있어야 대화의 품격이 높아집니다.

부부라면 가능한 한 대화의 주제를 밖에서 끌어와야 합니다. 너무 집안 얘기만 붙들고 있으면 결국 싸우게 됩니다. 우리의 미래는 이미 정해져 있습니다. 누구나 죽게 되어 있고, 누구와 함께 사느냐도 거의 결정되어 있습니다.

가끔씩 자주 바꾸는 사람들도 있지만 그건 별로 권장할 일은 못 됩니다. 뭔가 예술품을 만들 듯이 우리의 가정도 작품으로 만들어 가야 하지 않을까요. 그런 노력 없이 한 가정의 주인이 될 자격은 없습니다.

한가한 소리라고 할지 모르겠지만, 신문에 난 관심사를 서로 스크랩하면서 사회적 지식을 넓히고 대화의 주제로 삼으면 어떨까요. 매일은 아닐지라도 그런 작은 노력이 모여 서로에게 삶의 에너지가 되지 않을까요.

'나는 이렇다' '아니다, 나는 이렇다' 각자의 생각을 교환하고 수정 보완하는 관계야말로 서로를 믿고 의지하며 밀어 주는 관계가 아닐까요.

미래의 꿈을 지켜주는 마음이 무엇보다 중요하며, 그를 위해 가족 간의 대화는 절대적으로 필요합니다.

누구에게나 어릴 적 꿈이 있을 겁니다. 그런데 결혼해 자식을 낳고 살다 보니, 그 꿈은 어느새 사라지고, 이루지 못한 사람이 훨씬 많습니다. '바이올린을 하고 싶었는데……' '세계 여행을 꼭 하고 싶었는데……' 등등, 꿈은 많았지만 가정을 이루게 되면 모두 일상에 묻히고 맙니다.

여자들은 특히 꿈도 많고 샘도 많아, 뭔가 남보다 좀 더 잘살고 싶어 합니다. 하지만 결혼을 하게 되면 그런 것들은 가슴 한켠에 묻어 둡니다. 왜냐하면 남편의 가계 형편도 그렇고, 아이들도 키워내야 하므로, 젊을 적 꿈은 잠재워 둘 수밖에 없지요. 그러나 절대 죽은 것이 아닙니다.

아이들이 고등학교와 대학에 들어가서 여유가 좀 생기게 되면 이야기합니다.

"여보, 나 피아노 좋아하는 것 알지? 예전에 피아노 사준다고 했잖아. 아이들도 대학에 가고 했으니 나 이제 피아노 살 거야."

그러면 우리나라 남편 중 '아 그래, 내가 피아노 사준다고 약속했었는데…… 조금 기다려 봐' 라고 대답하는 남자들이 얼마나 될까요. 대개 '피아노 같은 소리 하고 있네' 그러지 않을까요. 그건 아내에게 적개심이 있어서가 아니라 자기가 피아노 한 대도 못 사주는 사람으로 보인다는 생각 때문에 여자를 억누르는 것입니다.

이런 태도가 과연 가정에 보탬이 될까요? 절대 안 됩니다. 그냥 말로라도 일단 선심을 쓰세요. 그러면 여자는 그 말에 조금 더 참을 수 있는 힘을 기르게 됩니다.

빈말이라도 괜찮지 않을까요. '당신 아침에도 예쁘더니

저녁에 보니 더 예쁘네'라는 말, 거짓말이라도 좋지 않습니까. 사실 밖에 나가면 예쁜 여자들 많고 많은데…… 뭐 그리 마누라가 예쁘겠습니까. 그래도 자꾸 예쁘다고 해주고 책도 선물하고 문자도 보내면서 아내한테 선물하세요.

정말 기쁜 것은 계획 없이 하는 일입니다. 어느 날 우연히 '가을이라 그랬는지 꽃이 보이는데, 당신하고 어울릴 것 같아서 샀다'라고 해 보세요. 돈 많이 안 들이고 성적 올리는 비법입니다. 책을 선물하며 '내가 바빠서 그러니까 당신이 읽고 얘기해 줘' 해 보세요. 부인을 매력적인 여자로 만드는 일은 작은 배려 한마디에 달려 있습니다.

부부란 무엇일까요. 열 개를 줘도 안 아까운 것이 부인이고, 열한 개를 줘도 안 아까운 것이 남편입니다. 그런 두 사람이 자식을 낳고 살다가 결국은 둘만 남습니다. 제가 나이 들어 보니 정말 그렇더라고요. '효자보다도 악처가 좋다'는 말이 딱 들어맞더라고요. 그러니까 꽃 한 송이, 책 한 권씩 투자합시다. 책을 사준다면 반드시 아내가 읽도록 만들어 보세요. 그것이 함께 사는 재미 아닐까요.

마지막 단계는 '언어로 하지 않는 것'입니다. 대화는 대화인데 말로 하지 않는 것, 그것이 마지막 대화술이지요.

큰딸이 세 살이었을 때, 여름 바닷가에 갔습니다. 인천 송도가 제일 저렴하다 해 새벽에 일어나 김밥을 싸가지고 놀러 갔어요. 그 생각을 하면 지금도 지긋지긋합니다. 그렇게 송도에 갔는데 햇빛을 가리기 위해 쳐놓은 천막이 너무 비싸다며, 남편은 절대 못 빌리겠다는 겁니다. 그래서 남의 천막 끝에 걸터앉아서 김밥을 먹고 있는데 계란 장수가 지나가는 거예요. 그걸 본 딸아이가 사달라고 하자, '집에 가면 10원에 먹을 수 있는데, 30원이나 받는다'며 안 사주는 겁니다. 그때 전 '이 사람하고는 못 살겠다'는 생각이 들었습니다.

그 이후, 다시는 남편과 바캉스를 가지 않았어요. 남편

또한 하나도 바뀌지 않았지요. 나무를 좋아해서 봄이 되면 묘목을 사는데, 비싼 것은 절대로 안 삽니다. '싼 것도 잘 만 키우면 큰 나무가 되는데, 왜 비싼 것을 사느냐' 고 합니다. 생일 때도 장미꽃이 아니라 묘목을 선물로 주는데 어느 여자가 행복하겠어요. 적당히 여자의 허영심도 만족시켜 주고 그래야 하는데 말입니다.

그래서 저는 보따리만 싸고, 언제 이 남자와 헤어지나 벼르기만 하다가 자식을 세 명이나 낳고 결국 못 나갔습니다.

이 남자와 사는 방법 외에 다른 삶을 알지 못했더랬습니다. 이렇듯 모든 정신적 고난을 이 악물고 견디며 젊은 날을 살았습니다.

처음으로 집을 사서 첫 밤을 보낼 때, 그는 어린 시절의 추억을 더듬다가 결국 눈시울을 붉혔습니다. 아무 말도 못하고 마당에 나가 어깨를 들먹거렸습니다.

고추장만 먹고 살았다는 이야기, 옷 한 벌로 청년 시절을 보낸 이야기, 도시락이 부끄러워 교실 밖에서 덜덜 떨며 찬밥을 먹으며 공부 잘해 돈을 벌겠다고 앙심을 품고 상과를 갔었다는 이야기를 들었습니다. 이 독한 남자에게 '이런 슬픔이 숨어 있었구나' 라는 생각에 제 가슴도 아팠습니다. 너무 너무 잘해 주고 싶었습니다. 그때 남편이 '당신 알아?' 하고 물었습니다. 나는 무조건 '알아' 하고 대답했습니다. 우리는 그날 밤 그 말을 열두 번도 더 했습니다. 언어로 말할 수 없는, 그러나 서로 깊이 통하는 대화였습니다. 아이를 셋 낳고 살았지만 그 순간 우리는 처음으로 일심동체가 된 듯했습니다.

중요한 것은 인간에게서 최선을 이끌어내는 마음입니다. 정말 잘해 주고 싶었으니까요. 남편과는 그 후에도 같이 살 수 없을 만큼 어려운 일이 많았지만, 저는 그날 밤 우리들의 눈물을 생각하며 그것들을 이겨냈습니다.

가족과 가정에는 근원적인 소통의 피가 흐르고 있어야 합니다. 여러분들의 아내, 여러분들의 남편, 여러분들의 자녀, 그리고 주변에는 저장된 인내와 사랑의 능력이 있을 것입니다. 저장 창고 안에 묻혀 있는 사랑의 잔고를 꺼내 십시오. 최선을 다해 살아가는 그런 방법을 가족끼리 나눠 가진다면 세상이 달라질 겁니다. 서로가 날개를 단 듯 뻗어갈 수 있을 것입니다. 우리들의 이 어려운 현실을 이겨 내는 힘은 바로 가족 아닐까요.

당신은 얼마나 본심을 말하고 있는가

세상에서 가장 친한 사이는 누구일까요? 부부입니까, 자녀입니까, 부모입니까, 친구입니까?

그렇다면 그들에게 여러분은 얼마나 본심을 말하고 있습니까?

우리 한국 사람들의 진심은 늘 얼마간 자신의 가슴속에 보석처럼 숨겨 두고 조금만, 아주 조금만 이야기하는 '본심은폐증'에 걸린 사람이라고 말할 수 있습니다. 애매하게 본심을 흐리는 특성이 누구에게나 있다고 할 때, 당당히 '나는 아니다'라고 말할 수 있습니까?

독일에는 '파라이 흐트'라는 말이 있습니다. 우리말로는 '아마······' 정도로 해석됩니다. 미국에는 '퍼햅스'라고 해서, '아마 그럴 수도······' 정도의 '본심 은폐 심리' 메커니즘이 존재합니다. 한국 사회에서도 딱 잘라 말하는 것을 피하고 있는 것을 보게 됩니다.

우리는 '사과 하나'라고 말하기보다 '사과 한두 개'라고 표현하고, '사과 서너 개' 혹은 '사과 대여섯 개'라고 합니다. '내일모레, 저모레, 저저모레'라고 말하기도 합니다. 딱 잘라 하나를 분명히 말하는 것을 두려워하는 것일까요?

간혹 자신의 본심을 말하는 것에 대해, 무언가 손해 본다고 생각하는 사람도 있습니다. 우리는 모두 너무 상처받은 사람들일까요? 진심을 말하다 망한 사람들일까요?

가장 사랑한다고 말하고 있는 부부나 친구, 가족들에게조차 우리는 본심을 확 내보이고 살진 않습니다.

어쩌면 숨긴다기보다는 '말을 안 했을 뿐'이라고 생각할 수 있습니다. 그렇다면 이 기회에 '말을 한다'로 마음을 바꿔 보면 어떨까요? 관계의 분위기나 화합도가 훨씬 좋아지지 않겠습니까?

어쨌건 우리나라의 민족 정서에는 '본심은폐증'이 유달

리 많이 자리 잡고 있습니다. 아주 흔한 이야기로 서양 사람들은 부부가 서로 '여보, 나 사랑해?' 라고 묻는 것이 일상생활입니다. 그 물음에 그들은 진심으로 대답한다고 합니다. 대답하지 않는 게 문제 있는 것 아닌가요? 그러나 우리는 대답하지도, 묻지도 않으면서 잘 삽니다. 본심 따위는 알 필요가 없는 것인지, 알아도 생활에 별 문제가 없다는 것인지, 사랑하지 않아도 살아야 하는 우리나라 풍습 때문인지…….

요즘 젊은이들은 조금 다르게 살고 있지만 역시 본심 은폐라는 문제에선 비슷한 일들이 많습니다.

내가 아는 어느 집안은 아들 하나를 두었는데 프랑스 유학 중에 프랑스 여자와 사랑에 빠졌다고 합니다. 아들은 프랑스 애인을 한국에 데려와 결혼하겠다고 선포했습니다. 어머니 아버지는 사생결단 안 된다고 했지만 아들이 허락하지 않으면 '더 이상 자신 인생에 결혼은 없다' 며 시위를 하자, 부모는 눈물을 흘리며 허락하고 말았습니다.

승낙 후, 프랑스 며느리에게 한복 한 벌을 맞춰 주게 되었는데 이 프랑스 예비 며느리는 시어머니가 마음 끓이며 선물한 한복 보자기를 풀어, 아름다운 한복을 보면서 이렇게 말했다고 합니다.

"어머 어쩜 좋아, 내가 싫어하는 색으로만 만들어졌네!"

생각해 보십시오. 적어도 우리나라 아가씨라면 제아무리 싫은 색감이었다 해도 '어머 제가 좋아하는 색깔로만……' 이라고 했을 겁니다. 그것이 예의이고 결혼을 허락해 주신 부모님의 사랑을 받는 일이라는 것을 알기 때문이죠.

이렇듯 본심하고 다른 발언을 할 줄 아는 정치적 감정 표현을 하다가, 우리는 아주 중요한 곳에서도 본심을 누르는 습관을 내면화하게 된 것은 아닐까요.

본심을 애매하게 흐리며, 진실을 말하는 것을 쑥스러워하고 부끄러워합니다. 본심은 둘러대고 침묵합니다. 그래서 그 본심은 마음 바닥에서 굳어져 마음의 병으로 됩니다.

우리나라에선 본심을 숨기는 것이 예의였던 시절이 있었습니다. 옆집에 놀러 가면 사실, 저녁을 먹지 않았는데도 '먹었다' 고 말합니다. 배가 고픈데도 '먹었다' 고 말하면 집주인은 '그래도 먹어' 라며 숟가락을 손에 쥐어 주고 '많이 먹어' 라고 밥에 물을 부어 버리는 예까지 있었습니다.

서양 사람이나 요즘 젊은이들이 들으면 '그런 실례가 어디 있습니까' 라고 말할지 모릅니다. 그러나 그 시절 우리는 그것이 예의였습니다. '안 먹겠다' 고 해도 '먹어' 라고 하며 덜어 주는 그것을 우리는 '사랑이나 정' 이라고 말합니다.

옛날 제 어머니는 상다리가 부러지게 차려 놓고도 늘 '차린 게 없어서' 라고 했습니다. '너무 맛있지?' 라고 말하고 싶어도 반어적으로 '맛이 없죠?' 라고 묻던 어머니였습니다.

그래서 한국적 인간관계 위에 성립되는 침묵의 언어는, 개인의 동일성을 강조하는 방향으로 끌고 갑니다. 역설적인 발언, 그것이 우리에겐 진실이었던 경우가 많았습니다.

어릴 적 늦게 집에 들어가면 어머니는 다음 날 반드시 이렇게 말했습니다.

"오늘 또 늦어라."

빨리 오라는 것을 그렇게 빗대 말한 어머니의 마음속에는 한국인의 은폐 본능이 깊게 자리 잡고 있었던 것입니다. 사랑하는 딸을 '웬수' 라고 했던 것이나 울면서도 '울기는 내가 왜?' 라고 했던 많은 진실들을 우리는 알고 있습니다.

부부 사이가 가장 가깝다고들 합니다. 어느 날 여자에게 섭섭한 일이 생겼습니다. 말을 안 합니다. 알아 줄 때까지 기다립니다. 부딪칩니다. 그럴 때 여자들은 이구동성으로 이렇게 말합니다.

"그걸 꼭 말해야 알아요?"

이젠 시대도 문화도 달라졌습니다. 말은 해야 할 때를 놓치면 쑥스러워집니다. 그래서 못하고, 미루고, 안 하고, 결국 감정이 폭발합니다.

자녀들과의 관계에서도 마찬가지입니다. 이웃, 친구, 부모 등…… 우리 모두는 좋은 방향으로의 본심 털어놓기를 숙제하듯 해야 하지 않을까요.

그렇게 서로 진실을 털어놓고 나면 일의 의욕 발산은 물론, 능동적인 인간으로 변화하게 됩니다. 그리고 가장 행복한 생활의 메뉴가 된다는 것을 저는 확신합니다.

어머니는 여자였다

저는 여고 시절부터 고향을 떠나 있었습니다. 고향을 떠나 있었으니 당연히 어머니와도 떨어져 지냈지요. 그러다 보니 방학 때 고향에 내려가는 일은 학생 시절의 가장 큰 기쁨이었습니다.

방학이 된다는 것은 제가 공주가 되는 이야기와 다르지 않았습니다. 모처럼 고향에 가면 어머니는 제게 공주 이상의 대접을 해 주셨습니다. 먹을 것, 입을 것은 물론 한밤중에라도 제가 해 달라는 것이 있으면 무조건 해 주셨습니다.

어머니는 마치 노예처럼, 자식들을 섬기기 위해 태어나신 것처럼 속없이 잘하셨습니다. 그러나 저는 어머니께 잘하는 아이가 아니었습니다. 표독스러웠고 막말도 서슴지 않았으며, 다분히 비판적 입장이 되어 어머니를 괴롭혔습니다.

"나 죽거든 울지도 마라."

얼마나 서운했으면…… 어머니는 곧잘 이런 말씀을 하셨습니다.

그러나 저는 달라지지 않았습니다. 어머니를 이해하기 위해 그 어떤 노력도 하지 않았습니다.

일 년에 두 번 내려가는 방학 휴가는 어머니를 속 썩이게 하기 위한 시간 같았습니다. 그것이 저의 숙제인 것 같은…….

그때도 저는 새벽이면 깨어났습니다. 어느 날 새벽 네 시쯤 눈을 떠 방문을 열고 마루로 나갔습니다. 이상했습니다. 어머니는 그때까지 안 주무셨는지 쪽머리를 풀어헤친 채 고쟁이 바람으로 마루에 걸터앉아 멍하니 하늘을 바라보고 있었습니다.

심통이 난 저는 더 못되게 굴었습니다. 야멸차고 독한 목

소리로 어머니를 향해 쏘
아붙였습니다.

"귀신인 줄 알았잖아!
도대체 뭐하는 거야, 들
어가! 빨리 들어가! 아
이…… 보기 싫어!"

그러면 어머니는 희미
한 목소리로 중얼거리며
부스스 일어났습니다.

"들어가야지…… 가야지…… 가야지……"

그렇게 어머니가 방문을 여는 것을 본 후에야 저도 제 방
으로 들어갔습니다. 고백하건대 어머니의 그런 모습을 전
너무 많이 보아 왔습니다. 이른 새벽 쪽머리를 풀어헤친
채, 마루에 걸터앉아 멍하니 하늘을 바라보고 있는 제 어
머니의 모습을 심심찮게 보아 온 터였습니다.

그러나 제 어머니가 왜 그렇게 앉아 있었는지에 대해선
한 번도 생각해 본 적이 없습니다. 따라서 어머니에게 왜
그랬는지에 대해 한 번도 묻지 않았습니다.

결국 '왜 당신은 그렇게 잠을 물리고 새벽녘, 마루턱에

걸터앉아 하늘을 보았습니까'라고 물었던 것은 어머니 무덤 앞에서였습니다.

어머니가 돌아가신 후, 제 나이 마흔에 가까웠을 때에야 어머니가 새벽녘 마루에 걸터앉아 하늘을 보던 그때가 바로 어머니의 마흔 시절이었다는 것을 알았습니다.

그때 어머니는 여자였던 것입니다. 남편이 그립고 남자가 그립고 혼자인 것이 뼈아프게 외로웠던 여자였다는 것을 늦게야 깨달았습니다.

누구보다 딸이 많았던 어머니였지만 누구도 어머니가 여자라는 사실을 기억한 딸들은 없었습니다. 어머니는 늘 밥하고 빨래하고 우리 딸들을 향해 지독한 욕설을 퍼 붓는 그런 분이 어머니라고만 생각하고 있었습니다. 그렇게 애간장을 태우며 자식을 사랑하는 그런 평범한 어머니로만 생각했던 것입니다.

어머니도 여자로서 항의하고 싶고, 여자로서 위로받고

싶고, 여자로서 사랑받고 싶은 욕망이 꿈틀대고 있었다는 것을 아무도 몰랐습니다.

은연중에 그런 속내를 내비치는 이상한 뉘앙스의 말이 있긴 했습니다.

"에그그 니들이 뭘 알 것이냐마는……."

그러면서 눈물을 닦는 것을 보았지만 그것으로 끝이었고, 그 이상 어머니의 마음을 헤아리는 일은 없었습니다.

남편과 화목하게 잘살고 있는 친구 분 이야기를 꺼낼 때면, 딸들은 모두 싫어했습니다.

"또 그 얘기야?"

하나같이 들으려고 하지 않았습니다. 그런 식으로 어머니의 한숨만 깊어 갔던 것입니다.

어머니란 존재는 늘 그렇게 외로워야만 하는 숙명일까요? 아닙니다.

이 세상 그 누구도, 그것이 딸이라 할지라도 너무 내면적인 이야기는 부담이 되는 것입니다. 숙명이 아니라 인간이므로 누구나 감당해야 할 몫이 아닐까요?

그렇습니다. 오늘 우리는 그것이 설사 자식이라도 내부에 있는 속마음까지 전부 꺼내 말하는 것은 금해야 할지 모릅니다.

제가 제 어머니의 마음 안을 들여다볼 수 없는 것처럼, 자식들에게도 마음 안의 일을 도와 달라고 해선 안 되는 것입니다.

그런데 저는 아직도 어머니에게 사납게 후려치듯 말한 것에 대해 마음이 아픕니다. 두꺼운 얼음 땅에 엎드려 이마를 부딪고 싶을 만큼 괴롭습니다.

그래서 어머니가 돌아가신 지 30년이 넘어도 제 눈물은 마르지 않는지 모릅니다.

"엄마, 정말 미안해요."

어머니 계신 곳이 어딘지 몰라도 지금은 새벽하늘을 바라보며 넋 잃고 앉아 계시지 마세요, 어머니.

우리 모두는 이렇게 너무 늦게 어머니를 깨닫게 되는 것은 아닐까요?

어머니라는 존재는 너무 풍경 같아서 자신 또한 잘해 주어야 한다는 생각을 미처 하지 못합니다. 어머니가 막 숨을 거두셨다고 누군가 외쳤을 때, 이제 '나를 위해 무조건적인 사랑을 베풀어 줄 사람은 이 세상에 없구나' 라는 생각이 비수처럼 꽂혔습니다. 이 세상에 어머니처럼 해 줄 사람은 없으니까요.

　남편도 자식도 어떤 의미에선 서로 주고받는 사이입니다. 다만 어머니만이 일방적인 사랑을 베풀어 주는 사람입니다. 세상 모든 어머니는 바로 그런 분 아닙니까? 어머니는 이미 세상에 없고 저는 못다 한 사랑을 안고 웁니다.

빛을 마중하시는 아버지

한해의 마지막 날이 되면 아버지는 어둠이 막 밀려오는 그 시간에 불을 켜십니다. 방이며 마루며 외등까지 전등이라는 전등은 모조리 스위치를 누릅니다. 비밀의 방이 되어버린, 어머니만 들락거리는 다락방까지 아버지의 손이 닿는 것은 꼭 일 년에 한 번입니다. 뭣 때문에 거기까지 켜느냐는 어머니의 안달에도 아버지는 묵묵히 불을 켜시고는 마당 우물터에서 세수를 하고 깨끗이 손을 닦으셨습니다.

그 일상적인 것에 너무나 정성을 들이셨기에, 평소 모든 일에 시큰둥 예사롭게 지나치던 어린 저까지도 알 수 있었

습니다. 그 모습에선 불교 신자였던 아버지가 부처의 손을
닦는 것 같은 성스러움이 느껴지곤 했었습니다.

 "아무도 불 끄지 마라."

 저녁을 드시면서 아버지는 혹 어머니가 전기 값 아끼느
라 슬쩍 꺼 버릴까 봐, 한번 더 다짐해 두셨습니다. 그 의
식은 아버지 사업이 조금씩 기울어지는 것과 비례해 더 성
스러워졌습니다. 분명히 아침이면 태양이 떠오르고 우리
집 마당이며 마루에 빛이 흘러들어 올 것이 빤한데도, 왜
굳이 태양이 떠오르고 집 안에 빛이 들어오는 그 시간쯤에
불을 손수 켜시는 것일까요? 물론 불을 끄는 것도 아버지
가 직접 하는 것이 철칙이셨습니다.

 불을 켜고 불을 끄는 그 사이, 가족들이 모두 잠들어도
당신은 주무시지 않고 사랑방에 가부좌를 틀고 앉아 계셨
다는 것을 어머니로부터 들곤 했습니다.

 대학 졸업 무렵 아버지의 사업은 바람 든 무처럼 가벼워
지기 시작했는데, 그때 꼭 한번 아버지가 불을 켜고 홀로
방 안에 앉아 계시는 것을 본 적이 있습니다. 졸업반 겨울
방학 때였습니다. 불을 켜는 것은 연례행사였으므로 이상
할 게 없었습니다. 그 그믐날 밤이 지나고 새벽 네 시쯤인

가 화장실을 가려고 마루로 나섰을 때, 사랑방에서 아른거리는 아버지의 실루엣을 보았습니다. 아버지가 그믐밤만은 주무시지 않고, 눕지도 않고, 앉거나 서 계신다는 것을 눈으로 확인한 후에도 저는 아버지에 대해 특별하게 생각해 보지 않았습니다.

그렇습니다. 나이에는 저절로 학습하게 하는 힘이 있는가 봅니다. 나이가 들어 어머니가 되고 어른이 되어서야 아버지가 그 한밤을 꼬박 새우며 빛 밝은 방 안에서 무엇을 생각하셨는지 알게 되었습니다. 한해가 가고 새해가 오는 그 경계에 서서 자신을 돌이켜 보신 것입니다. 어둠 속에서 눈을 감지 않은 채 온 집안을 밝게 한 후, 후회스런 점을 홀로 깨어 생각하신 것은 아닐까요.

새해에는 새로운 기쁨을 주십사, 아프게 손을 비볐을 것입니다. 그런 일을 단순히 조상대대로 이어져 내려온 복비는 풍습, 즉 기복 신앙이라는 민속적인 것으로 풀이하고 싶진 않습니다. 지난해와 새해의 교차점에서 홀로 그 오고 가는 시간의 찰나를 경건하면서도 겸허하게 무릎 꿇고 싶은 아버지의 뼈아픈 마음의 기도였을 거라 상상합니다.

자고 있는 가족들을 위해 아버지는 지나가는 빛을 앞세워 오는 빛에게 무사안녕을 부탁한 것은 아닐까요. 집안의 무거운 어둠을 헐고 빛으로 가득 채워 달라는 간절한 소망을 담아 오는 빛에게 허리를 굽혔던 것입니다.

아버지는 어느 한 시기, 완전히 재산을 탕진하고 두 어깨를 허리쯤으로 끌어 내렸을 때도 그 불 켜는 작업을 중단하지 않으셨습니다. 누구도 아버지를 믿지 않았고, 누구도 아버지 편이 되지 않았던 그 얼음 같은 고독의 시간을 보낼 때도…… 고향의 대궐 같은 으리으리한 집을 빚으로 넘기고 이사한 서울 변두리의 그 작고 누추한 집에서도 한 해 마지막 밤엔 꼭 불을 켜셨습니다.

신뢰만 박탈당한 것이 아니라 아버지 자신의 현존조차 무의미해진 그런 균열의 세월 속에서, 누가 아버지의 불 켜는 모습을 아무 말 없이 보아 넘기겠습니까.

어머니가 '그래, 그 불을 그렇게 평생 켜서 무엇을 얻었 기에 오늘 요 모양, 요 꼴이냐'고 대들어도 아버지는 아무 말 없이 불을 켜셨던 것입니다. 뭘 더 바라느냐고 어머니 가 울음 섞인 소리로 앙탈을 해도 벌벌 떠는 손으로, 이젠 집이 작아 서너 개밖에 안 되는 불을 켜 놓고 새벽을 기다 리신 것입니다.

아버지는 그런 냉대 속에서도 왜 불을 켜신 것일까요?

지난해에게는 미안하고 새해에게는 새로운 다짐을 한다 는 의미라면, 아버지는 평생 동안 미안한 세월만을 살고 말았던 것일까요. 아니면 모든 불을 켜 놓는 속에, 자신의 몸도 하나의 등으로 점화되어 잠들지 않은 것은 아닐까요. 어쩌면 아버지는 지난 어둠을 털어 버리고, 새로운 몸과 마음으로 앞으로 앞으로 나아가겠다는…… 자신을 견디 는 운명과의 참담한 대결을 벌인 게 아닐까요.

어쨌든 아버지는 위대하셨다고 말하고 싶습니다. 이루어 지지 않는 마음의 기도를, 이루어지지 않아도 중단하지 않고, 그 어떤 고통 속에서도 불을 켜시던 그 외로움의 의지를 존경합니다. 패배자로서 아버지의 불 켜기는 그 어떤 위대한 열사보다 숭고합니다. 제가 인간에 대해 가장 사랑하는 대목입니다.

새벽빛을 일생 동안 마중하셨던 나의 아버지. 사랑은 정신적으로 오지만 육체가 감당해야 할 짐이기도 합니다. 생에 대한 그 서늘한 사랑으로 인해, 아버지는 어느 날 육체를 헐고 무거운 눈꺼풀을 감아 내리셨던 것입니다.

우리는 어디로 달려가고 있습니까?

작고 초라하고 소외된 것들에 대한 사랑

저는 거창에서 고등학교 1학년까지 다닌 후 전학했습니다. 사실 어렸을 때에 고향을 무척 싫어했던 사람 중 한 명이었습니다. '재수가 없는 사람이다' 라고 생각하기도 했습니다. 부모님도 무척 싫어했었습니다. 그때도 물론 '나는 재수가 없다' 라고 생각했지요. 이유가 뭘까요. 아무것도 특별할 것이 없고, 어디를 가도 볼 수 있는 자연이 저에게는 매력으로 느껴지지 않았어요. 그래서 '어떻게 하면

이 고향을 떠날 수 있을까' 가 제 어린 시절의 꿈이라면 꿈이었습니다. 그 꿈은 쉽게 이루어지지 않았고 고등학교 2학년 때에야 성사되었습니다. 고향과 친구, 부모님과 형제를 떠나면서부터 '고향이 어떤 것이라는 것을, 부모가 어떤 것이라는 것을, 고향이 내게 어떤 존재인가' 라는 것을 생각하게 되었어요.

사람에게는 가장 절실한 것은 한번쯤 멀리 떨어져 바라보는 거리감도 중요하지 않을까 생각합니다. 아마 어디에나 가슴앓이를 하던 소녀나 소년이 살았을 것입니다. 그래서 시골이 지겨워 도시로 떠났으나, 고향을 그리워하고 사랑하는 사람으로 변화되는 것이 아닐까요.

저는 지금 거창한 인간에 대한 철학을 이야기하려는 것이 아닙니다. 가능한 한 우리 생활에 가까이 있는 것들, 그리고 우리가 살아가면서 늘 느끼는 문제, 그런 어떤 우리 삶에 근거를 둔 이야기를 하고 싶습니다. 우리 아버지의 이야기 혹은 어머니 이야기, 가족 이야기, 그리고 고향 이야기가 될 것입니다. 어떤 의미에서는 이런 것들이 시대착오적일지 모릅니다.

말하자면 모든 것들이 이메일이나 인터넷으로 교감을 하

고, 달나라가 가까이 왔고, 모든 것은 과학적으로 분석하는 이 시대에, 이런 작은 것들이 우리에게 어떤 의미가 있는가 생각할지 모릅니다. 과학이 무분별하게 발전해 나가고 문명의 충돌이 생기고, 인간이 반인간적인 것과 가까워지면서 오히려 저는 옛날보다 더 작고 초라하고 소외된 것들에 사랑이 가고 있는 것을 느낍니다. 그래서 저는 제 고향과 저의 못나고 부족한 가족이나 제가 살아온 모든 인생에 대해 처음부터 다시 생각하는 시간들을 많이 가지고 있습니다.

저는 중학교 시절 어머니를 무척 싫어했습니다. 아침에 일어나 제일 먼저 듣는 소리는 부엌에서 나는 어머니의 목소리였습니다. 어머니의 목소리는 너무나 거칠고 너무나 발악적이어서 사춘기를 막 시작하려는 저에게 절망적인 아침을 가져다주곤 했습니다. 말하자면 부지깽이로 강아지를 때려서 울린다든가 그릇을 내던지듯, 우리 방을 쳐다보고 욕지거리를 하면서 빨리 일어나지 않는다고 퍼붓는 그 거칠고 우악스러운 어머니의 목소리를 들으면 제 인생이 비극적으로 느껴지곤 했습니다.

그때 저는 이런 생각을 했습니다. '내가 자라서 결혼을 하고 어머니가 된다면 나는 적어도 우리 어머니 같은 어머니는 되지 않겠다.' 적어도 다른 것은 몰라도 아침에 이불을 들추면서 부드러운 말씨로 '애야! 일어나라. 아침이 왔단다' 라고 말하는 그런 따뜻하고 우아한 어머니가 될 거라고 다짐했습니다. 그때 저는 어머니가 너무 싫어서, 중학교 때부터 시집가고 말겠다는 결의를 한두 번 한 것이 아닙니다.

'왜 어머니는 인생을 부드럽게 살지 못하실까?' 하는 것이 어머니에 대한 가장 큰 불만이었습니다. 그리고 세월이 흘렀습니다. 중학교를 졸업하고 고등학교와 대학까지 졸업한 후, 결혼을 하고 어머니가 되었습니다. 그리고 또 세월이 흘렀습니다.

제가 낳은 큰딸아이가 결혼까지 해서 아들 둘을 낳았습니다. 요즘 딸아이가 아이들을 데리고 놀러 옵니다. 그 아들 둘을 키우는 우리 딸은 처녀 시절보다 목소리가 커졌습니다. 그런데 어느 날 두 아들들을 따라다니며 밥을 먹이고, 소리를 으악으악 지르는 것을 본 저는 그만 깜짝 놀랐습니다. 그 순간 오랫동안 잊고 지냈던 목소리 하나가 떠오른 것입니다. 우악스러우면서 거칠고…… 고래고래 악을 써대는 그런 목소리.

사랑하는 딸이 제가 그렇게나 싫어했던 제 어머니의 목소리를 저렇게 똑같이 빼닮을 수 있을까? 저는 너무나 절망적이었습니다. 그래서 제 딸을 불러 이렇게 말했습니다.

"너는 마치 초등학교도 다니지 않은 엄마처럼 거칠고 우악스럽구나."

그러자 제 딸이 허리에 손을 올리며 이렇게 대답하는 것입니다.

"엄마, 그래도 나는 엄마보다는 나아요."

저는 그 순간 10년 혹은 20년 전으로 기억을 되돌려야만 했습니다. 적어도 제 딸을 키울 때는 제가 그토록 미워하던 어머니보다는 더 우아하고 부드러운 엄마, 따뜻한 모성이 살아 있는 어머니가 되겠다고 약속했을 것입니다.

'내 딸에게 내 어머니 같은 엄마는 되지 않을 것이다.'

그런데 그런 생각을 어쩌자고 모두 잊어버린 걸까요? 제가 그렇게 우아한 어머니가 되겠다고 했던 것, 이 세상에서 가장 따뜻하고 부드러운 어머니가 되겠다고 한 제 자신과의 약속을 누가 지워 버렸을까요? 제 운명과 제 인생이

지워 버린 걸까요?

저는 그때 20년 전을 생각했습니다. 이 아이를 기를 때 세 살, 다섯 살, 열 살 때까지…… 그러면서 저는 아이에게 한 약속을 잊어버린 것입니다. 우리 딸도 저와 같이 '우리 엄마 같은 엄마는 되지 않을 거야'라는 다짐을 했을지 모릅니다. 그 아이가 다섯 살, 열 살, 열다섯 살 때 저는 제 인생에서 가장 어려운 고비를 넘기고 있었습니다. 제 나이 30대 중반. 적어도 그 순간에는 제가 '내 아이를 버리고, 내 가정을 버리고 도망가지 않은 것'만으로도 큰 실적이고 업적이라 생각했습니다. 그런 어렵고 힘겨운 고비를 넘기던 시절이었습니다.

저는 그때 '적어도 내 가족을 놓치진 않겠다'는 그 일념 외엔 없었습니다. '따뜻한 엄마가 되겠다, 우아한 엄마가 되겠다'고는 생각할 여지도 없었습니다. '어떻게든 살아내야 한다, 이 가족을 지켜내고야 말겠다'는 생각에만 몰입했던 30대 중반이었습니다. 저는 점점 더 거칠고 우악스러워졌으며, 고집 센 여자로 변해 가고 있었을 것입니다. 그때 제 딸은 사춘기를 막 넘었을 것입니다. '엄마처럼 되진 않을 거야' 라고 생각했을 것입니다.

그러면서 저는 제 어머니를 생각했습니다. 강아지를 부지깽이로 때려눕히고 욕설을 퍼붓던, 거칠고 우악스럽던 제 어머니는…… 지금 생각해도 진저리가 났던 제 어머니도 그때, 어머니의 나이에서는 견딜 수 없는 불행을 겪고 있었을 거라고 말입니다. 어머니의 인생에서 너무나도 큰 고비였던, 비극적인 상황을 이겨내고 계셨던 때인지 모릅니다.

비로소 저는 그때 어머니를 이해하기 시작했습니다. 어머니가 만약 자신의 인생을 포기했다면 그렇게 악을 쓰지 않아도 됐을 것입니다. 어머니는 자기의 인생을 살아내려고, 그 쓰디쓴 인생을 포기하지 않기 위해 악을 쓴 것입니다. 아버지의 잦은 외박과 가난, 그리고 오욕스러우면서도 무료한 인생을 끌어안기 위해 표독스럽게 악을 썼을지 모릅니다.

저 또한 마찬가지였을 것입니다. 30대 중반 혹은 40대 초반, 저는 그 아이들을 길러내면서 아이들의 감정보다는 이 아이들을 놓지 않고, 내 인생을 포기하지 않으려는 그 긴박감 때문에 거칠었을지언정 살아내는 힘이 되었을지 모릅니다. 물론 제 딸은 제 어머니와 저와는 다를 것입니다.

　그러나 저는 그런 생각을 했습니다. 두 아들들을 따라다니며 고함을 치고 거친 목소리를 내는 딸을 보면서, '결국 여자의 인생이라는 것은 저렇게 악을 쓰는 것이구나. 저것은 바로 살아내기 위한 방법이다. 만약 내 어머니나 내 딸이 인생을 포기했다면⋯⋯' 아무렇게나 살아내려 했다면 굳이 악을 쓰지 않아도 되었을 것입니다.

　이것은 여성에 관한 문제이지만 남성들도 마찬가지라고 생각합니다. 우리는 한 인간이 소년 시절과 청년 시절을 지내고 결혼을 해서 아버지가 되기까지⋯⋯ 그 사이에 존재하는 모든 남성의 고뇌를 읽을 수 있습니다. 그냥 막연히 나이를 먹으면서 편안하게 아버지가 되고 가장이 되는 남성은 본 적이 없기 때문입니다.

세상 모든 아버지들은 외롭다

　저희 아버지는 한때 사람들이 원하는 모든 것을 가졌던 분이셨습니다. 적어도 제가 보기에는 없는 것이 없었던 그런 사람이었습니다. 돈도 많고 건강하고 잘생기고 멋있다고 생각했었지요. 공장의 일꾼들은 늘 아버지에게 절절 매곤 했습니다. 아버지가 누군가로 인해 절절 매는 모습은 단 한 번도 본 적이 없습니다. 그것만 멋져 보이는 것이 아니었습니다. 돈을 달라고 하면 안주머니에서 척척 돈을 꺼내 주셨습니다. 아버지의 안주머니는 늘 돈이 태어나고 또 태어나는 그런 곳이라고 생각했을 정도였습니다. 그리고 달밤이 되면 두루마기를 입으시고 노래를 부르셨습니다. 아버지가 달밤에 노래를 부르시면 저는 첫사랑을 앓는 소녀처럼 가슴이 설레곤 했습니다.

'아버지는 정말 멋진 남자다. 아버지 같은 남자는 이 세상에 없을 것이다. 안 되는 것이 없는 남자, 부러울 것 없이 모든 것을 가진 남자.'

그런 생각을 했었습니다.

사랑채 앞에 가부좌를 틀고 앉아 노래를 부르시던 아버지……

"아아 으악새 슬피 우우는 가을이인가아요 요요."

저는 아버지의 그 자태가 너무 좋아 어머니에게 말했습니다.

"어머이! 나는 마, 크면 우리 아부지 같은 사람한테 시집 갈란다."

"아이고 이 미친년."

어머니는 아버지 같은 사람에게 시집간다는 것에 기겁을 하셨습니다. 그러던 어느 날, 아버지의 사무실로 돈을 타려고 갔었습니다. 아버지는 안 계시고 늘 잠겨 있던 서랍이 열려 있었습니다. 정확한 정보를 통해, 그 서랍엔 항상 돈이 가득 들어 있다고 알고 있던 터라, 엄청난 호기심이 발동했습니다. '아 저기에 돈이 있겠구나.' 저는 그 순간 갈등에 사로잡혔지만 결국 서랍을 열고 말았습니다. 그러나 이상한 일이었습니다. 돈은 하나도 없고, 공책만 다섯 권이 들어 있었습니다. 그 공책이 저의 궁금증을 한없이 자극했습니다.

돈이 없어 실망했지만 재빨리 그 공책을 열어 보았습니다. 날짜가 기입되어 있는 것으로 보아 아버지의 일기장이 분명했습니다. 저는 돈보다 더 큰 호기심이 일었습니다. 아버지가 언제 들이닥칠지 모른다는 긴박감과 함께 저는 아버지의 일기장엔 행복의 묶음이 들어 있을 거라 확신했습니다.

오늘도 행복, 내일도 행복, 다음 날도 행복…… 뭐 이런 행복 노래가 가득할 거라 생각하고 있었습니다. 이 세상에 안 되는 일도 없고, 아쉬울 것도 없고, 아버지의 말이면 모든 것이 이루어지는 이 세상에서…… 모든 것이 가득하리라고 생각했던 그 강한 남자는 그 일기장 속에 없었습니다. 아버지는 언제나 가슴을 떨고 불안해했고, 무언가를 기다리고 있었습니다. 행복을 노래하는 아버지는 그 일기장 속에 없었습니다.

아버지는 첫 페이지부터 외롭다고 말하고 있었어요. 아니 페이지마다 '외롭다'는 단어가 축축이 젖어 있었습니다. 어떤 때는 울먹이고 있었고 어떤 때는 무서워서 혼자 이불을 뒤집어쓰고 있다고 했습니다. 슬프다고…… 마음이 훤하게 비었다고도 했습니다.

이게 무슨 일입니까. 왜 아버지는 그동안 우리에게 이중적인 모습을 보여 주지 않았을까요? 아버지도 울 수 있는 한 사람의 인간이라는 것을, 아버지도 무언가 부족하고, 무섬을 타며, 울고 싶은 한 사람이라는 것을 단 한 번도 보여 준 적이 없습니다. 아버지도 홀로 울어야 했고, 가슴에 상처가 있다는 것을 우리에게 한 번도 보여 준 적이 없었습니다. 아버지는 그 일기장에 '사람에게는 왜 날개가 없나, 날개가 있다면 멀리 멀리 날아가고 싶다'고 말하고 있었습니다. 아버지는 왜, 무엇 때문에, 그렇게 외롭고 아프고 허전하고 무서웠을까요?

그리고 왜 사람의 마음은 보이지 않는 것일까요? 아버지의 마음을 우리가 볼 수 있었다면, 적어도 아버지를 미워하는 순간은 없었을 것입니다. 아버지가 그렇게 약한 남자라는 것은 너무나 두려운 일이었습니다. 아버지는 늘 큰소리치고, 당당했으며 적군이라도 쳐부술 남자였으니까요.

그런데 그날 저는 아버지도 그렇게 약할 수 있고, 울 수 있는 인간이었다는 것을 알아 버렸습니다.

인간이 모든 것을 가지고도 외로울 수 있고, 쓸쓸할 수 있다는 것을 너무 일찍 깨달은 것입니다. 제가 문학의 길로 들어선 일에는 아버지의 일기장이 계기가 되었을 것입니다. 그 이후, 그 어떤 행복한 사람을 봐도, 권세와 부를 누리고 있는 남성을 봐도, 그 이면에는 초라하고 그리움 많은, 그리고 눈물이 있는 한 인간이 숨어 있다는 것을 알게 되었습니다.

아버지는 그렇게 저에게 문학에 대한 첫걸음을 열어 주

셨습니다. 아버지의 첫 번째 일기장은 아직도 제 가슴속에 깊이 남아 있습니다. 그래서인지 저는 고향에 대한 향수가 많습니다. 제 아버지와 어머니, 어디를 봐도 남들보다 결점이 많고 부족한 인간들입니다. 흠이 많고 불평이 많은 사람…… 그러나 저는 그들 속에서 태어나고 자라 그들을 어머니, 아버지라 불렀습니다. 그들로부터 세상과 인간을 배웠습니다. 때문에 제 문학 속에는 가족이 많이 등장합니다. 어머니에 대한 시집도 있고, 아버지에 관한 시집도 있습니다. 왜냐하면 '한 인간이 가족을 이해하고 동조하지 않고서는 자신의 삶은 없다'고 생각하기 때문입니다. 그런 갈등 속에서 인간의 삶은 이어지고 있다는 것을 알기 때문입니다.

돈으로 살 수 없는 행복

지금 우리나라의 중추 세력인 40대 남성들이 일고여덟 살 된 아이들을 안고 이민 대열에 서 있다고 합니다. 수십만 명이 이민 수속을 밟고 있다고 합니다. 왜 그들은 이 나라를 떠나는 걸까요?

'100만 원, 200만 원이 넘는 사교육비를 들여도 결국 인간다운 대접을 받지 못하고, 상처와 자존심만 꺾이는 우리나라에서 더 이상 살 수 없다. 고국을 버리고 부모를 버리고 친구를 버리고…… 외로운 인생을 살더라도 내 자식에게만은 자존심이 상하지 않는 교육을 받게 하겠다, 인간적인 대접을 받게 하겠다' 이런 것일 것입니다.

우리나라에서 사회적 지위가 얼마나 중요한 역할을 차지하고 있는가를 보여 주는 단적인 예입니다. 사회적 지위가 없으면 아무리 건강하고 돈이 많아도 '저 사람 벼락부자된 사람이야, 저 사람 돈은 있어도 머리는 깡통이야'라며 그들을 비웃고 깔봅니다. 그들에 대해 인정해 주지 않습니다.

옛날에도 돈 가지고 안 되는 일이 없었습니다. 양반도 돈으로 사던 시절이 있었습니다. 지금도 건강하고 돈만 있으면 안 되는 일이 없습니다. 좋은 집에서 살 수 있고 좋은 것, 맛난 것 먹을 수 있고, 친구들도 많이 불러들일 수 있습니다. 그러나 우리에게 중요한 것은 무엇일까요? 그런 음식을 얻어먹기 위해 찾아오는 친구가 중요한 것은 아닙니다. 비싼 옷을 입는다는 것이 중요한 것은 아닐 것입니다. 이런 것은 아무 의미가 없습니다. 정말로 의미 있는 것은 내 마음에 대해, 내 인생에 대해, 내 시간에 대해, 그것을 관조하며 바라볼 수 있느냐 없느냐입니다.

따뜻한 인간애가 오갈 수 있는 그것이 바로 우리 마음속에 고향을 가지는 것이고, 가족을 가지는 것이며, 어머니를 가지는 것입니다. 그런데 이 사회는 그렇지가 않습니다. 감성은 메마를 대로 메말라 '너는 어느 대학을 나왔느냐? 어느 직장을 다니느냐?' 부터 물어 봅니다.

오랫동안 학교 선생을 해서인지 저에게는 중매 부탁이 많이 들어옵니다. 며칠 전에도 선배 언니한테 부탁을 받았습니다. 지금까지 부탁 들어온 것을 합치면 백 번 정도 되는데 단 한 번도 중매를 한 적이 없습니다. 거기엔 이유가 있습니다. 본인 결혼이 아닌 이상 누군가에게 권장할 사항은 아니라고 생각하기 때문입니다.

중매 얘기를 할 때 나오는 첫 번째 질문은 대동소이합니다. '대학은 어디를 나왔는데?' 하고 물어보면 '서울대학교' 라고 합니다. 그러면 두 번째 질문은 하지도 않고 '만나 보자' 합니다. 그러나 제가 대학을 조금 내려서 중위권을 말하면 두 번째 질문이 나옵니다. '직장은 어디를 다니는데?' 직장도 조금 내려서 말합니다. 그러면 세 번째 질문이 나옵니다. '그럼 누구네 집 아들인데?' 이런 수순은 기본 3종 세트입니다. 대학, 직장, 누구네 집 아들.

누구 집 아들이라는 것, 대학도 나쁘고 직장이 나빠도, 누구 집 아들 그러니까 '돈이 얼마나 있는가'를 가지고 선택합니다. 엄마들은 지금 이 순간에도 아들이 숙제를 하고 있는지, 아이에게 영어 공부를 시키고 나왔는데 다른 곳으로 가지는 않았는지…… 아마 이런 걱정을 하고 있을 것입니다. 24시간 내내 아들과 딸의 교육 문제…… 우리가 교육에 쏟은 열정을 보면 사우디아라비아에서 나오는 기름만큼이나 뜨거울 거라 생각합니다. 그런데도 왜 우리는 잘 안 되는 걸까요? 우리는 최고 일류에 대해 매력을 가지고 있습니다.

우리는 그만큼 대학에 목숨을 거는 나라입니다. 대학에 관한 통계를 보니 스위스 같은 곳은 '대학이 한 인간의 행복에 영향이 있느냐?'는 질문에 '예스'가 32%밖에 안 됩니다. 덴마크 31%, 일본은 51%, 미국, 프랑스는 40% 정도입니다. 우리나라는 79%가 나왔습니다. 그만큼 우리는 대학을 인생의 큰 의미로 생각합니다.

　잠시 미국에 머물 때 그 집 옆에 주유소가 있었습니다.
그곳 주유소 청년은 제가 보기에 열아홉이나 스무 살쯤 되
어 보이는 아주 유쾌한 청년이었습니다. 월요일만 되면
'주말에 어디 어디를 가서 즐겁고 행복하게 지내고 왔다'
는 이야기를 합니다. 주 5일 근무를 충실히 하고 받은 돈
으로 주말을 즐기는 것입니다. 그때 함께 간 친구 하나가
'주유하는 주제에 얼마나 행복하다고……' 라고 했습니다.
　이것이 한 인간의 행복에 대해 평가하는 우리들의 수준
입니다. 우리는 육안으로 보이는 그 사람의 직업, 즉 이 사
람이 구두닦이고, 어느 회사의 계장이고, 교수고, 의사고,
변호사이고…… 이렇게 사람들이 가지고 있는 직업에 따
라 행복을 달아 놓는 버릇이 있습니다. 그래서 '빚을 내서
라도 과외를 시키고 대학을 보내야지, 더 좋은 대학을 보
내야지' 하는 과오를 저지르고 그에 따른 대가를 치릅니
다. 인간에 대한 것은 아무도 생각하지 않습니다.
　행복론에 관해 여러 권의 책을 낸 칼 히티라는 사상가가
있습니다. 그런데 이 사람의 책을 보면, 어느 한 군데도 건

강하고 돈 많고 사회적 지위가 있어야 행복하다고 말하지 않습니다. 오히려 '당신 옆에는 누가 있는가를 보아라' 고 말합니다. 우리 옆에 많은 사람들이 있는 것 같지만 '제 옆에 누가 있습니다' 라고 자신 있게 말하기는 쉽지 않습니다. 아내라고 쓰겠습니까? 남편이라고 쓰겠습니까? 자식입니까? 아니면 친구입니까? 저는 가끔 뭔가를 쓸 때 친한 친구를 쓰라는 대목이 나오면 난처해집니다. '이만큼 살았는데 쓸 친한 친구 한 명 만들지 못했구나' 이런 절박한 심정에 빠지게 됩니다.

칼 히티는 이런 것을 말하고 있는 것입니다. '자 당신의 옆을 한번 보라. 당신이 불행에 빠지고, 외로울 때 묵묵히 옆에 있어 줄 사람이 있느냐? 없느냐? 있다면 한 명인가? 두 명인가? 이것으로 당신이 행복한가, 아닌가를 결정하라.' 칼 히티는 사람에 굉장히 중점을 두고 있습니다. 말하자면 돈을 벌고 건강을 지키고 사회적 지위를 버는 것이 아니라 '사람을 벌어라' 라는 이야기입니다.

'당신이 사람을 벌 수 있는 능력이 있다면 그 사람을 이해하고 동조하고 사랑하라. 헌신적으로 따라갈 수 있는 능력이 있으면 건강과 돈과 사회적 지위는 저절로 따라오는

것이다.'

이렇듯 칼 히티는 가치의 순서를 바꾸어 놓은 것입니다. '네가 건강하기 위해 남을 해치고, 네가 돈을 벌기 위해 남을 억울하게 만들고, 네가 사회적 지위를 높이기 위해 남의 자리를 빼앗으면 결국 아무것도 없게 된다. 그것이 가장 큰 불행이다.' 이런 이야기를 하고 있는 것입니다. 우리는 지금이야말로 우리가 가지고 있는 교육관, 인생관, 이런 것들에 대한 새로운 작업을 해야 합니다.

옛날에 저희 어머니는 이런 이야기를 했습니다.

"난 니 애비 발뒤꿈치도 본 적이 없다."

어머니는 화가 나거나 아버지가 그리울 때면 그런 말을 했습니다. 그러나 사실 저희 어머니는 아이를 열 명이나 낳으셨습니다. 그런데도 아버지를 본 적이 없다고 생각하는 것입니다. 나이 들어 제가 농담 삼아 이렇게 물었습니다.

"엄마, 엄마는 아버지 발뒤꿈치도 못 봤다면서 어떻게 아이를 열씩이나 낳았어요?"

이렇게 눙치며 '아버지는 아마 양말을 신고 잠자리에 들었나' 하고 어머니를 놀리기도 했습니다. 하지만 어머니의 이야기 속에는 많은 의미가 담겨 있었습니다.

어쩌다 아버지가 들어와 주무실 때, 그 시절에는 여자들이 새벽에 일어나 부엌으로 가 불을 지펴야 했습니다. 그렇게 잠자리에서 일어설 때, 아버지가 옆에 누워 계시면 그 따뜻한 아버지의 온기를 떨치고 아쉽게 일어나야 함에도 불구하고, 하루 종일 일이 많아도 허리가 아프지 않다고 합니다. 그러나 아버지 없이 혼자 누웠다 혼자 일어나는 날에는 일이 없어도 허리가 아팠다는 이야기를 돌아가시기 전에야 들었습니다.

그 사람과 이야기를 하고, 그 사람이 나를 이해하고, 그 사람이 나에게 있다는 존재의 확인이 무엇보다 중요하지 않을까요. 우리는 그러한 인간관계를, 말하자면 가족이면 가족, 직장이면 직장, 친구면 친구에게 이런 인간적 신뢰를 쌓아 가는 일이 필요합니다. 정치라든가, 경제라든가 하는 모든 것에도 해당된다고 생각합니다. 이를테면 내가 누구인가를 확신하는 일은 매우 중요합니다.

어머니도 아버지도 모두 외로웠습니다. 울 일이 없을 것 같은 아버지였지만 혼자 계실 때는 언제나 적막하고 처참하고 절망적이고 고독했던 것입니다. 이런 모습은 남자들의 자화상 속 어디에서나 찾아볼 수 있습니다.

우리는 모두 자기 자신을 가여워 하다 그리워하고 그러다가 다시 미워합니다. 그러면서 우리는 자신을 다시 가족이라는 자리에 놓아두게 되는 것입니다. 결국 어디에 가장 사랑을 쏟은 것인가? 또 우리에게 가장 중요한 것은 무엇인가를 알아내지 않으면 안 되는 것입니다.

저에겐 외할머니가 한 분 계셨는데, 그저 담담하게 자신의 인생을 사신 분입니다. 아득한 산골에서 어린 나이에 시집가 자식 낳고 평범하게, 별 걱정 없이 사신 분입니다. 그런데 제가 대학교 여름방학 때 외갓집을 가면 언제나 이런 이야기를 하셨습니다.

"애야, 내 인생을 책으로 쓴다면 열 권이 넘을 것이다."

그런데 제 입장에서 외할머니 인생을 요약한다면 석 줄이면 끝날 것 같았습니다.

'어디서 태어나서 어디서 살다가 어디서 죽었다.'

이러면 끝날 것 같은데 저희 외할머니는 굉장히 절박하셨습니다.

"내가 살아온 인생을 풀어 쓰면 책 열 권은 나올 것이다. 아니 열 권이 뭐냐, 백 권도 나오지…… 쯧쯧……."

우리 외할머니 같은 분은 서울뿐 아니라 경상도, 전라도, 충청도, 제주도에도 있을 것입니다. 우리 모두 인생을 풀어 쓰면 책 열 권이 넘을 사람들입니다. 왜 모두 책 열 권이 넘는 것일까요? 저는 이것에 상당한 위로를 받습니다. 저만 그런 것이 아니라 많은 사람들이 그렇다는 데서 말입니다. 30~40대에 절망적인 인생을 살 때 저는 이런 생각을 했습니다.

'나는 정말 생을 모르겠다. 인생이라는 것을 모르겠다.'

신작로로 뛰쳐나가고 싶었습니다. 신작로에 나가 길을 막고 사람들에게 '어떻게 살면 되죠, 어떻게 살아야 할까요?' 라고 묻고 싶었습니다. 그런 일이 나만이 아니라 내 옆에도 있다는 생각을 하면 '아! 사는 것은 이렇게 막막한 것이구나! 이렇듯 아무것도 모른 채 어두운 강을 건너는 것이구나' 라는 위안이 됩니다. 그럴 때 저희 외할머니처럼 '내 생을 풀어 쓰면 책 열 권은 넘을 것이다' 라고 생각하는 사람들이 지금은, 마치 내 이야기처럼 드라마를 보고, 내 인생처럼 웃고 울고 하는 거 아닐까요.

우리는 모두 책 열 권이요, 책 백 권짜리 인생인 것입니다. 그리고 남의 이야기를 듣고 내 인생처럼 생각하는 가족과 이웃과 사회와 세계가 있다는 것, 지구가 있다는 것, 우주가 있다는 것은 행복한 일입니다.

인간 세계의 가장 무서운 힘, 가족

우리의 힘을 가장 많이 키우는 것은 무엇일까요? 이를테면 나 자신의 존재 가치를 높이는 것은 무엇일까요? 가장 큰 힘은 가족 안에 있습니다. 우리는 일상적으로 '내 가족들이니까' 라는 말을 아주 쉽게 합니다. '내 아내니까, 내 남편이니까, 내 자식이니까.' 그런데 저는 그속에서 굉장히 놀라운 것을 하나 발견했습니다.

제가 문예창작과 교수였을 때, 1학년이 들어오면 3~4주 정도는 시를 가르치지 않습니다. 시라는 것은 인간이 있을 때 비로소 시가 되는 것이고, 자연이 있을 때 시가 되는 것입니다. 인간과 자연을 외면하고 시를 쓴다는 것은 시를 만들어 내는 것일 뿐, 울려 나오게 하는 것은 아닙니다.

첫 수업에서 저는 제일 먼저 가족 간의 관계를 알아봅니다. 대개 1학년에 들어오면 남학생들이 적습니다. 그러면 남학생을 일으켜 세웁니다. 일으켜 세운 다음 '오늘은 아버지가 주제다. 아버지에 대해 써라. 아버지에 대해서 말을 해라'라고 합니다. 대개 이렇게 대답합니다.

"우리 아버지는 ○○○이고요, 고향은 ○○이고 키가 큽니다."

그런데 이 간단한 대답도 어려워합니다. 아버지의 이름을 불러본 지 얼마 되지 않은 것입니다. 아버지…… 우리 아버지인데 무슨 말이 더 필요하겠습니까, 할 말이 없는 것입니다. 그런데 그중 한 학생의 대답이 인상적이었습니다.

"저는 고등학교를 졸업할 때까지 아버지를 너무 미워했습니다. 아마 고등학교 졸업할 때까지 아버지하고 이야기한 것을 따지면 한 시간도 안 될 것입니다. 저녁에 아버지가 퇴근해 들어오시면 아무 말 없이 자신의 방으로 들어가시고, 때때로 아무 말 없이 나가실 때도 많았습니다. 돈을 타려면 어머니한테 타면 되고 아버지는 아무 말 없이 그림자처럼 지나갈 때도 한두 번이 아니었습니다.

그런데 어느 날 제가 대학에 떨어지고 삼수를 하게 되었습니다. 대학에 떨어졌을 때 아버지는 이렇게 말씀했습니다. '너 그럴 줄 알았어, 인마.' 아주 냉혹하게 말씀하셨습니다. 단 한 번도 공부할 때 다정하게 '힘들지?' 라고 해 본 적 없는 아버지가 대학에 떨어졌다는 사실 앞에서, 떨어질 줄 알았다니요.

삼수를 하는 과정에서 아버지가 암에 걸렸습니다. 결국 병원에 입원하게 되고 제가 아버지 곁을 지키게 되었습니다. 수술을 한 그날 밤, 저는 아버지와 함께 밤을 새우기 시작했습니다. 그때가 아버지와 첫 대면한 것처럼 느껴졌습니다. 고등학교를 졸업하고 삼수를 하는 동안 저는 아버지라는 존재에 대해 까마득히 몰랐습니다. 아버지가 병자가 되고 나약한 인간으로 침대에 누워 있게 되면서 아버지를 제대로 바라보게 된 것입니다. 그때부터 아버지가 말문을 여셨습니다.

'어릴 때 내 꿈은 기업의 경영자가 되고 싶었다. 나는 세 살 때 어머니가 돌아가시고, 첫 번째 계모도 열 살 때 돌아가셨는데, 그 다음 어머니와 함께 동생들을 돌보며 학교를 다녔다. 동생이 일곱 명이었다. 도망치고 싶었지만 그러지 못했다. 차츰 말을 잃었고 마음속으로 반항심을 갖고 있었다. 그러나 그것도 다 마음속의 일이었다. 누구 하나에게 내 마음을 연 적이 없었다. 너무나도 외로웠고

세상이 무서웠고, 그리고 어떻게 어떻게 결혼을 했고, 잘 키우기 위해 너 하나만 낳았다.'

그러면서 당신의 인생을 이야기하고 '나는 적어도 너에 대해서만은, 내가 잘못 살아온 것을, 네가 이루어 주기를 바랐고 아들과 대화하는 따뜻한 아버지가 되고 싶었다. 그런데 성격이 굳어서인지 네 엄마에게도 네게도 그렇게 하지 못했다. 마음은 늘 불안했다. 그러나 나는 네가 잠든 밤에 네 운동화를 가슴에 안으며 마음을 바꾸어 보려고 했지만 잘되지 않았다. 미안하다, 아들아! 정말 미안해' 라고 하셨습니다.

아주 못나고 너무나도 평범한 아버지, 저는 그런 아버지에 대해 새로운 부성애를 느꼈어요. 그래서 저는 '있는 힘껏 아버지를 돕겠다. 이제는 아버지가 많이 약해지셨지만 아버지가 존재하는 것만으로도 감사하다'고 말씀드렸습니다."

그리고 그 학생은 이렇게 말을 이었습니다.

"선생님, 제가 이 세상에서 가장 존경하는 분은 저희 아버지십니다."

우리는 모두 박수를 쳤고, 그 학생은 눈물을 흘렸습니다.

시에 대한 이론은 없었지만, 훌륭한 시 창작 수업을 했다는 자부심이 일었습니다.

30년 전 영국의 〈이코노미스트〉라는 잡지에서 세계의 석학들을 모아 놓고 회의를 한 적이 있습니다. 그곳에는 과학자, 미래학자, 정신학자, 시인, 언론인 등 모든 사람들이 모였습니다. 이 세미나의 주제는 '20년 후, 그러니까 19세기는 영국, 20세기는 미국, 그러면 21세기는 누가 세계를 주도할 것인가?'였습니다.

그곳에 모인 석학들이 오죽 머리를 짜내 논의했겠습니까? 논의 끝에 나온 결론은 바로 아시아였습니다. 동양이었습니다. 그런데 그중 이런 대목이 있었습니다. '대한민국에서는 죽은 가족에게도 밥을 준다고 한다.' 물론 우리나라의 제사 문화를 보고 그런 것이겠지요.

30년 전의 좌담이 지금 현실적으로 이루어졌다고 볼 수는 없지만, 그 기미가 보이는 것 같지 않습니까? 우리나라도 세계의 중심으로 당당히 가고 있고 중국이 크게 부상하고 있습니다. 우리 아시아가 세계를 주도할 거란 전망이 점점 높아져 갑니다.

그들이 아시아를 주목한 이유는 가족주의였다고 합니다. 그들에게는 기름도 나오지 않고, 과학 기술도 부족한 나라로 보였지만 가족주의가 살아 있는 동양이 무서워 보였던 것입니다. 그것이 커다란 무기로 보인 것입니다. 결국 인간 세계의 가장 큰 힘은 가족 아니겠습니까.

우리나라는 가족만이 자원입니다. 우리의 '가족 사랑'을 세계에서 가장 무서운 힘으로 키워야 합니다. 그들 서양인들에게는 가족과 가족, 즉 인류라는 것이 얼마나 중요한 것이겠습니까? 이 인간 사회에서 가장 중요한 것은 가족입니다. 개인이 있기에 가족이 있고, 가족이 건강해야 좋은 사회가 나오고, 좋은 사회가 있을 때 좋은 나라가 되고, 좋은 나라가 되었을 때 비로소 세계의 주인공이 됩니다. 그런 의식을 나 하나로 끝내는 것이 아니라, 이제는 '세계와 이어져 있다'는 확장된 의식을 가져야 할 때가 지금이 아닌가 생각합니다.

결혼 40주년 여행

제 나이 또래의 친구들은 대부분 자식들을 출가시킨 후 단둘이 삽니다. 둘이 살게 되면서 앞으로의 인생 설계를 다시 하고, 그러다가 정년을 맞이하면서 제일 먼저 해외여행을 다녀오는 것이 일반적입니다.

표를 사고 짐을 싸면서 상상의 나래를 펴며 황홀한 준비를 하게 됩니다. 두 사람 모두 살짝 신혼 기분도 들었을 것입니다.

유럽의 거리와 카페가 보이고 낯선 침대도 떠오릅니다. 집에서 일어나지 않던 달콤한 신혼이 찾아올지도 모르는 일이고요. 가슴이 조금 설레기도 합니다. 그러나 공항에 나가면서부터 실랑이가 벌어지고 얼굴을 붉히게 됩니다. 그래도 가긴 가야겠지요. 누군가는 비행기도 타기 전에 집으로 돌아가고 싶은 생각이 든다고 고백합니다. 더 심각한 경우는 열흘간의 여행에서 돌아와, 어느 여자는 수돗물을 틀어 놓고 펑펑 울었다고 합니다.

우선 여행 첫날밤엔 어설픈 신혼 연습을 하긴 했지만 영 마음에 들지 않았고 중요한 것은 심심해서 혼났다는 겁니다. 싸우기만 했다는 거예요. 서로 할 말이 없다는 거죠. 그것은 우리나라 부부들에게 기본적으로 대화하는 습관이 제대로 정착되지 못했다는 얘기일 것입니다.

얼마나 대화 같은 대화를 하지 않고, 기본적인 말만 하고 살아왔는지 알게 되는 부분입니다. 제게도 그런 기억이 있습니다.

언젠가 남편의 건강이 조금 호전되어, 혼자 어느 정도 걸을 수 있게 되었을 때 우리는 여행을 떠났습니다. 그때만 해도 젊었기 때문에 떠나는 것만으로도 좋아서 덜컥 남편과 단둘이 비행기를 탔습니다. 그러나 이륙 30분도 안 돼 후회하기 시작했습니다.

몸이 안 좋은 사람이라 모든 시중을 드는 것은 어쩔 수 없다 생각했습니다. 그런데 집이라면 지하실에 가서 혼자 커피를 마시며 속으로 욕이라도 했겠는데, 이것은 도무지 남편 옆을 피할 수가 없었던 것입니다.

'어머, 큰일이다. 돌아가지도 못하고……' 어리석은 탄식을 했습니다. 어쩝니까. 속을 게워 내면서 남편의 모든 수발을 들고 부축을 하고, 머릿속은 시커멓게 타서 불이 활활 붙었습니다.

정작 파리에서는 제가 옆에 없으면 10분도 못 참고 소리를 지르며 불러대는 바람에 곤욕을 치렀습니다. 남 보기도 창피했기 때문에 밤이면 완전 노예처럼 그를 위해 노동을 해야 했던 기억이 납니다. 우리 부부에게도 서로 나직이 대화하는 버릇이 있었다면 그렇게 징그러운 여행은 되지 않았을 것입니다.

제가 양말이라도 하나 사면 '한국에도 있는데 왜 그걸 여기서 사냐'고 버럭 소리를 지르는 그 남자를 보며, 정말이지 아무도 모르게 파리에 놓고 오고 싶었습니다.

여자의 마음 같은 건 손톱만큼도 생각지 않는 그 남자를 바다에 던져 버리고 싶은 제 마음을 하느님도 무죄라고 생각하지 않았을까요?

집에 돌아와 짐도 풀지 못한 채, 두 다리를 뻗고 엉엉 울었던 기억이 납니다.

실컷 울고 난 후 '여행의 피로가 심해 몸이 말을 듣지 않는다' 고 말하는 그 남자의 목욕을 시켰던 젊은 날을 저는 진정으로 바다에 던져 버렸습니다. 목을 누르고 싶은 날들입니다.

생각해 보면 우리는 억울함만 있고 대화는 없었던 부부였으니까요.

평균 수명 90을 바라보는 오늘날, 부부의 대화는 생존에 다다랐다고 생각됩니다. 부부간의 소통이야말로 노년 생활의 가장 바람직한 적금통장입니다.

요즘은 부부 동반 모임도 많아지고 가족 모임도 늘어나 옛날보다는 훨씬 대화라는 것이, 소통이라는 것이 늘었습니다.

그러나 부부들의 속내를 털어놓는 진정한 소통의 시간은 아직까지도 미개척지입니다.

저는 대화와 소통이야말로 인간이 누리는 가장 높은 지위의 생활이라 생각하지만 실천은 매우 어렵다고 봅니다.

우리들이 자랄 때는 남성 우월주의 시대였기 때문에, 여자가 말을 많이 하는 것을 금기시했습니다. 마음의 표현이라는 것 자체가 허용되지 않았던 것입니다. 거기다가 남자들은 남자들대로 사소한 이야기를 나누는 것을 남성의 지위를 떨어뜨리는 일이라 생각하면서, 대화라는 소통의 카드가 완전히 무시되었던 세월이었습니다.

모든 마음의 갈등과 터트리고 싶은 애타는 마음은, 마음 저 아래쪽에 묻어 버리는 것이 생활 습관이 되면서 대화라는 것을 깡그리 잊어버리고 산 것입니다.

남자들은 명령만 하고 여자들은 그것을 묵묵히 따르면서…….

그러나 명령한 쪽도 듣는 쪽도 모두 말에 대한 갈증을 느끼며 답답한 세월을 살았던 것입니다.

이런 세대들은 이제 말하는 것부터 배워야 합니다. 말하는 것을 배워야 사랑하는 것도 배우게 됩니다. 대화라고 하면 뭐 대단한 것이라 생각하는지 피하려고만 하는데, 대화라는 것도 곧 말 아닙니까. 자연스럽게 말을 이어가는 것, 그것이 대화입니다.

그렇습니다. 명령과 요구와 눈짓만이 아니라 말을 이어

가며 서로가 교감하는 것입니다.

그런 대화를 통해 마음이 열리고, 마음이 열리면 사람 사이 관계의 폭도 넓어지는 것입니다. 옹색하지도, 비겁하지도 않으며, 서로가 사랑을 배우는 것입니다.

침묵은 금이 아닙니다. '결혼 40주년 여행'을 갈 때 제일 필요한 것은 바로 대화입니다. 대화가 없으면 금방 지루해지고 짜증이 나며, 곧바로 신경질로 이어집니다.

대화는 달러로도 사지 못합니다. 가정생활 속에서 꾸준히 이어온 습관으로만 해결할 수 있습니다.

여행의 모든 것을 수첩에 메모하고, 음식과 풍경들, 그리고 그 나라의 역사와 어느 소설에 나오는 장면들을 서로 이야기하다 보면 여행은 즐거움과 기쁨으로 배가될 것입니다.

두 사람이 천천히 낯선 거리를 걷는 일도 여행의 즐거움입니다. 여행의 묘미 중 하나는 낯선 풍경 속에 자신들을 두는 일입니다. 여행이 물건을 사거나 잠자리의 흥분을 위해 있는 것은 결코 아닙니다. 그것들은 이미 결혼 40주년에는 떠나 버렸습니다.

그것보다 더 귀중한 것들이 있지 않습니까. 40년의 세월을 더 값지게 만드는 것은 지금 주어진 생활을 사랑하는 일입니다.

함께한다는 사실을 귀하게 생각하십시오. 지겹다고 말하지 말고, 심심하다고 말하지 맙시다. 부부가 할 수 있는 일을 찾아 새로운 연인으로 거듭나는 프로젝트를 마련하는 길이 바로 노년의 삶을 즐기는 일입니다.

연인은 뜨겁진 않아도 미지근한 온도로 오히려 더 오래 갈 수 있는 것 아닙니까.

어쩔 수 없이 사는 게 아니라 조금씩 아프고 힘도 없어지겠지만 같이 병원을 다니고, 함께 음식을 먹으며, 산책하고 영화 보고 음악을 들으며 말입니다.

'조용한 흥분' 이라는 것도 있지 않겠습니까.

"여보, 미안해… 고마워… 사랑해"

여러분 남편의 퇴직금은 현재 어떻게 쓰이고 있습니까? 남편이 아직 퇴직하지 않은 분들은 어떻게, 어떤 분배의 원칙을 가지고 쓸 생각이십니까?

물론 아내가 받아서 아내가 쓰고 있다고 생각하고 계시겠지요. 남편에게 '용돈을 얼마나 주면 좋을까' 고민하는 분들도 있을 것입니다. 그리고 부부가 서로 용돈에 대해 의논하고 노후에 대해 계획하면서 즐겁게 살기로 지혜를 모았습니까? 그렇다면 여러분은 지금 행복한 분들입니다.

지난 2007년 8월 도쿄에서는 이상한 일이 벌어졌습니다.

신주쿠의 어느 공원에서 '전국남편협회' 회원 100여 명이 집회를 열고 '사랑의 3원칙'을 외쳤다고 합니다. 무슨 일이었을까요? 그들은 큰 소리로 두 팔을 뻗어 가며 아내들을 향해 외쳤다고 합니다.

'미안해'란 말을 두려움 없이 말한다. '고마워'란 말을 주저 없이 말한다. '사랑해'란 말을 부끄럼 없이 말한다.

처음엔 11명에 불과했던 회원 수가 점점 늘어 260여 명이나 되었다고 합니다. 이들은 누구일까요? 2007년 정년 퇴직을 앞둔 '단카이 세대'의 참여가 활발했다고 합니다. '단카이'란 '덩어리 혹은 다발'이란 뜻이지만, 2차 세계대전 종전 이후 태어난 일본의 베이비붐 세대를 가리키는 말입니다.

도대체 무슨 일이기에 남편들이 새벽에 공원에 모여 이런 단합대회를 가졌을까요. 정말 남 이야기 같지 않은 상황이 벌어진 것입니다. 1960~1980년 고도성장 시대를 산 단카이 세대는 사회생활이 바쁘다는 핑계로 가정을 내팽개치듯 아내에게 일임한 세대입니다. 그렇게 살아오다가

정년퇴임을 앞두고 불현듯 두려워진 것입니다. 그래서 아내에게 잘 보이기 위함 몸부림, 즉 '단카이'의 '반카이挽回, 만회' 노력이 시작된 것이라고 합니다.

1947~1949년 출생인 이들 단카이 세대는 한꺼번에 너무 덩어리로 태어나서 입학도 어려웠고, 취직도 당연히 어려웠을 것입니다. 말하지 않아도 생존 경쟁이 치열했을 것입니다.

때문에 단카이 세대들은 직장 생활엔 혼신의 노력을 다했지만, 결혼 생활은 무책임하다 싶을 정도로 무심했을 것입니다.

아내들은 당연히 화가 났겠지요. 임신과 육아, 아이들 입학과 가사노동 등, 집안의 자질구레한 일들을 혼자서 감당하면서 남편에 대한 증오도 끓었을 것입니다

그 아내들도 사회 진출에 대한 꿈이 있었지만 남자들도 제대로 입성하지 못하는 풍토 속에서 자신들의 직장 생활은 포기했던 지식인들이었을 겁니다.

나를 찾고 싶어 몸부림치던 그때, 묘하게도 일본의 연금법이 달라지는 사태가 벌어졌습니다.

2003년 일본 정부는 이혼을 해도 남편의 후생연금샐러리맨

이 노후에 받는 연금을 나눠 가질 수 있도록 연금법을 바꿨고, 여성의 노후 보장을 위한 방편 중 하나로 법 적용 시기를 2007년 4월로 결정한 것입니다

그러자 일본 사회에 '이혼 예비군' 소문이 흉흉하게 돌기 시작했습니다. 2003년을 시작으로 이례적으로 이혼이 2만8천여 건이나 줄었는데, 연금법 결정을 기다리는 이혼 예비군들 때문이라는 추측이 힘을 얻고 있습니다.

이런 이유로 황혼 이혼이 박차를 가하게 되었다는 것입니다. 연금 분할이 실시될 때까지 이혼을 미루는 아내들의 움직임이 큰 영향을 미친 것으로 추정되고 있습니다. 이런 이혼 예비군이 4만 명 정도에 달할 것으로 언론은 추산하고 있습니다.

단카이 세대는 연애결혼과 핵가족을 정착시킨 세대지만, 단카이 여성들은 일자리가 없어 절반 이상이 원하든 원치 않든 전업 주부의 길을 걸을 수밖에 없었으므로 분노는 더 클 수밖에 없었을 것입니다.

남편의 정년퇴임을 앞두고 이들의 '날선' 목소리가 곳곳에서 표출되었겠지요. 도쿄도가 실시한 설문 조사에 따르면 '누구와 있을 때 가장 행복한가?' 란 질문에 단카이 남

성들은 '부부', 여성들은 '혼자'란 답을 가장 많이 했다고 합니다. '퇴직금으로 가장 먼저 할 일'을 묻는 질문엔 남성은 '아내와의 여행', 여성은 '혼자만의 여행'을 꼽았다고 하니 보통 심각한 문제가 아닙니다.

그러므로 남편들이 아내들에게 잘 보이는 것 외에 뾰족한 묘안이 없는 것이 현실이겠지만, 역으로 저는 이런 말을 덧붙이고 싶습니다.

절반씩 들어오는 '아내들 몫의 그 연금은 무슨 돈인가' 묻고 싶습니다. 아내가 임신과 육아, 집안일로 뼈가 녹도록 일했다면, 그래서 분노하고 화가 치밀었다면, 그래서 외로웠다면, 그래서 결혼을 물리고 싶었다면…… 그 돈이 나오게끔 평생을 직장에서 자존심 뭉개어 가며 버틴 그 외로운 육체와 정신의 노고를 남편들은 어디서 찾으란 말입니까? 집안을 내팽겨치고 여자와 놀아난 것도 아닙니다. 다만 가정에 무심했다는 이유만으로, 남편과 이혼하는 것으로 해결하려는 아내들의 결정이 결코 옳다고만은, 박수 칠 일만은 아니지 않습니까?

결혼은 서로가 모든 것을 이해하며 살아도, 증오심이 생길 일이 너무 많습니다. 보기 싫을 때도 많습니다. 제 친구는 자주 처녀 시절 꿈을 꾼다고 합니다. 그것은 현실의 억압이 자유로웠던 시절로 돌아가고 싶다는 증거 아닐까요.

남편들은 이제라도 아내의 마음을 잡아야지요. 아내 혼자 전담하던 집안일을 분담하고 여행이나 취미 생활을 함께 즐기는 등, 방법을 적극적으로 모색해야 합니다. 지루함을 느끼지 않도록 서로의 거리감을 좁히는 묘안을 집중적으로 모색해야 합니다.

그리고 아내들은 남편을 좀 불쌍하게 생각하면 안 될까요? 살아남기 위한 투쟁을 하느라 집안을 돌보지 못했다고 말입니다. 그것을 아내가 이해해야 하지 않겠습니까.

지금 일본에선 남자들을 위한 요리 교실이 유행이라고 합니다. 노후의 부부 관계를 재구축restructuring한다는 뜻에서 처음 프러포즈할 때의 긴장감으로, 서로서로 식은 애정을 데우는 새로운 열정을 불러일으켜야 할 것 같습니다.

'아내를 위한 요리 한 접시' 오늘 저녁 한번 준비해 보심 어떨까요? 포도주 한 잔의 센스도 잊지 않길 기대하면서……

만원한장

누구나 옛날 생각을 하면 얼굴 붉어지는 사연이 많습니다. 그러나 얼굴이 붉어지는 것은 애교 수준이고, 당장에라도 굵은 눈물이 쏟아지며 통곡하고 싶은 사연도 있습니다.

제게도 그런 사연이 하나 있습니다. 결혼 후 아이들을 연년생으로 낳고 시어머니와 대가족이 함께 살 때의 일입니다. 당시 만 원 한 장은 제게 큰돈이었습니다. 그 시절 만 원이면 하루 찬거리는 물론, 아이 운동화도 하나 사고……그러고도 잔돈을 조금은 남긴 채 시장에서 돌아올 수 있었습니다.

아이들이 오물오물 커 가던 그 시절, 만 원 한 장으로 해야 할 일이 너무 많았으므로 언제나 돈의 쓰임은 아이들에게서 벗어나지 못할 때의 이야기입니다. 누가 저를 그렇게 옹졸하게 만들었을까요.

제가 그렇게 사는 일이 도저히 용서되지 않았던 친정어머니가 모처럼 제 집에 오셨습니다. 마음껏 식사 대접도 못하고 편히 모시지도 못했는데, 어머니가 가시겠다고 벌떡 일어나신 것입니다. 마음이 진구렁이 된 채 무너져 내리는 것을 참고 돌아가시는 어머니께, 대문 밖에서 만 원 한 장을 손에 쥐어 드렸습니다. 그러나 제 삶의 현장을 정면으로 목격하신 어머니는 한사코 받지 않으셨습니다.

"너나 써라. 제발 너나 맛있는 거 애들 몰래 좀 먹어라."

어머니는 강력하게 손을 저으며 뒤돌아서셨고 저는 따라가 주머니를 찾았습니다. 그 만 원이 딸의 입으로 들어가지 않을 것을 너무나 잘 아시면서도 어머니는 절대로 받지 못하시겠다는 것입니다.

마음 같아서는 만 원짜리 수십 장을 활짝 웃으며 쥐어 드리고 싶었는데, 딱 한 장을 그것도 마음이 오그라들며 겨우 드린 만 원짜리 한 장은 몇 번이나 어머니 손에서 내 주머니로, 내 주머니에서 어머니 손으로 오고갔습니다. 결국 길바닥에 떨어트린 채 집으로 달려왔던 것입니다.

조금 후 대문을 살짝 밀고 거리를 바라보았습니다. 어머니도, 만 원도 없었습니다. 저 없는 거리에서 허리를 굽혀 그 만 원짜리 한 장을 주웠을 어머니를 떠올리는 순간, 내장을 토할 만큼 울고 또 울었습니다. 지금도 그 생각을 하면 늘 두 눈에 통증이 올 만큼 꽃이 터지고 마음이 아립니다.

누가 눈물이 마른다고 했던가요? 30년이 지났지만 그 장면을 떠올리면 지금도 눈물과 흐느낌을 제어할 수가 없습니다. 그 만 원짜리 한 장도 서서 받지 못하고 허리를 굽혀 가져가신 어머니를 생각하면, 제가 누구 앞에선들 허리를 굽히지 못하겠습니까. 제 지극한 꿈이었던 만 원짜리 수십 장을, 덥석 어머니께 안겨 드리는 것을 이루지 못한 채, 어머니는 제가 가장 어려운 시절에 돌아가셨습니다.

세상에 그 무엇과도 견줄 수 없는, 가장 큰 것은 무엇일까요? 아마도 어머니가 자식에게 베풀어 주는 것보다 큰 것은 이 세상에 존재하지 않을 것입니다. '어머니의 딸'이라는 그 권력이 얼마나 높은지 저는 지금에야 알게 되었습니다.

어머니는 늘 '나는 상관없다, 너들만……' 이라고 완전한 희생을 강조하셨고 그런 삶을 사시다 눈을 감으셨습니다. 자신은 온전하게 신발 밑창으로 사시다가 자식들을 위해서라면 가시 위도, 사금파리 위도, 그 밑창 정신으로 걸으셨던 어머니의 사랑으로 저는 가톨릭을 선택했습니다.

제 종교적 삶 속에서 신을 만나는 길 위 어딘가에, 제 어머니가 계실 것 같은 생각이 듭니다. '그래 좋은 길이다' 라며 등을 떠미는 것같이 말입니다. 살면서 희생적이어야 할 때 저는 어머니를 생각합니다.

만물이 소생하는 봄입니다. 자신의 고통보다 딸들의 고통을 늘 묻다가…… 그것을 설거지하다 돌아가신 어머니처럼 늘 나만의 아픔을 내세우지 않고 옆 사람의 아픈 마음까지 물으며, 손잡아 주는 한 해가 되기를 소망합니다. 그리고 제 옆 사람이 가진 장점을 늘 말해 주는, 그래서 제 말이 상대방을 웃게 만들고, 행복하게 해 줬으면 좋겠습니다. 그랬을 때 저와 어머니도 행복할 것입니다.

어머니에게 드린 그 만 원, 그 못다 드린 돈을 성당의 헌금으로 낼 때 전 늘 어머니를 생각합니다. 어머니가 좋아

하실 것 같기 때문입니다. 불우한 사람에게 가면 그것이

제 어머니에게 가는 것처럼 느껴지기 때문입니다.

아버지는 지금도 살아계신다

중학교 시절 아버지는 우리 동네에서 제일 부자라는 소리를 들었습니다.

늠름한 기와집, 백 평 남짓한 장미 정원 한편에 지은 일본식 목욕탕, 그리고 고가의 병풍이 펼쳐진 넓은 마루와 방 안의 돈 궤짝이 그것을 증명해 주었습니다.

50년대 중반에…… 그것도 제 고향 깡촌 같은 곳에서 그것들을 누리며 구경시키기란 쉽지 않은 일이었습니다. 그때 아버지는 모든 걸 소유한 사람이었습니다.

제가 보기에도 그랬지만 다른 사람에게도 아버지는 너무

많이 가진 사람이라는 사실을 부정할 수 없었습니다.

아버지의 사무실에는 늘 큰 자물쇠가 채워져 있는 서랍이 있었습니다. 저로 하여금 가장 큰 궁금증을 일으키게 하는 아버지의 비밀 공간이었습니다. 그때가 아마 중학교 3학년 졸업반이었을 것입니다.

돈을 타기 위해 아버지의 사무실에 들렀을 때, 놀랍게도 그 비밀 서랍이 열려 있었습니다. 그리고 아버지가 계시지 않았기에 '에라, 모르겠다' 하는 심정으로 아버지의 돈을 몇 장 가져가기 위해 서랍 안을 뒤졌습니다.

그때 저는 깜짝 놀랐습니다. 실망스럽게도 서랍 속에 돈은 하나도 없고 공책 다섯 권이 들어 있었습니다.

순간적으로 '아버지는 왜 이것을 이렇게 중요하게 생각했을까' 라는 의문이 들었습니다.

사무실에서 가장 무거운 자물쇠가 채워진 서랍에는, 아버지의 가장 큰 힘인 돈으로 가득할 거라 생각했던 것입니다.

사뭇 실망스런 마음으로 공책을 들추어 보았습니다. 숫자가 쓰인 것을 보아 아버지의 일기장이 분명했습니다. 그때서야 저는 가슴이 마구 뛰기 시작했습니다. 다리도 후들

거렸습니다.

그러나 긴 호흡을 몰아쉰 채 공책에 적힌 내용을 읽기 시작했습니다. 언제 아버지가 오실지 몰라 조마조마한 나머지, 세상에서 가장 빠른 속독법으로 그것들을 읽었습니다.

그러면서 마음속으로 예감했습니다. 아버지의 일기장엔 행복의 노래가 가득할 것이라고. 아버지는 부자니까…… 안 가진 것이 없으니까…… 더 그리울 것도, 더 기다릴 것도, 더 가지고 싶은 것도 없으니까…… 행복의 노래가 만발할 것이라 생각하며 아버지의 일기장을 읽어 나갔습니다.

땀까지 흘리며 읽고 난 후, 집으로 돌아왔습니다. 몹시 큰 충격에 빠졌습니다. 너무 혼란스러워 방에 들어가 이불을 뒤집어쓴 채 생각했습니다.

일기장 속에는 제가 생각하는 자신감 넘치는 아버지는 없었습니다. 나날이 행복하고, 그래서 더 가질 것도, 기다릴 것도, 그리울 것도 없는 아버지는 거기에 없었던 것입니다.

호탕하게 웃으시는 아버지의 모습도 없었습니다. 일기장 속에는 늘 불안하고 늘 외로우며 때때로 탈출구를 찾아 헤매고, 마음 아파 혼자 눈물 흘리고 있는 나약하고 연약한 사십대 아버지만 있었습니다.

'아버지도 외롭다' 는 사실은 놀라운 일이었습니다. 아버지에겐 너무 많은 남자와 여자가 있었습니다.

보이는 것과 보이지 않는 내면의 차이를 깨달으며, 저는 아버지를 새롭게 보게 되었습니다. 그러면서 저는 누구보다 일찍 철이 들어 갔습니다. 제가 문학 쪽으로 기울어진 것도 아마 아버지의 일기장이 계기가 되었을 것입니다.

저는 고등학교 2학년 때 부산으로 전학을 갔습니다. 처음으로 부모와 고향과 친구들을 떠나는 일이었습니다. 아버지는 제게 일주일에 한 번씩 편지를 쓰게 하셨는데 편지를 잘 쓰면 용돈을 올려 주겠다고 약속하셨습니다. 저는 2년 내내 공부보다는 편지 쓰는 데 열의를 다했습니다.

명언집을 세 권 정도 사서 많이도 베껴 먹었습니다. 제 편지는 날로 유식해지고 놀라울 만치 세계적으로 폭이 넓어져 갔습니다. 당시 아버지는 저를 편지 잘 쓰는 천재로 생각하고 계셨습니다.

제 용돈은 남자들의 작은 월급만큼 높았습니다. 명언집은 거의 빨강 줄로 밑줄이 그어져 있었습니다. 그러면서 조금씩 모방에서 창작으로 가는 갈증을 느끼기 시작했습니다.

베끼는 것보다 마음을 있는 그대로 적는 것이 훨씬 더 공감 가고, 즐겁다는 것을 깨달으면서 저는 서서히 창작과 묘사를 하기 시작했습니다. 고등학교 졸업반 때 경남 백일장에서 1등을 한 것도 아버지의 편지쓰기 숙제 덕이라고 생각합니다.

아버지는 노년에 빈털터리가 되셨습니다. 아무것도 없이 외로움과 슬픔과 가난만을 가진 채 죽음에 임박해 계셨습니다.

병원에서 일 년 가까이나 초라하게 누워 계셨습니다. 그러나 그 남루한 병원 생활 속에서도 아버지가 일기를 쓰고 계신다는 사실을 알았을 때, 저는 '재산을 탕진하고 인생을 잘못 살아온 아버지'라고 손가락질하는 사람들의 방탄 역할을 했습니다.

아버지는 일기장에 '자신이 살아온 삶이 자식들에게 올바른 화살표가 되기를 바란다'고 적어 놓았습니다. 잘못 산 자신의 생이 지표가 되리라는 생각에서였습니다.

저는 아버지에게 너무 많은 유산을 물려받았습니다. 재산은 탕진했을지 모르나, 아버지는 사랑을 탕진하거나 자신을 탕진하지는 않으셨습니다. 아버지는 돌아가셨어도 그 정신만은 제게 그대로 남아 있습니다.

저는 1999년 《아버지의 빛》이라는 시집을 펴냈습니다.

'아버지가 죽었다 하늘이던 아버지가 땅이 되었다'로 시작하는 연작시입니다. 그것으로 저는 '아버지의 영원한 힘'을 남기고 싶었기 때문입니다.

견디는 무게가 사랑의 무게입니다

"중간 밸브를 또 잠그지 않았잖아?"

아침 출근하는 딸이 밸브를 잠근 후, 휙 현관 쪽으로 나가며 던진 말입니다. 목소리가 다정하게 들리지 않았습니다. 가스 중간 밸브 잠그는 일로 딸에게 주의 받는 일이 많은 관계로 뭐라 대답도 하지 못했습니다.

딸아이 말이 맞는데도 불구하고 저는 왜 기분이 좋지 않을까요? 감기 기운에도 억지로 일어나 생과일주스를 갈아 화장대 앞까지 가져간 수고에는 아무런 인사도 없이, 밸브 문제만 지적하고 휑하니 나가 버리는 딸의 뒷모습을 보며,

한참 동안 정지된 상태로 서 있었습니다.

나이 때문인지 모릅니다. 이런 작은 문제로 마음을 다치고 우울해지고 갑자기 세상이 재미없어집니다. '생과일주스가 맛있다'고 한마디 하고 나서 '밸브는 또 잊었네요'라고 애교스럽게 말하면 '어디가 덧나?' 저는 옛날 어른들이 한심하게 내뱉는 말처럼 '자식은 아무짝에도 소용없다'고 생각할까 봐, 얼른 욕실로 들어가 이를 벅벅 닦습니다.

엄마와 딸이니까 어떻게 해도 상관없는 것은 절대로 아닐 것입니다. 어쩌면 가까운 사이이기 때문에, 우리는 더 사소한 문제로 마음을 다치고 상처를 받는지 모릅니다. 저도 그런 일을 자주 저지릅니다.

저는 딸에게 이야기할 때, 늘 한수 깎아서 말합니다. 아마 제 어머니 시대의 산물을 아직도 가지고 있는지 모릅니다.

'네가 그걸 했단 말이야'라든가 '네가 하는 일이 늘 그렇지' '도무지 네가 하는 일이라는 것이'라고 얕보는 말을 쉽게 흘립니다.

좀 변명을 하자면 '나는 엄마니까, 그 아이를 사랑하니까, 그리고 내 딸이 잘되기를 바라니까, 말을 조금 내려서 하는 것'이라고 합리화하곤 합니다.

그러나 그게 어디 가까운 사람들끼리 할 말인가요. 저는 요즘 제 딸에게 특별히 말조심을 합니다.

제 딸 지현이는 부정적이고, 어둡고, 자신이나 상대를 깎아 내리는 말을 무섭게 싫어합니다.

무조건 밝고 긍정적이며, 칭찬은 물론 활기를 불어 넣는 일을 생활인의 기본 철학으로 생각하는 아이입니다.

"너나 잘해! 지는 개떡같이 하면서……."

그런 말이 입속에서 씹히지만 참습니다. 사랑이란 때때로 조금 헐값으로 내려 깎아서 말할 때가 있다고 해도 알아듣지 못합니다.

우리들 세대의 교육이란 자식은 늘 조금 깎아서 말하는 것이었으니까요.

옛날 우리 어머니 세대들은 자식에게 '나가 죽어라'고 하거나 '저 웬수, 싹 없어지면 속이 다 시원하겠다'라고 해도 거짓말인지 다 알고 헤헤 웃곤 했었습니다.

누구도 나가 죽는 아이 없고, 없어지는 경우 없었습니다. '과장법이 곧 사랑'이라는 말이 통용어로 사용되던 시절, 욕은 오히려 끈끈한 애정의 타액 같은 요소를 지니고 있다고 믿어 의심치 않았지요.

요즘은 어머니들이 딸에게 '나가 죽어'라고 하면 정말 나가 죽지 않겠습니까. 애정법도, 아이를 기르고, 가르치는 법도 많이 변화되었습니다.

특히 지현이는 긍정적인 사고에 매우 관심이 많습니다. 우울하다고 하면 위로는 하지 않고 '그렇게 앉아 있으니 우울하지, 생각을 바꿔'라고 잔소리하면서, 긍정 심리학 책을 사가지고 옵니다.

먼저 읽고 제게 내미는 긍정 심리학 책은, 부정적인 심리 상태를 사라지게 하고 긍정적인 정서에 대해 이야기하며, 개인의 강점과 미덕을 추구해 행복한 삶으로 이끄는 활력을 창출하는 내용들이었습니다.

'그걸 누가 몰라!' '다 알지만 우울하고 기분이 나쁘고, 딸의 모든 점이 마음에 안 들어서 하나하나 지적하고, 야단치고 싶어 죽겠는 내 마음이 긍정 심리학으로 해결될 것 같니?' 쏘아 주고 싶었지만 얌전히 그 책을 읽었습니다.

그러면서 지현이가 '그렇게 밝게 사는 것에 대해 고집을 부리니 항상 밝고 지혜롭게 살 수 있을 것'이라는 생각이 들어 속으론 흐뭇해집니다. 지현이는 참 예쁘거든요.

가족이란 이렇듯 참 어려운 관계입니다. '가족과의 관계에 성공하면 이 세상에 안 될 것이 없다'고 했던 사람들도, 알고 보면 가족간의 어려움을 모두 체험한 분들입니다.

가족은 다 안다고 미리 생각하기 때문에 다른 모습을 보여도 별로 인정하지 않게 되고, 알고 있는 만큼의 부피로만 봐 주고 있는지 모릅니다. 작은 변화에도 박수와 갈채를 보내며 응원하고, 그래서 그 힘으로 더 큰 변화를 이끌어 낼 수 있다는 것을 우리는 지식이 아닌 현실에서 체험해야 합니다.

남편하고도 많이 싸웠습니다. 굉장히 사랑했고 서로 믿는 편이었는데도 맞서면 서로 얼굴을 붉혔습니다.

제 남편은 무엇이 필요하면 1초 안에 딱 앞에 내놓아야 합니다. 우물우물 찾고 있으면 졸졸 따라다니며 '정신은 어디에 두었느냐, 길거리에 흘리고 왔느냐, 당신은 도무지 정리정돈이란 것을 앞집 개보다 못한다'는 등 인간 비하 수준의 얕보는 소리를 해대곤 했습니다. 그럴 때면 땀을 뻘뻘 흘리며 더 찾지 못하고 결국 싸움이 되곤 했습니다.

"그래서 그러면 앞집 개하고 살면 되겠네. 나는 더 못해 먹겠어!"

별로 필요치도 않은 물건이었고 작년에 입었던 시시한 티셔츠를 찾아내라고 우기기 시작하면, 도무지 그 사람을 당해내지 못했습니다. 사람 골탕 먹이는, 그래서 진짜 정신을 쏙 빼놓는 사람이 바로 제 남편이었습니다.

정리정돈 못하는 것은 어쩔 수 없는 제 약점이었습니다. 못한다는 것을 누구보다 잘 알고 있는 저는, 언제 어느 때건 백기를 듭니다. '정리정돈까지 잘하면 내가 저하고 같이 사나?' 때론 너무 화가 나 이렇게 속으로 빈정대곤 했습니다.

지금 생각하면 그런 부부싸움도 무척 그립습니다. 어느 날 저는 화해를 위해 와인을 마시자고 식탁으로 그를 유혹했습니다. 소주라면 몰라도 와인하고는 어울리지 않는 사람이었지만 '기분을 내보자고, 우리 부부도 대화라는 것을 한번 해 보자'며 속 뒤집히는 애교를 부려가며 마주 앉았습니다.

그래도 '부부 대화'에 관한 강의를 하고 다니는 주제에, 자신부터 부부 간의 대화를 이끌어 내는 실제적 경험을 쌓아야 한다는 마음을 먹고, 와인 잔을 마주쳤습니다.

"웬 와인이야?"

"우리도 와인도 마시고 대화도 하고 그러자."

"대화 같은 소리 하지 말고, 살림이나 잘해!"

겨우 두어 마디 오고가다가 우리는 다시 싸움을 하고 말았습니다. 그리고는 두 사람 다 '우리는 안 돼!' 하고 절망을 씹었던 것입니다.

그때는 그런 일들이 그렇게 억울했습니다. 세상에서 나만 불행하고 남편 복 없는, 가장 손해 보는 여자 같다는 생각도 들었습니다.

그러나 우리는 서로의 건강에 대해 진심으로 걱정하고 생의 소중한 지점에서 결코 빗나가는 법 없이 살아왔던 것 같습니다.

왜 우리는 상대방의 좋은 점은 절대 말하지 않고, 좋아하지 않는 것만을 조목조목 지적하며 상채기를 내는 걸까요? 삶이란 늘 여유 있는 것이 아닌데도 말입니다.

경제적인 여유보다 시간적 여유가 더 없다는 것을 우리는 왜 몰랐을까요? 가족의 사랑이란 이미 존재하는 것이므로, 즉 사랑한다는 전제하에 하지 않아도 되는 말들을 하고 있는지 모릅니다.

가족에게는 조금 더 욕심이 생기는 것이니까, 조금 더 잘

되게 하기 위해 서로 상처를 만들어 가며 앞으로 나아가는 것입니다. 그러나 그것은 이미 구시대적 사랑법입니다.

'나가 죽어'라고 하면 나가 죽는 것처럼 우리는 '사랑한다'라고 말하면서 '더 사랑하는 가족 관계'를 만들어 가야 하지 않을까요?

가족이 행복하면 서로 하는 일도 잘 풀립니다. 어느 회사에서는 가정 행복 프로그램을 짜서 아내에게 편지도 쓰고, 부인을 회사에 모셔 와 대접도 하고, 대화 프로그램도 짜는 등, 가족 간의 행복을 회사일과 병행하는 곳을 보았습니다. 가정이 행복하면 다른 일에도 최선을 다하게 되고, 헌신하고 싶어집니다.

제 딸 지현이의 말처럼 항상 밝고 긍정적이며, 웃음으로 대화하고, 상대방의 불만에 대해서도 참고 기다릴 줄 아는 행복을 길러야 합니다. 행복도 식물이니까요.

누구도 완전하지 않다는 것을 알고, 좀 더 기다리는 것, 그것이 사랑이라는 것을 가슴에 새기는 그런 봄날, 아 봄이 가고 여름이 오고 있습니다.

부부싸움 도와주는 과외 선생님 없나요?

그야말로 젊은 날에는 피 터지게 싸웠습니다. 마치 싸우기 위해 결혼한 것처럼 사흘이 멀다 하고 큰소리가 나곤 했는데, 저는 늘 당한다는 느낌이 들어 남편이 집을 나가면 혼자 넋 나간 듯 울기도 참 많이 울었습니다.

결혼할 때 부부싸움에 대해 가르쳐 주는 과외 선생도 없고, 결혼할 때는 이 사람이 아니면 죽을 것 같았으니, 싸움이란 아예 생각도 못했는지 모릅니다.

뒤늦게야 결혼 생활에는 밥하는 요령만큼이나 싸움하는 기술도 가르쳐야 한다는 것을 알았습니다. 그것은 결혼하고 얼마 되지 않아 무릎을 치며 깨달은 일입니다.

결혼 생활에서 부부싸움은 정말 중요한 과목입니다. 저는 일찌감치 이 과목에서 낙제 점수를 면치 못할 거란 생각을 했습니다.

어린 시절에도 친구와 싸울 일이 생기면 시작도 하기 전에 울어 버린 후 '나 졌어, 나 졌다' 하며 두 팔을 들어 올린 적이 많습니다. 그 외에도 못하는 것이 많았지만 싸움만큼은 절대 이길 수 없었던 저로서는 부부싸움에서도 늘 패잔병이었습니다. 어느 날 문득 도를 깨우치는 것이 아니라, 결혼이라는 것의 출발에 있어 가장 먼저 부딪히는 것이 싸움이라면 좀 과장일까요.

어린 시절 아버지와 어머니가 자주 언성을 높이며 싸우는 것을 보았습니다. 왜 그렇게 싸우는지 이해가 되지 않았고 둘 다 미웠던 기억이 납니다. 지금 생각하면 아이들 앞에선 절대 싸우지 말았어야 하는 일인데, 아마도 어머니는 아이들도 보이지 않을 정도로 급박한 심정이 되어, 싸우지 않으면 안 되었던 모양입니다.

그렇지요, 결혼을 하면 그렇게 싸우지 않으면 안 되는 일이 있다는 것을 어른이 되어서야 알았습니다.

부부싸움 중 지금 생각해도 기막힌, 아니 제 자신이 너무 한심했던 기억이 하나 있습니다.

원래 부부싸움은 보잘것없는 사소한 일로부터 시작됩니다. 지금 얘기지만 그때 당시 제가 참지 않았다면, 우리는 6·25 전쟁의 파산을 겪었을 것이 뻔합니다. '그 인간!' 남편과 싸울 때면 늘 그렇게 불렀습니다. 물론 마음속으로지요. 그렇게 소리 내어 말했다면 우리 집 살림살이는 남아나지 않았을 겁니다.

처음엔 간단할 줄 알았던 싸움이 서서히 골이 깊어지면서 상대방의 자존심을 건드렸고, 급기야 뱉어서는 안 될 말까지 튀어나왔습니다. 싸움이라도 아무 말이나 함부로 해선 안 되었지만, 인간인지라 참지 못하고 막말을 내뱉게 되었지요. 그때 남편이 갑자기 하늘을 찢는 벼락같은 소리를 내지르는 바람에, 저는 입은 옷 그대로 집밖으로 뛰쳐나왔습니다.

일대일 부부만의 이야기로 싸워야 하는데 '너 보니까 네 에미 애비가 어떻더라' 까지 들먹이게 되면 이미 그 싸움은 끝난 것입니다.

그런 싸움은 회복이 어렵습니다. 저는 입은 옷 그대로 돈

한 푼 없이 거리를 하염없이 걸었습니다. 얼마나 걸었을까요. 머리가 휑하니 벗겨진 채, 점퍼 입은 남자 하나가 제 앞을 걸어가는 것이었어요. 그 뒷모습이 어찌나 남편 같았던지…… 왜 그 모습이 그렇게 불쌍해 보였는지…… 제 꼴 불쌍한 건 모르고 그 인간이 혼자 끙끙 앓고 있을 거란 생각이 들었습니다.

남편에게 '다신 그 얼굴 죽기 전에 보고 싶지 않다'고 큰소리치고 나와서는 자꾸 남편이 불쌍해 보였습니다. 실은 갈 곳도 없고 돈도 없고, 그 꼴로 누굴 찾아갈 수도 없고 해서 한심한 일이었지만 제 발로 다시 집을 찾아 들어갔습니다.

정말 제 인생이 확 구겨지는 순간이었습니다.

그러나 그것으로 끝이었어요. 그는 마음으로나마 제가 돌아온 것이 다행이었고, 저는 저대로 모든 게 편해져 버렸습니다. 집 안에 할 일도 많고 뭐, 어쩌겠어요. 그렇게 그냥 살았습니다.

'부부싸움은 칼로 물 베기'라고 하지만 물도 자주 베면 맛이 없어집니다. 무조건 '내가 지겠다'라고 생각하면 부부싸움은 양념 정도로 끝나는 것입니다.

아니 부부싸움은 그렇게 하는 것입니다. 남편도 가슴을 쓸어내리며, 제가 돌아온 것이 다행이다 싶고, 예뻐 보이지 않았겠습니까. 악을 품고 끝내 돌아가지 않았다면 우리 두 사람 다 불행했을 것이고, 아이들도 꼴사납게 되어 버렸겠지요.

친구들 이야기를 들어 보면 요즘은 만사가 다 귀찮고 힘도 없어 싸우지 않는다고 합니다. '그저 안돼 보인다' 는 것인데, 그것이 바로 한국식 '부부의 정' 아니겠습니까.

건강한 부부싸움을 위해서는 원칙을 세운 후, 철저히 지켜 나가는 기본 예의가 필요합니다. 싸움의 시작인 본질에서 벗어나지 않고 그 이상은 나가지 않는다든가, 지난일은 들추지 않는다든가, 24시간 경과한 사안은 공소 시효가 지난 것으로 치고 패스해 버리는 지혜 등…… 말씀드렸다시피 상대의 약점이나 지역적인 문제여기는 국회가 아니니까요를 찌르지 말아야 하며, 두 사람 외의 존재들을 들먹이지 말고, 절대로 아이들 앞에선 큰소리 내지 않는다, 식사 시간이나 출근 시간에는 서로 참을 것, 물론 물건을 던지거나 폭력은 금물이고 지나간 실수를 계속 꺼내 피를 흘리게 하지 않는다는 등등…… 부부싸움에서 지켜야 할 원칙들일 것입니다.

순간의 싸움으로 평생 아물지 않는 상처를 만드는 것, 그것만은 피해야 합니다. 제 친구는 큰소리가 나고 서로 증오심이 일어날 때쯤이면, 얼른 커피 한 잔을 타서 남편 앞에 놓고 이불을 뒤집어쓴 채 누워 버린다고 합니다. 한 숨을 고르고 나서 일어나 보니 남편이 식탁 위에 '커피 맛있었어' 라고 써 놓고 사라졌더라는 이야기를 들었습니다.

더 진전시키는 것은 서로의 힘만 빼고 결국은 제자리로 돌아오게 된다는 것을 아는 고수들입니다. 좀 어렵겠지만 '당신 힘들다는 것 다 알아' 라는 식으로 싸움을 마무리하면 어떨까요? 싸움도 이제 애교 있게 합시다.

'남편에게도 폐경기가 있다는 걸 아시나요?'

'남편 폐경기'라는 말 들어 보셨나요? 재미있으면서도 놀라운 일입니다. 결국 인간에겐 누구나 남자건 여자건 이런 함정이 있어, 긴 세월을 서로 위로하면서 사는 것 아닐까요?

남성에겐 이런 생리적 변화가 없다는 것이 기정사실인데, 남성에게도 폐경기가 있다니요? 〈중앙일보〉 참조

2008년 가을, 분당에 사는 김일수라는 남자 52세는 아무 말 없이 집을 나가 일주일 만에 돌아왔다고 합니다. 가족

들은 넋을 잃은 채 그를 찾았고 경찰서까지 가려던 참이었습니다. 집을 나가기 전 그의 아내조차 아무런 느낌을 받지 못했다고 합니다.

박동길58세 씨도 5년 전 몇 번이나 집 나갔던 유경험자로, 당시의 방황을 떠올리면 지금도 아내에게 미안하다고 합니다. 무엇이 그들을 이토록 방황케 했는지 이유야 제각각이겠지만, 남자들에게도 자기감정을 컨트롤할 수 없는 정신의 깊은 내상과 생리적 변화가 온다는 것을 알게 한 사건들입니다.

자칫 남자에게는 폐경기가 없다고 생각하는 것이 일반적이지만, 모든 것이 허무해지며, 그 어떤 의미도, 가치도 없다고 느껴지는 정신적 좌절에 빠지는 경우가 종종 있다고 합니다.

'남성 폐경기'가 관심사로 떠오르게 된 것은 미국의 심리치료사 제드 다이아몬드가 '남성에게도 갱년기가 있어 고통스럽다'는 연구를 발표해 명명하면서부터입니다.

그는 《남자의 아름다운 폐경기》라는 저서를 통해 '남성에겐 주기적인 생리현상은 없지만 단순히 신체적 위기 이상의 것을 아우른다는 의미에서 폐경이란 말을 붙였다'고

밝히고 있습니다. 40~55세 정도에 나타나는 폐경기는 중년 남성들에게 있어 '삶의 전환기' 라는 것입니다.

폐경기를 맞으면 제일 먼저 남성 호르몬이 감소해 성욕이 떨어지고 피로감을 호소하며, 건망증이 심해진다고 합니다. 심리적으로도 매사에 짜증이 늘고 결단력이 흐려지고 우울증을 호소하기도 합니다. 또 친밀한 우정을 원하면서도 고립감을 만끽하고 싶어 한다고 합니다.

젊은 날 경쟁에서 살아남기 위해 잔혹하게 자신을 괴롭혔을 것입니다. 가족이 생기면서는 정신적 압박감과 책임감으로 단 하루도 자신만을 위한 삶을 살아내지 못한 억눌림이 있었을 것입니다.

무거운 돌을 가슴에 얹고 자는 것처럼 육체적 정신적 부담감이 얼마나 컸겠습니까. 미래는 또 얼마나 불투명하고 불안했겠습니까. 가족들한테 큰소리 한번 내지 못하고 죄인처럼 고개 숙인 채 살지는 않았을까요. 남성들이 겪는 그런 심리적 고충을 생각한다면 마음 아프지 않을 수 없습니다.

거기다 요즘 아내들은 얼마나 의기양양한지…… 가뜩이나 불안하고 자신감마저 상실한 남성들 입장에서 보면, 극심한 피로감과 함께 폐경기 증후군을 느끼는 것은 당연한 일인지 모릅니다.

그러나 여성들도 폐경기를 견디기 위해 노력하는데, 남성들이 무턱대고 아이들처럼 집을 나가고, 자신 없음을 보여 주는 것은 좀 곤란합니다.

이 시점에서 이렇게 말하는 것은 좀 그렇지만 남성들은 영원한 아이인지 모릅니다. 제가 알기로는 여성보다 남성이 훨씬 더 잘 삐친다는 것, 이런 점에서 남성들이 더 약하고 감정 제어를 못하는 것인지 모릅니다.

그러므로 남성의 폐경기를 잘 보살피는 것도 여성의 너그러운 마음일지 모릅니다. 아내들의 할 일 중 남편의 폐경기를 챙기는 것도 하나의 일이 된다고 하면 여성들은 뭐라고 할까요. 할 말이 무척 많지 않을까요.

'남성들의 폐경기'에 간혹 일을 저지르는 사람도 있습니다. 남성 폐경기 증상에서 주의해야 할 것 중 하나가 '늦바람'이니까요. 착실했던 남편이 뒤늦게 외도를 해 고민하는 여성들을 많이 보았고, 그 때문에 늦장에 불쌍해지는 남편들도 많이 보았습니다.

고려제일병원 신경정신과 김진세 박사의 말에 의하면 늦

바람이 단순한 성욕 때문만은 아니라고 합니다. 남자로 살면서 상처와 두려움과 수치심을 꾹꾹 누르다 보니 감수성이 둔해지는 것을 느끼는 이가 많고, 아직도 존중받고 사랑받는 존재라는 것을 확인하기 위해 자칫 젊은 여성을 찾는 심리적 기제가 작용한다고 합니다. 이때의 선택이 인생을 좌지우지할 수 있을 정도로 남성의 삶은 그 실체를 드러내게 됩니다.

불행해지는 것은 한순간입니다. 원래 너무 재미있는 것은 일찍 부패하거나 썩게 되어 있습니다. 인생이 무료하다는 이유로 다른 곳에 시선을 두게 되면 그것으로 그 인생은 재미없게 되는 지름길이라는 것을 너무 많이 보아 왔습니다.

이런 때일수록 아내와 '어떻게 하면 위기를 넘기고 잘살 수 있는가'를 심각하게 고민해야 합니다.

남성 폐경기에 대해 본인은 물론 아내도 모르고 지내는 경우가 많다고 합니다. 전문가들은 '한국 남성들은 대체로 약한 모습을 보이지 않으려 하기 때문에 폐경기라는 것을 인정하지 않는 경우가 많다'고 지적합니다.

우리나라 남성들은 대부분 혼자 울고, 혼자 견디고, 혼자 우울해 하며, 혼자 불안해하는데 '나도 약하다'라고 아내에게 말할 수 있는 사람이 건강한 남성 아닐까요?

약한 사람끼리 서로 도우며 기대고 사는 기본적 상식선에서 인생을 생각하면, 정신 혹은 육체적 폐경기 따위는 없을 수도 있는 것입니다.

가족이므로 그런 약함도 보이는 것이지요. 남자들은 그런 모습을 보이지 않으려 하면서, 밖에서 그 연약한 마음을 이해하는 대상을 구하고자 하는 심리의 정체가 무엇인지 이해하기 어렵습니다.

우선 남성들 스스로 폐경을 거스를 수 없는 과정으로 여기는 게 중요하다고 합니다. 운동과 휴식 등을 통해 체력을 다지는 것도 증상을 줄이는 좋은 방법이라고 강조합니다. 김 박사는 또 '다른 사람과의 수다를 통해 문제를 드러내고 공감대를 형성하는 게 필요하다'고 조언합니다.

제 생각도 그렇습니다. '병은 자랑하라'는 옛말도 이런 경우 필요하다고 봅니다. 좀 모자란 듯 이야기하면서 위기를 극복해 가는 일이 누구에게나 필요한 일이겠지요. 여기서도 부부 간의 대화가 쓸모 있다는 것을 다시 알게 되는데요. 서로 감정 소통이 되게 하는 일은 이렇게 남편의 폐경기를 무마시키는 소중한 도구가 됩니다. 남편이 폐경을 겪고 있는 아내 중 평소 대화가 잘되는 부부라면 '당신, 요즘 변했어. 나와 얘기 좀 합시다' 라며 적극적으로 대화를 시도해 보는 것이 좋습니다. 같이 산책도 하고 술도 마셔 보고, 마음을 터놓는 실험적 대화도 해 보며 '여보! 나는 당신만 믿어' 라든지, 출근하는 남편에게 '당신, 오늘 유난히 멋지네' 라며 기를 살리는 것도 침체된 남편을 돕는 방법이라 말합니다.

또 같이 취미 생활이나 자원 봉사 활동을 하고 대화를 늘리면 폐경기를 쉽게 극복할 수 있다고 충고하고 있는데요. 이런 증상에는 무엇보다 서로의 감정을 이해하고자 하는 사랑이 필요합니다. 인생의 후반부를 사랑이라고 하면 어색할까요. 그렇다면 이해나 소통이라고 말하면 어떨까요?

우리에게 올 수 있는 생리적 현상, 그것이 주는 고통을 함께 풀어가는 사람들이 바로 부부 아닐는지요.

내 남편은 날 울게 하는 코미디언

제가 신혼생활을 시작했던 곳은 노량진 전화국 뒤편으로, 하염없이 펼쳐져 있는 논 가운데 있었습니다. 논 가운데라니? 그렇습니다. 제 집은 논 가운데 있었습니다.

노량진 전화국 뒤편으로 난 논둑길을 따라 한 30분쯤 가다 보면 공군 병원이 나오는데, 바로 그쯤에 있는 논 가운데 우리는 작은 집을 지었습니다.

건축 허가 같은 것은 예나 지금이나 잘 몰랐으나, 아무튼 거기다 우리 집이라는 것을 지었습니다. 버스를 타려면 30분은 걸어야 했고 전기도, 물도 없었습니다. 20분 걸어가 남의 집 펌프 물을 길어다 먹었는데, 겨울이면 들고 오는 중에 벌써 살얼음이 얼곤 했습니다.

밤마다 촛불을 켜고 살았는데 처음엔 '분위기 있다' 생각했지만 밤마다 문학의 밤을 하는 것도 아니고, 답답하기 짝이 없었습니다.

남편의 고모는 노량진에 있는 논의 대부분을 소유한 땅부자였는데, 남편은 가족을 데리고 살 곳이 없자 각서를 쓰고 고모에게 논 200평을 빌렸습니다.

각서에는 5년 안에 땅값을 갚는 것으로 되어 있었습니다. 머리가 빠른 편인 남편은 경제적 통찰력이 있어 아는 지인들을 찾아다니며 논을 대지화시켰고, 집을 짓는 분에게 두 채를 지어 그중 하나를 받는 것으로 계약이 이루어졌습니다.

돈 하나 들이지 않고 집 장만을 한 것입니다. 물론 200평의 땅값을 5년 안에 갚아야 하는 부담은 남아 있었지요.

그러나 우리는 행복한 꿈을 꾸며 그 집에서 살았습니다. 새집 뜰에 분수도 만들고 산에서 돌들을 가져와 담을 쌓고, 아이들의 그네를 달기도 해서 남들의 천국보다 아름다운 집이라고 믿고 살았습니다.

그러나 남편은 그때부터 이를 악물고 돈을 모으기 시작했는데, 그것은 거의 인간적인 것을 포기해 버린 사람 같았습니다. 그렇습니다. 제가 보기에 그렇다는 것입니다.

뜰에 나무 하나만은 조금 큰 것을 심자고 제안하면 '왜 큰 나무를 비싼 돈 들여 사느냐'고 호통 쳤습니다. 50원짜리 묘목을 사면 그때부터 자라기 시작할 텐데 시인이라는 사람이 참는 미덕도 없다며 남의 자존심을 뭉개고 혼자 잘난 척했습니다.

그때부터 저의 지옥은 시작되었는데 그것은 한마디로 날 울게 하는 코미디 세상이나 다름없었습니다.

남편은 월요일이면 약간의 돈을 주고 '일주일을 살아라'고 했습니다. '별 땅강아지 같은 인간을 다 보겠네' 하고 생각했지만 어쩌겠습니까. 난 그 돈으로 콩나물도 사고 두부도 사며 밥을 끓여 먹었습니다.

근데 남편은 그것도 모자라 토요일이면 어디에 돈을 썼는지 계산서를 써오라는 것이었습니다. 그 돈 모두를 합쳐봐야 구두 하나도 못 살 돈을 가지고 내역서를 써내라는 것입니다. 미쳐 버리고 싶었지만 그 시절 갓난아기를 두고 어디를 가겠습니까.

하는 수 없이 가계부 비슷한 것을 써내면 꼼꼼히 살피다가 결국은 30원쯤 틀리는 것을 찾아내곤 했습니다. 물론 지금도 돈 계산 하나 제대로 할 수 없는 여자이고, 거스름돈도 제대로 계산할 줄 모르는 여자입니다.

그러면 남편은 이 작은 돈도 쓸 줄 모르는 사람한테 무슨 돈을 맡기겠냐며 큰소리를 쳤습니다. 정말 가관이 아니었습니다.

그런데 더 요절복통할 일은 일요일마다 아침밥을 먹고 나면 저더러 반성문을 쓰라는 것이었습니다. 목을 조르고 싶었지만 참았고, 제가 제 목을 누르고도 싶었으나 꾹 참았습니다. 이미 인생을 절반 정도는 포기해 버렸을 때니까요.

정말 창피한 일이지만 두 번 정도 반성문을 썼습니다. 무슨 내용이었냐고요? 빤하지요. 다시는 틀리지 않게 돈을 잘 쓰겠다는 것이었습니다. 제 언니가 그 사람 성격에 평생 쓰라고 할지 모르니 아예 싸움을 하더라도 쓰지 말라고 충고하더군요. 그렇게 해서 그럭저럭 쓰지 않고 살 수 있었습니다.

가을이면 배추 한 접100포기을 김장하고, 그 김치를 겨우내 먹으면서 그 집에서 살았습니다. 어쩌다 남편이 퇴근해

오는 길로 마중을 가는 날이 있었습니다. 그런 생활 속에서도 기분이라는 것이 살아남았는지 애교 비슷한 것을 떨면서 '짜장면'을 먹고 가자고 조른 일도 있었습니다.

남편은 내 꼴이 너무 불쌍해 보였는지 정말 어쩌다 중국집에 들러 자장면을 먹었는데, 저는 단 한 번도 그 자장면을 마음 편하게 먹어 본 적이 없습니다.

처음부터 시어머니를 모시고 살았기 때문에…… 그 자장면을 먹으면서 남편은 늘 이렇게 말합니다.

"이 짜장면 먹는 돈으로 돼지고기를 사면 식구들이 모두 먹을 수 있을 텐데……."

진심으로 그렇게 생각하는 사람이었고 정말 자장면 값이

아까워 죽겠다는 식이었습니다.

토할 것 같았지만 토하지 않았습니다. 어떻게 얻어먹은 자장면인데…… 토해서야 되겠습니까? 문제는 그런 남자와 살면서도 저는 조금도 강해지지 않았다는 것입니다.

생각해 보면 끓는 쇳물 같은 생을 살았는데도 조금도 약지 못했고, 질질 울기나 하는 철부지 인생을 살고 있었습니다.

밤이면 지붕 위에 올라가 세상을 바라보곤 했습니다. 가을에 누런 벼들이 익어 바람에 넘실거리면 저도 그렇게 출렁이면서 울었고, 겨울 빈 논밭에 눈이 내리면 눈을 맞으며 하얗게 울곤 했습니다. 그렇게 우는 방법 외에 다른 것은 알지 못했습니다. 갈 곳도 만날 사람도 없었습니다.

오직 보고 싶은 사람은 어머니였는데 친정에 가는 것도 남편이 싫어해서 때로는 아이를 업고 병원에 간다고 하면서 잠깐 어머니를 만난 적도 있었습니다.

어머니를 한번 만나고 오면 열흘은 거뜬히 견딜 수 있었지요. 그렇게 살면서 우리 집은 그래도 집 모양새를 갖추며 아름다운 집이 되어 갔습니다.

어느 날은 나무장수가 와서 회양목을 심으라며, 팔다 남은 것이니 싸게 주겠다고 했습니다. 저는 대문에서 현관까지 회양목을 심기로 했지요. 영화 같은 데서 그런 집을 보았던 것입니다. 어쩌면 남편에게 칭찬을 들을지도 모른다는 기대까지 품었더랬습니다.

회양목을 다 심고 막 돈을 치르려는 순간 남편이 퇴근해 들어왔습니다. 저는 자랑스럽게 '이걸 좀 보라고, 아름답지 않냐'고 말했습니다. 그러나 남편은 갑자기 그 나무들을 획획 뽑아 버리더니 '이 나무들 안 심는다'며 방으로 들어가 버렸습니다.

저는 우선 그 나무장수에게 창피해 견딜 수가 없었습니다. '그런 권한도 없는 여자가 심기는 왜 심어!' 하고 날 웃기게 보지 않겠습니까. 할 수 없이 미안하다고 말하며 엉엉울어 버렸던 기억은, 지금 생각해도 낯이 붉어집니다.

저는 제 집에 못 하나도 마음대로 박을 수 없었고 모든 일을 그 남자 마음대로 하며 살았습니다. 어느 선배가 말했어요. 남편과 일생을 같이 살다 보면 세 가지는 죽어도 용서할 수 없는 일이 생긴다고…… 저는 백 가지도 더 되니 어쩝니까.

그래도 저는 그 남편과 딸을 셋이나 낳고 살았습니다. 제

생에 가장 큰 재산은 남편이 준 것입니다. 그 이유 하나로 저는 그 남자를 이 세상에서 가장 귀한 남자로 받들 수밖에 없었지요. 제 딸들의 아버지…… 이 말은 가슴 떨리도록 소중한 현실이었습니다.

그렇게 돈을 아끼고 남의 자존심을 야박하게 허물던 그 남자는, 자신에게는 더더욱 인색했던 사람입니다.

직장까지 걸어 다녔고, 목이 마르면 수돗물을 벌컥벌컥 들이켜며 맥주 한잔의 유혹을 견디던 남자였습니다. 한 가지 목적을 정하면 죽어도 가는 남자, 그 남자가 바로 제 남편이었습니다.

포장마차에서 마시는 소주 값도 아끼던 그 남자, 때로는 논둑길에서 유행가를 부르며 내 어깨에 손을 얹곤 하던 그 남자를 그래도 저는 믿었습니다. 여차하면 가족을 위해 리어카라도 끌 수 있는 남자였습니다.

어떤 권력 앞에서도 아부하지 않는, 자신의 신념이 아니면 고개를 숙이지 않는 그런 면이 좋았는지 모릅니다. 그러나 그것은 가정생활과는 아무 관계없는 것이었습니다. 그렇게 자신에게까지 구두쇠 노릇을 한 그는 5년 안에 약속한 대로 논 200평의 값을 모두 치렀습니다. 그 집을 완전히 우리 것으로 만들었고, 나중엔 그 집을 팔아 조금 더 큰집으로 이사까지 했습니다.

50평의 정원이 있던 은평구 신사동 그 집…… 돌탑을 세우고 목련나무와 모란을 심고, 햇살 같은 꽃을 활짝 피워 올리던 능소화는 물론, 붉은 장미와 흰 장미가 흐드러지던 그 집…… 이태리 봉선화가 여름 내내 피었던 그 집…… 결국 그 남자는 그 집에서 인생의 호사 한번 누려 보지 못하고 쓰러졌고, 한강이 바라다 보이는 강변 삼성동 빌라에서 눈을 감았습니다.

누구보다 딸들을 사랑한 남자였고 어설픈 나를 믿지 못한 남편이었습니다. 변변치 못해 어떻게 세상을 살아갈까 걱정했지만, 저는 그의 투병을 24년간 도왔고, 제 손으로 돈을 벌며 살았고, 제 품에서 남편은 눈을 감았습니다.

제 일생에 있어 가장 황홀한 말을 남기기도 했습니다.

"널 두고 어떻게 가냐, 나 죽거든 결혼하지 마라."

그렇게 웃기는 말도 남기고 죽었습니다. 저에게는 혹독했지만 자신의 전공에서는 누구에게도 밀리지 않고 확실한 주관을 펼쳤던 그 사람이 이 세상 누구보다 가정적인 남자였다는 것을 저는 잘 알고 있습니다.

그리고 이 세상에서 저를 가장 사랑한 남자였다는 것도 너무 잘 알고 있습니다.

인간에게는 누구나 이런 기억 하나쯤 남아 있어, 인생의 어려움을 견디며 사는 것 아닐까요. 딸과 사위들이 모이면 늘 남편 이야기가 등장하지만 우리 모두 정말 좋은 사람이었다는 것을 기억합니다. 그렇게 맘에 들어 하던 딸들과 사위들을 남겨둔 채, 사람은 떠날 수 있다는 것을 저는 보았습니다. 아버지를, 남편을 잃었지만 늘 우리와 함께한다는 것을 남은 가족 모두는 알고 있습니다.

막내의 꿈에는 아빠가 자주 나타난다고 합니다. 아마도 막내가 가장 마음에 안 놓이는 모양이지요. 활짝 웃으며 깨끗한 모습으로 나타나는 아빠 이야기를 우리 가족은 무슨 세상의 가장 좋은 뉴스거리라도 되는 양 궁금해 합니다.

"그래 뭐라고 했는데 말해 봐, 응?"

"옷은 뭐 입었어? 모자는 썼어?"

우리는 그렇게 웃고 울곤 하지요.

가족처럼 좋은 것은 이 세상에 없다는 사실을 우리는 세월이 흐르면서 더 많이 알아갑니다.

행복을 찾아가는 사람들

행복은 무엇일까요

행복이란 무엇일까요? 행복이 무엇이기에 누구나 이 행복을 자기 것으로 만들려고 노력하기도, 행복 앞으로 다가서기 위해 갖가지 행동을 취하기도 합니다.

행복을 자기 것으로 만들기 위해 사람마다 행복을 부르고, 행복의 이름표를 가슴에 달고, 행복은 반드시 내 것이 되어야 한다고 떼를 쓰기도 합니다.

행복이 하나의 상품으로 만들어져 한 개에 일억이나 이

억쯤 한다면 부자들은 당장 행복해질 것입니다. 그까짓 일억, 이억이 그들에게 대수겠습니까. 얼른 카드를 꺼내 행복을 열 개쯤 사는 사람들도 줄 서지 않겠습니까.

아니, 행복을 상자 한가득 사 놓고 비싸게 파는 사람도 생길지 모릅니다.

돈 버는 데 이보다 더 좋은 장사가 어디 있겠습니까. 만약에 행복이 이렇게 상품처럼 진열되어 있는 것이라면, 우리는 행복에 대해 알 필요도 없고 돈만 벌면 될 것입니다.

그러나 우리는 압니다. 부자들도, 권력이 넘치는 사람들도…… 결코 돈이나 권력만으로 행복해지는 것이 아니라는 사실을 말입니다.

언제나 행복에 대해선 배고프다는 것을 압니다. 돈을 억만금 쌓아 두고도 행복하지 않은 사람들을 우리는 알고 있지 않습니까. 때때로 그런 생각을 합니다. 행복이라는 것이 동전 몇 개 넣고 누르기만 하면 커피처럼 톡 빠져 나오는 그런 것이라면 얼마나 좋겠습니까. 부자가 되고 싶다면 그런 것을 발명해 내면 세계적 부자가 되지 않을까요.

그러나 우리는 압니다. 행복은 결코 그렇게 밖으로부터 오는 것이 아니라는 것을요.

그리고 행복은 절대 어떤 환경이나 여건을 통해 오는 것이 아니라는 것을요.

다른 사람 눈에 제아무리 행복해 보여도 본인이 아니라고 주장하면 그는 불행한 사람이며, 행복한 사람은 결코 되지 못합니다.

행복은 불행해 보이는 사람도 스스로가 행복하다고 말한다면 그는 절대 가치로서의 행복한 사람이 됩니다.

행복은 이렇듯 스스로 동의해야 합니다. '네, 나는 행복합니다'라고 스스로 수긍하고 동의할 때 행복한 사람이 되는 것입니다.

사소한 기쁨을 아는 사람은 행복합니다. 사소하거나 조촐한 것에 대해 애정을 가질 줄 아는 사람은 행복합니다. 스스로 가진 것에 대해 이름을 불러 주는 사람은 행복합니다. 그렇습니다. 자기가 가진 것을 목록으로 작성해 보면 놀랍게도 우리는 너무나 많은 것을 가지고 있습니다.

우리가 행복하지 않은 것은 가진 것에 대해 냉정하고, 즐기지 못하며, 안 가진 것에 대해 탐욕을 부리기 때문에 늘 가난하고, 행복은 남의 것이 되는 것입니다.

아주 작은 것에도, 가령 바람이 시원하게 불거나 꽃 하나를 본다거나 우연히 거리에서 친구를 만나는 일에서도 행복하다고 말하는 사람은 행복합니다.

행복은 아주 이기적이며 개인적인 것이라는 이야기지요. 행복해지고 싶은 사람은 무엇을 가져야 한다고 생각하는 것이 아니라 지금 가지고 있는 것을 활용하고 가치를 부여해야 합니다.

무슨 거대 담론을 이야기하는 것이 아닙니다. 이 나라가 어떻고, 어디로 갈 것이며, 우리는 왜 사는가 등 고매한 철학을 이야기하는 것이 아닙니다. 그런 거대 담론보다는 작고 사소하며, 우리가 살아가는 데 있어 어떤 것이 우리를 위로했고, 어떤 것이 우리를 아프게 했으며, 그것을 어떻게 극복해 갈 것인가 하는 것들이 제 이야기의 주제입니다.

사소한 일에 충실하면 그것이 바로 국가를 위한 애국이 되지 않겠습니까.

중고등학교 시절로 돌아갔을 때, 국어책에 어느 시가 실렸는지 기억하는 분 있으면 말씀해 보세요. 뭐가 있었지요? 이 육사의 〈광야〉, 만해 한용운의 〈님의 침묵〉, 김춘수의 〈꽃〉, 박목월의 〈나그네〉, 김소월의 〈진달래〉, 서정주의

〈국화 옆에서〉…….

여러분들이 기억하고 있는 그 좋은 시들은 문학적 소양을 바탕에 깔고 많은 후배를 양성해 낸 명시들이라고 할 수 있습니다. 여러분들이 의사나 법관이라 할지라도 그 시를 이해하지 못한다면 그 삶은 상당히 건조할 수밖에 없습니다.

〈국화 옆에서〉는 우리가 배우는 교과서에 반드시 있었습니다. 이 시는 서정주 선생님이 30대에 쓰셨고, 86세에 돌아가셨어요. 사실 그분이 80이 넘어 돌아가셨는데, 30대에 그 시를 쓰셨다면 그 시는 졸작이어야 마땅합니다. 그런데 서정주 선생님의 시는 모두가 문제작입니다. 특히 〈국화 옆에서〉는 우리 한국이 남아 있는 한, 앞으로 몇백 년이 지나 인류가 소멸할 때까지 거론되지 않을까 싶습니다.

한때는 서정주 선생이 친일을 했다고 해서 〈국화 옆에서〉를 외우지 못하게 한 적도 있었지만, 우리는 그가 친일을 했거나 안 했거나 그런 역사적인 관점이 아니라 시를 보는 안목에서 그를 평가하지 않으면 안 된다고 생각됩니다.

그 시 속에는 누님이 나오는데 서정주 선생님이 이 시를 쓰기 전까지는 화랑이나 승려들을 대상화할 때 국화에 비

유했어요. 그러니까 이 국화를 여성화시킨 것은 서정주 선생님이 처음이셨던 거죠. 어떤 의미에선 영향력이 있다고 볼 수 있고, 이때는 서정주 선생님이 불교의 영향을 많이 받으셨을 때였어요. 말은 쉽지만 이 안에는 인간에 대한 것과 자연, 사계절 등…… 모든 것이 들어 있습니다. 제가 한번 낭송해 보겠습니다.

국화 옆에서 _ 서정주

한 송이 국화꽃을 피우기 위해

봄부터 소쩍새는 그렇게 울었나 보다

한 송이 국화꽃을 피우기 위해

천둥은 먹구름 속에서 또 그렇게 울었나 보나

그립고 아쉬움에 가슴 조이던 머언 먼 젊음의 뒤안길에서

인제는 돌아와 거울 앞에 선 내 누님같이 생긴 꽃이여

노오란 네 꽃잎이 피려고 간밤엔 무서리가 저리 내리고

내게는 잠도 오지 않았나 보다

이 국화는 가을에 피는 꽃이죠. 가을에 피는 꽃에 대해 만약 소견이 좁은 저 같은 사람이 시를 썼다면, 가을의 전경을 얘기하면서 하늘이 맑으니 어쩌느니 하지 않았을까 싶습니다. 그러나 이분은 가을에 피는 꽃의 가치와 의미를 이 시를 통해 완벽하게 드러내고 있습니다. 봄부터 소쩍새가 울었던 것, 그것은 이 시인이 보기에 봄이 와서가 아니었습니다. 벚꽃이 피고 진달래가 피고 개나리가 무리 지어 필 때 우리는 '아 봄이야' 할 뿐이지만, 이 시인은 그렇게 생각하지 않았습니다.

'계절을 뛰어넘어 어느 쓸쓸한 가을에 노란 국화잎 하나가 피기 위해 저 소쩍새는 우는 것이다.'

시인의 상상력은 거기까지 가 닿은 겁니다.

그뿐만 아니라 그 여름 퍼런 번갯불을 시인은 '가을에 국화가 피기 위한 어떤 조짐'으로 생각합니다. 여러분 생각해 보세요. 이 국화는 장미처럼 고혹적이거나 유혹적인 꽃도 아닙니다. 목련이나 모란처럼 귀족적인 꽃도 아니고, 더 잔인하게 말하면 장의실에 가면 있는 꽃입니다. 그런데 그렇게 하잘것없이, 사람들에게 대접 받지 못하는 꽃을 하나 피우기 위해 이 서정주 시인은 봄, 여름 등 모든 계절을 국화에게 헌송하고 있습니다.

'머언 먼 젊음의 뒤안길에서 이제는 돌아와 거울 앞에 선 내 누님같이 생긴 꽃이여' 이 부분에서 여러분은 누님이 몇 살쯤 됐다고 보십니까.

저는 대학 다닐 때 이 시를 피천득 선생님께 배웠습니다. 백수 가까이에 눈감으신 선생님은 어떤 욕망도 가지시지 않은 분이셨습니다. 이 세상에 피천득 선생님 같은 분이 다섯 명만 더 계셨다면 아마 다른 세계가 열리지 않았을까 생각합니다.

그분은 영문학을 하셨지만 우리나라 말을 더 사랑하신 분입니다. 그분이 이 시를 가르치시며 우리에게 '너희들은 누님이 몇 살일 것 같으냐' 고 물으셨어요. 그런데 그 당시 20대 때엔 생각나지 않았어요.

여러분, 20대는 정말 피가 끓어서 인생의 시련이나 이런 것이 있는 것도 모르고, 그 여자가 왜 거울 앞에 왔는지도 모르고 그냥 천방지축의 열정과 뜨거움만 가득 담고 있지 않습니까. 그때 우리는 대답을 할 수 없었어요. 그러자 선생님은 '내 생각에 이 작품 속 누님은 마흔 살이나 마흔한 살쯤 됐을 것 같다'고 하셨어요.

당시 20대였던 우리들은 '여자가 40대에도 살고 있나, 죽어야지'라고 생각하던 때라, 선생님께 왜 그렇게 생각하시는지 물었어요. 오십이나 육십 살은 인간이라 생각도 못하던 때라, 도대체 마흔 살은 어떤 인생인지 알 수가 없었죠. 그때 선생님께서는 '여자에게 마흔 살은 인생의 굽이굽이를 다 지나서 남편에게 소박도 맞아 보고, 귀싸대기도 맞아 보고, 돈도 떼여 보고, 볼 거 못 볼 거 다 보고, 이제는 서서히 인생의 뒤안길에서 걸어 나오는, 그런 때인 것 같다'고 하셨어요.

절대로 장미는 아니죠. 우리가 장미를 말할 때 절대로 그렇게 말할 순 없을 겁니다. 여러분도 살아오면서 많은 인생의 고비와 격랑이 있었을 겁니다. 그것이 연애로 왔든, 돈으로 왔든, 가정 문제로 왔든, 격랑을 거쳤을 거예요. 그런 격랑을 거치며 인간은 조금씩 상처를 받고 상처를 보듬을 줄 알게 됩니다. 그런 다음 어디로 돌아갈까요. 바로 자기에게로 돌아가게 됩니다. 이제는 돌아와 거울 앞에 선, 이것은 어떻게 보면 한 생에서 끝나지 않고 다음 생으로 이어지는 윤회 사상이 아닐까 싶습니다. 이 좋은 계절에 국화를 통해 중고등학교 시절을 추억하고, 선생님을 그리워하며 다시 한 번 이 시를 낭송해 보면 어떨까요.

네, 한마디에도 정성을 들여라

세상에서 제일 재미있는 것이 무엇일까요. 사실 인생에서 가장 재미있는 것은 금기 사항입니다. 만일 커피가 몸에 굉장히 좋다고 한다면 당장 내일 아침부터 커피 안 마실 겁니다. 커피는 나쁘기 때문에 매력이 있는 것입니다.

이렇듯 우리는 금기 사항에 굉장한 매력을 느낍니다. 프로이트가 이런 말을 했습니다. '하지 마' 이런 말이 어머니 입에서 떨어지는 순간 그것에 대한 집착이 시작된다고 말입니다. 연애할 때도 엄마가 '어디서 그런 남자를 데려왔냐'고 할 때 그 남자가 더 좋아지기 시작하는 겁니다. 누군가 강력하게 반대하면 그것에 대한 가치를 더 두게 되는 것이죠.

그러나 매력과 현실은 다릅니다. 매력에는 위험이 따릅니다. '네' 한마디에도 정성을 들이면 행복은 금기로부터 오지 않고 순리로부터 오게 됩니다.

2007년 3월 17일자 어느 신문에 난, 조셉 A. 미첼리의 《스타벅스 사람들The Starbucks Experience》에 실린 내용을 요약한 김세진 한국채권평가 사장의 글은 저를 감동케 했습니다. 작은 커피집이지만 '성실한 원칙'이 있을 때 성공한다는 것을 누구나 알았으면 하는 바람으로 이 글을 인용합니다.

미국 시애틀에서 작은 커피숍을 하던 스타벅스가 어떻

게 37개국에 1만1천 개가 넘는 매장을 운영하는 회사가 되었을까요. '평범한 커피숍'이라는 평범한 비즈니스를 특별한 성공 모델로 만들어 낸 신화에 저는 경이롭기까지 합니다.

그것은 슐츠 회장과 모든 직원들이, 아니 아르바이트 직원까지 그들이 만들어 낸 원칙을 절대 가치로 지켜왔기 때문이었습니다.

그들은 진정으로, 직원들이 맡은 일에 열정과 재능을 쏟아 붓기를 원한다면 행동을 요구하기 전 먼저 삶에 대한 기본 태도를 가르쳐야 한다고 합니다.

'비즈니스에 사소한 것은 없다. 모든 것에 철저히 임해야 하며, 현대인은 정에 메말라 있다. 진정한 친절이 감동을 불러온다. 이익만 극대화하고 사회적 책임을 다하지 못하면 불량 기업이 되고 만다'는 엄청난 원칙을 지켜 나간 것입니다.

스타벅스의 성공은 행운과 아이디어가 아니라 꿈과 현실을 실천하기 위해 그들이 들인 노력, 인내, 헌신이라는 점에서 배울 것이 많습니다.

다음이 바로 스타벅스의 원칙입니다.

첫째, 자신의 것으로 만들라 Make it your own

스타벅스는 직원들이 맡은 일에 헌신할 수 있는 환경을 조성하는 데 성공했다. 스타벅스는 직원들에게 아래와 같은 '5가지 삶의 기본 태도'를 요구한다.

- 고객을 반갑게 맞이하기
- 순수한 마음으로 고객 대하기
- 고객의 불편을 즉시 파악하고 돕는 사려 깊은 자세
- 커피에 대한 전문 지식 확보
- 회사일과 공동체 활동에의 적극적 참여

슐츠 회장은 스타벅스를 사람들에게 커피를 서비스하는 비즈니스가 아닌, '사람 비즈니스'라고 정의한다. 스타벅스의 모든 신입 직원은 '커피 여권' 프로그램이라는 교육을 통해 104쪽에 달하는 커피 관련 서적을 90일 안에 숙지해야 한다.

둘째, 모든 것에 철저해야 한다 Everything matters

슐츠 회장은 '소매업retail은 자질구레한detail 비즈니스'라고 정의한다. 고객은 사소한 것도 놓치지 않고, 전부 보기 때문에 비즈니스에 있어 사소한 일은 없다. 스타벅스 매장은 눈에 잘 띄는 카운터 위뿐 아니라 카운터 아래까지도 잘 정리돼 있어야 하며, 주문을 받아 커피를 뽑는 과정 등 기본이 강조된다. 특히 고객이 다시 찾는 매장이 되기 위해서는 디자인과 인테리어 등이 고객 친화적이어야 하고 분명한 메시지를 전달할 수 있어야 한다.

셋째, 놀라고 기쁘게 하라 Surprise and delight

스타벅스 경영자들은 고객은 물론, 직원을 놀라고 기쁘게 하기 위해 최선을 다한다. 예컨대 매장 문을 막 닫는 시간에 고객이 들이닥치면 종업원은 시간이 끝났다고 말할 수도 있다. 하지만 그런 손님에게 서비스를 해주면 고객은 감격하게 된다. 개점 시간 전에 일찍 도착해 밖에서 기다리는 고객을 위해 미리 매장 문을 열어 놓을 수도 있다. 스타벅스는 미국 내에서 최초로 아르바이트 직원에게도 의료보험 혜택을 제공하고, 모든 직원에게 스톡옵션을 주고, 그들을 파트너라고 부르는 등 직원들을 대하는 태도가 다른 회사와 달랐다.

넷째, 불만과 반대도 포용하라Embrace resistance

경영자라면 어떤 경우에도 고객과 직원의 불만과 반대를 포용하고 대답은 가급적 '즉각적인 예스just say yes'가 되도록 노력해야 한다. 특히 불만·비판·반대에 현명하게 대처해야 한다. 이를 위해서는 '단순 불만인지, 문제 해결을 위한 우려인지'를 구분할 수 있어야 하고, 문제가 더 불거지기 전에 대화로 해결해야 한다. 비판적인 사람은 한번 감동받으면 열렬한 추종자로 변신하는 경우가 많다.

다섯째, 세상에 흔적을 남기자Leave your mark

비즈니스 세계에선 때론 받은 것보다 더 많은 것을 세상에 줄 수 있으며, 반대로 주는 것보다 많은 것을 받을 수도 있다. 회사는 이익 극대화를 위해 직원의 복지 경비를 줄일 수 있고, 가격을 올리며 품질을 낮출 수도 있다. 하지만 이렇게 얻은 이익은 오래가지 않으며, 시간이 갈수록 부정적인 효과를 낳는다. 기업은 주주뿐 아니라 직원·고객·지역주민, 나아가 사회 전체를 위해 존재한다. 기업의 사회적 책임corporate social responsibility은 일시적 현상이 아니라 기업이 지속적으로 지켜 나가야 하는 기본 이념이 되어야 한다. 이를 위해 경영자들은 이익의 일부를 사회에 환원할 뿐 아니라 환경, 자선, 문화 등 여러 분야에서 기업의 참여를 확대해야 하며, 직원에게도 자발적인 참여를 독려해야 한다.

이 5가지 '리더십 원리'를 기업에 적용해 보면 어떨까요. 엄청난 변화가 있을 것 같지 않으세요? 스타벅스가 특출난 회사로 성장한 것과 같이 당신 회사도 특별하게 거듭날 수 있을 것입니다.

저는 신문에서 이런 정보를 보면 사랑이 시작되는 것처럼 가슴이 떨리고 우리나라도 이런 일류 의식으로 발전해 독보적 인간으로 성장하는 것을 보고 싶어집니다. 그 후 스타벅스도 어려움을 겪었다는 소문을 듣긴 했지만 다시 일어나 새로운 커피로 거듭나고 있습니다. 이런 경영 철학이 곧 직원들의 자부심으로 태어나고, 나아가 인간의 자부심이 되지 않겠습니까.

결국 자신을 낮추고 성실하게, 꾸준히 최선을 다해 자기 일을 이행해 나가면 안 될 일이 없는 것입니다.

그것이 우리가 원하는 행복 아닐까요?

행복의 조건

행복은 계속 느껴야 하는 것입니다. '가을이 왔어요, 단풍이 들었네' 그러면서 후렴처럼 '행복하다'를 갖다 붙이세요. 그러면 순간순간 행복해집니다. 조건은 필요 없습니다.

'행복이 무엇인가' 라는 조사 결과를 보면 우리나라 사람들의 경우, 행복에 반드시 조건이 따라 붙습니다. 이러이러한 것이 있어야 행복할 수 있다는 것이지요.

외국 사람들이 행복에 대해 단순한 것과 전혀 반대입니다. 저는 행복에 대해 앙케트를 해 본 적이 있습니다. 1997년쯤이었습니다. 한국인들의 행복지수를 알아보는 일이었는데 첫 관문에서 한국 사람들은 행복하지 않다고 나왔습니다. 70%가 행복하지 않았습니다. 왜 행복하지 않은지에 대한 대답은 '행복하기 위해서는 조건이 있다'고 했습니다. 그럼 그 조건을 써내라고 했더니, 행복할 수 있는 조건이 무려 216개나 나왔어요. 별별 것이 다 행복의 조건이 되었습니다. 물론 다 있어서 나쁠 것은 없지만 너무 많아도 불행한 것 아닐까요?

간단하게 3가지만 얘기하죠.

첫째로 가장 많은 것이 건강, 두 번째가 돈, 세 번째는 사회적인 지위였습니다.

그런데 중요한 것은 건강과 돈은 당연히 1, 2위였지만 3번이 없으면 행복은 무의미하다는 결과가 나와 무척 당황했습니다. 건강과 돈만 있으면 행복하게 살 수 있을 텐데, 왜 또 다른 것이 필요했을까요.

다 아실 것입니다. 사실 우리의 현실은 건강과 돈보다는 사회적 지위에 더 굶주려 있는 게 아닐까요. 어느 대학 나왔느냐, 어느 직장에 다니느냐, 아버지 어머니가 누군가가 더 그 사람을 알아내는 첩경이 된다는 것을 우리는 압니다.

저의 아버지에게 아들이 하나 있었습니다. 40대 초·중반쯤 그 아들이 열아홉 살이 되었어요. 그리고 농사를 짓던 아버지의 친구 분들에게도 그런 아들들이 있으셨죠. 그때 중소 도시들에 대학들이 서서히 세워지기 시작하는 분위기였어요. 그래서 아버지는 우리 오빠를 청주대학교에 보냈어요. 아버지의 친구들도 아들들을 대학에 보내셨죠.

그때 할아버지가 부자셨으므로 등록금을 내주셨어요. 그런데 아버지의 친구들은 아들들을 대학에 보내기 위해 황소를 팔았어요. 그 시절 황소는 그 집안의 재산 1호였고, 아버지와 어머니의 농사일을 대신해 줄 수 있는 굉장히 건실한 일꾼이었어요. 그들은 과감히 그것을 팔아 아들 손에 쥐어 주며 '애야, 너는 나같이 무지랭이로 살지 말아라, 너는 그래도 머리에 먹물을 넣고 나가서 사람대접을 받으며 살아라'고 했습니다. 그것이 당시 아버지들의 맘이었어요. 그리고 열 손가락이 문드러지도록 일해 아들의 뒷바라지를 했던 이 땅의 어머니, 아버지들이 있었습니다.

오늘의 교육이 어떻게 해서 이루어졌습니까. 저는 여성 교수로서, 여성학자로서 여성학회에 가서도 얘기합니다. 때때로 남성들이 만들어 놓은 사회의 문제점이 있지만 저는 저의 아버지를 보았고, 아버지의 친구 분들과 할아버지를 보았습니다. 그때 황소를 팔아 아들들 뒷바라지를 하지 않았다면 오늘날 교육이 어떻게 됐겠습니까.

그때 그 아들들이 대학을 졸업하고 우리나라에 급물살처럼 밀려오던 산업사회의 역군으로 투입되었지요. 그분들은 지금 70대나 70대 후반이 됐을 것입니다. 그분들도 여러분에게 또 그렇게 얘기할 겁니다. '애야, 나처럼 살지 말아라.' 그분들은 황소를 팔지도 큰 손가락이 문들어지지도 않았지만 그렇게 말씀하십니다. 왜냐하면 그분들에게는 개인이 없었습니다. '내'가 없었기 때문입니다. 그분들은 할아버지와 아버지를 모시고 자식들과 대가족을 이끌며 산업 역군으로 투입되어 열심히 일만 하신 것입니다.

'애야, 나처럼 살지 말아라.'

이 말은 몹시도 쓸쓸한 여운을 남깁니다.

우리나라 부모들은 다 한이 있어요. 자신들이 이루지 못한 꿈을 자식이 이루어 주길 원합니다. 그 욕망의 힘이 황소를 파는 힘으로 진전돼 온 겁니다. 생각해 보면 '나처럼 살아라'고 당부하는 아버지가 이 세상에 몇이나 되겠습니까. 이 땅의 아버지는, 이 땅의 어머니는 자녀들에게 적어도 '나같이'는 말고 좀 더 유능한 인재가 되어, 스스로 여유를 가지고 행복해지길 바랄 것입니다.

'나처럼 살지 말아라'는 '내 한을 풀어다오'라는 말과
다르지 않습니다.

다시 언급하지만, 우리나라 사람들은 건강하고, 돈이 많
다고 해서 행복하진 않습니다. 세 번째로 증명된 사회적
지위가 가장 소중하다고 생각하는 사람들입니다. 우리의
행복은 본인 혼자 만족하기보다 남들이 알아주는 행복을
추구합니다. 남이 알아주었을 때 바로 성공이 되고 행복이
되는 것이지요.

황소를 판 아버지가 아들에게 모든 것을 내준 것은 그것
이야말로 가족 모두의 행복이라는 것을 알았기 때문입니
다. 그러므로 사람들은 지금, 빚을 내서라도 교육비를 선
뜻 내놓지 않습니까.

내 자식이 사회적으로 안정되고, 그래서 남이 알아주면
행복에 대한 배고픔이 사라진다고 보는 것입니다.

우리 부모님들은 모두 한 맺힌 사람들 아닙니까. 한이 없
는 아버지, 어머니가 어디 있겠습니까. 그래서 우리는 한
으로…… 억울함으로…… 피로 공부를 해 온 이 땅의 자

식들입니다.

　부모님의 가장 큰 보람은 자식들이 행복하게 사는 일이고, 그것을 보고 즐기는 일입니다. 그렇습니다. 행복은 내일을 걱정하는 것이 아니고, 지금 순간의 아름다움을 보고 즐기는 일입니다.

　그러나 우리는 너무 어렵고 불가능한 것을 바랍니다. 행복을 희망이나 꿈이나 이상이라 말하지 말고, 바로 앞에 있는 아들의…… 딸의 좋은 점을 칭찬하고 가능성 있다고 밀어 주는 그 자체를 행복이라 생각하면 어떨까요.

　너무 소박하지만 오래가며…… 힘 있는 처방이 될 것입니다.

　'좋은 아침!' 이 한마디가 행운을 가져오지 않겠습니까.

가자미 한 마리의 여행
– 상처와 손잡고 치유의 성당으로

    프랑스로 향하는 비행기 트랩을 오르며 저는 잠시 눈을 감았습니다. 제가 가는 곳이 어디인지 너무나 아득했으므로 비행기를 오르며 어지럼증이 왔던 것입니다.

    "조직 검사를 해야겠어요."

    무심한 남자의 목소리가 바람결에 스쳐 지나갔습니다. 조직 검사라는 말은 온몸이 녹아들 듯 무서운 말이었습니다. 약간 다리를 떨며 제 자리를 찾아 앉았습니다. 그리고 한 손으로 가슴의 상처를 잡고 성호를 그었습니다.

    초음파에 보였던 검은 흑점이 떠올랐습니다. 검은 콩 한

알보다 작아 보였는데…… 지구가 무너지는 것 같은 절망감을 추스르지 못해 끝내 저는 쓰러졌습니다. 하늘도 구름도 산도 강도 바다도 모두 무너져 내렸습니다. 시간도 사람도 시도 모두 무너졌습니다. 지금까지 살아남기 위해 안간힘을 쓰며 버티던 아집도 주르륵 풀려 버렸습니다. 남아 있는 것은 가슴속 검은 달, 검은 흑점 하나뿐이었습니다.

주스 한 잔을 받아 들이켰습니다. 곧 비행기가 이륙할 모양입니다. 저는 다시 눈을 감았습니다.

방사선과는 2층이었습니다. 2층에서 지상으로 내려오는 계단은 너무나 멀었습니다. 제 생애 그렇게 높은 계단을 내려오는 것은 처음이었습니다. 후들후들 다리가 떨려서 계단 하나가 10년의 징역을 사는 것 같은 무게로 느껴졌습니다. 2층에서 내려오는 일은 한 세상을 다 산 것같이 지루하고 길었습니다.

겨우 택시 하나를 불러 세웠습니다. 집으로 돌아온 저는 전화기 앞에 앉았습니다.

'조직 검사를 해야 한대요.'

글쎄, 이 말을 제일 먼저 누구에게 해야 할까, 전화기 앞에서 또 한 세상을 사는 장벽에 부딪쳤습니다. '누구에게?

누구에게…… 이 말을 해야 하나?'

'나 문제가 있대요. 큰일 났어요 어쩌죠?' 사람에게, 따뜻한 사람에게 이 말을 하고 싶었습니다. 그러나 저는 지금까지 어떤 준비도 없이, 울먹거리며 제 신상의 문제를 이야기할 사람이 없다는 현실을 깨달았습니다.

사람은 참 이기적입니다. 이런 절망감에는 이미 굳은살이 박이고도 남으며, 이런 외로움이야 나날이 밥 먹듯 친해진 생활 같은 것인데도 불구하고, 저는 심하게 흔들리고 있었습니다.

그것이 어머니나 아버지, 남편이었다 하더라도 제가 병든 것과는 거리가 있다는 것을 그때 알았습니다. 이번에는 저였습니다.

'그래 이번엔 나야, 하느님은 지금까지 내가 내 가족으로 인해 받은 고통으로는 나의 생을 모두 면제할 수 없었던 거야.'

저는 전화기 앞에 앉아 숫자 하나 돌리지 못하고 울기 시작했습니다. 세상에서 가장 가난한 사람으로…… 처음으로 울어본 사람처럼…… 태어나서 단 한 번도 울어 보지 못한 사람처럼 전화기를 붙들고 저는 내장이 토할 것 같은 울음을 울고 있었습니다.

'하느님 왜 접니까. 왜 다시 접니까. 세상에는 다른 사람도 많은데 왜 왜 다시 제가 이런 모욕을 당해야 하나요. 저는 아직은 살아야 하지 않습니까. 지금까지의 외롭고 고통스러운 삶은 삶이 아니지 않습니까. 하느님 당신도 잘 아는 일이 아닙니까. 정말 지긋지긋한 제 정신의 혼돈, 늘 귀싸대기를 얻어맞는 고통의 절정에서 이제 전 내려올 때가 되지 않았습니까.

아무리 곱게 화장을 해도 온몸에 사금파리가 찔리는 내적 고통을 제 살처럼 데리고 살아온 저에게 왜 이런 벌을 주십니까. 하느님 당신은 치매이십니까?'

저는 떼를 쓰며 울고 또 울었습니다. 집 안이 붉은 황토 눈물로 가득했습니다.

기내 식사가 나오는 모양입니다. '먹자, 먹는 일은 언제나 회의와 함께 온다.' 아버지가, 어머니가, 남편이 죽어도 저는 잘 먹었습니다. 배고픈 것은 슬픈 일이어서 제 슬픔을 먹어 치우듯 저는 밥을 먹었습니다. 좀 뻔뻔스럽게 불행의 갈비를 뜯듯 밥을 먹어 치웠던 것입니다.

"암이군요."

수술 날짜가 정해지고 저는 알몸에 흰 천을 덮은 채로 주르륵 밀고 가는 철 침대에 눕혀져 수술실로 들어섰습니다. '아아, 무서워!' 저는 알몸으로 바짝 엎드렸습니다. 그 어떤 정신적인 무게도 필요 없었습니다. 몸뚱어리만 남아 엎드렸습니다. '아아, 무서워!' 어떤 포즈도 필요 없었습니다. 그저 가자미 한 마리로 돌아갔습니다.

저는 도마 위에 눕혀졌던 것입니다.

"예쁘게 수술이 되었네요."

그 예쁘다는 말이 왜 그렇게 어색했을까요. 저는 도저히 창밖의 나무들조차 바라볼 수 없었습니다. 서른세 번······ 예수님의 나이만큼 저는 방사선 치료를 받았습니다. 서른세 번. 저는 이 숫자를 죽을 때까지 잊지 못할 것입니다.

"신 아무개님, 들어오세요."

암 병동에서는, 저를 호명하는 간호사의 목소리가 늘 이어졌습니다.

저는 파란 무명옷으로 갈아입고 들어가서는 윗도리를 훌렁 벗어 버리고 괴물 같은 기계 밑에 누워 빙빙 돌아가는 기이한 빛을 쏘여야만 했습니다.

샤를드골공항에 도착되었다는 멘트가 흐릅니다.

'아, 파리!' 저는 가볍게 탄성을 질렀습니다. 이번 여행으로 뼛속까지 배어드는 물의 세례를 받을 수 있을지, 가벼운 흥분이 왔습니다. 파리에서 제일 먼저 간 곳은 생 미셸로의 노트르담 성당이었습니다. 미사를 보고 거기서 성체를 받으며 루르드 성당까지의 성공을 빌었습니다.

루르드까지는 꽤 멉니다. 저는 간절히 기도했습니다. 이 상처 난 몸뚱어리에 치유의 은혜가 있기를 간절하게 빌었습니다. 온몸이 오그라들 듯했습니다. 루르드에 가면 성모님의 목소리를 들을 수 있을 것 같았습니다. 그것이 제 여행의 목적이었습니다.

이왕이면 루르드를 가는 길에 문학·예술 순례도 거치고 싶었습니다. 문학이, 미술이 뭡니까. 모두 자신과의 긴박한 싸움으로의 전쟁이 아니던가요. 저는 그런 영웅들의 흔적을 통해 기운을 받고 싶었습니다. 제가 보고 싶은 프랑스 문학 영웅들을 직접 만나고 싶었습니다. 그것이 제가 가는 루르드를 향한 길이었습니다. 저는 결국 그렇게 했습니다.

제일 먼저 오베르 시즈의 '고흐의 집'을 갔습니다. 그가 그린 해바라기, 그리고 농촌 풍경, 그가 마지막 살다간 집을 보았습니다. 총성이 들렸습니다. 그의 마지막 숨결 소리가 거칠게 들려왔습니다.

"수술이 다 끝났습니다. 정신이 좀 들어요?"

남자의 목소리가 고흐의 보리밭 너울거리는 바람 속에서 들려왔습니다. 저는 고흐를 가슴에 안고 랭보의 고향 샤를빌 메지에르로 갔습니다.

랭보의 기념관 앞에는 뫼즈 강이 흐르고 있었습니다. 랭보가 그 천재적 시선으로 바라보던 사색의 현장을 보는 일은 감격이었습니다. 모든 일을 접고 사막을 횡단하다가 결국 다리를 잘랐던 랭보. 그는 무엇을 찾기 위해 고행을 선택했으며, 무엇을 찾았을까요? 저는 그 천재 시인의 어린 시절 사진 앞에서 묻고 있었습니다. 기념관 안에는 베를렌이 그린 랭보의 사진과 사막 여행까지 끌고 다녔던 랭보의 지쳐 있는 낡은 가방이 하나 놓여 있었습니다. 저는 여러 장의 사진을 찍었습니다. 그리고 랭보를 업고 리용의 벨쿠르 광장으로 갔습니다.

리용은 생텍쥐페리의 고향입니다. 제가 제일 좋아하는 작가 중 한 사람이며《어린왕자》는 제가 돈을 지불하고 산 책 중 권수가 가장 많습니다. 저는 반가웠습니다. 벨쿠르는 '아름다운 마당'이라는 뜻입니다. 어린왕자와 생텍쥐 페리의 동상이 서 있어 친숙함을 느꼈습니다. 어린왕자를 안아 보았습니다. 어린왕자는 어느 평화의 별로 저를 데리고 갈 것 같았습니다.

저는 다시 몽블랑 터널을 지나 몽블랑 만년설이 그대로 쌓여 있는 산 꼭짓점을 오르고, 니스의 샤갈과 마티스의 미술관을 거쳐 폴 발레리의 해변의 묘지에 도착했습니다.

발레리의 고향인 세트의 바다는 창공 빛 그대로였습니다. 그렇게 진한 갈매빛 바다를 저는 본 적이 없습니다. 제 정신의 어딘 듯, 잇닿아 있는 고향 의식에 가슴이 울리며 울컥 눈물이 쏟아졌습니다. 누구도 제 눈물을 말리지 않았습니다. 발레리의 해변 무덤 앞에서 제가 운 것은 발레리가 아니라 몸도 마음도 꿰매고 상처로 돌아온 자기애 때문일 것입니다.

이상하게 창공의 바다는 저를 편안하게 감싸 주었습니다. 제 눈물을 받아 주는 모성적 바다라고 해도 좋았습니다.

그리고 저는 그토록 그리워하던 여행의 목적지 루르드에 도착했습니다. 저녁 식사 시간이 막 지나가고 있었습니다. 호텔을 정한 후 저녁을 먹었습니다. 그리곤 어둠이 깔리는 루르드의 거리를 걸었습니다. 루르드의 모든 집들은 순례자들을 위한 호텔이며, 모든 상점은 성물聖物을 파는 가게였습니다. 그야말로 성지聖地 그 자체입니다.

아, 저는 지금부터 떨립니다. 루르드 이야기를 어떻게 해야 하는지, 저는 지금 발끝까지 저립니다.

목이 말랐습니다. 어서 성모님께 무릎을 꿇고 싶었습니다. 기도에 이처럼 목말라본 적은 없었습니다.

프랑스 피렌치 산맥 아래 가난한 나무꾼의 딸 베르나데 앞에 성모님이 나타나셨습니다.

"여기를 파면 우물이 나온다."

무려 열여덟 번이나 이 소녀에게 나타나자 땅을 파고…… 우물이 솟아오르고, 그 물은 모든 병자를 일어서게 했고…… 그곳에 기적의 치유 성당이 섰습니다. 150년 전의 일입니다.

베르나데는 성녀가 되었고, 성모님 발현 기적의 성당으로 루르드는 세계 으뜸이 되었다고 합니다.

다음 날 아침 성당으로 향했습니다. 이상했습니다. 성당으로 가는 제 발길은 이미 가벼웠으며, 몸도 따뜻해 오고 있었습니다.

"암이군요."

남자의 목소리가 저만치 멀어져 갔습니다. 철 침대가 주르륵 미끄러지며 지옥에라도 가듯 수술실로 끌려가던 무서움증도 간데없이 사라졌습니다.

성당으로 들어서는 인파가 8월 무더위의 해운대 바닷가 같았습니다. 저는 흥분되고 가슴이 막 뛰었습니다. 문을 들어서자 예수님의 모습이, 그 다음엔 성모님이, 그 다음엔 성당이, 그 옆에는 기적의 우물과 동굴이 있었습니다.

저는 계속 엎드렸습니다. 다리로 걸은 게 아닙니다. 저는 입구에서부터 납작하게 가슴으로 걸었습니다. 아프지 않았습니다. 행복했습니다.

드디어 저는 동굴을 도는 줄에 서게 되었고 서서히 서서히 동굴을 만지며 동굴을 돌았습니다. 기적의 동굴은 너무나 많은 사람들의 손이 닿아 이미 돌이 아니라 숨 쉬는 살결 같았습니다. 어머니의 젖가슴 같은 피부를 연상했습니다. 동굴을 다 돌고 저는 동굴 앞 성모상 앞에 엎드렸습니다. 지금까지의 제 생이 한 장 젖은 종이처럼 땅에 들러붙었습니다. 미루었던 통성 기도가 온 루르드 안을 적시고 있었습니다.

'성모님, 저를 불러 주셔서 감사합니다. 저 아시지요? 저요, 저 말이에요.'

무슨 말이 필요하겠습니까. 저는 다만 루르드의 땅에 길게 엎드렸습니다. 어느 땅에 엎드려도 거기가 바로 성모님이었습니다.

'성모님 저, 이제 아픈 거 싫어요. 저 이제 마음 다치는 일도 싫어요. 불행도 싫고 외로움도 싫습니다. 저 좀 어떻게 해 주세요. 제발 좀 해 주세요. 그리고 루르드에서 이 모든 욕망도 깨끗이 내려놓고 가볍게 돌아가게 해 주세요.'

저는 기적의 물, 치유의 물을 마셨습니다. 그리고 '비오10세'의 지하 대광장 성당에서 치유의 미사에 참가했습니다. 놀라웠습니다. '놀랍다'는 말 하나로는 안 됩니다. 미사에는 식물인간이 된 환자를 태운 휠체어가 몇천, 앉아 있는 휠체어가 다시 몇 천, 봉사들의 손에 도움을 받아 들어오고 있었습니다. 그 줄의 끝이 보이지 않았습니다. 그들은 하나같이 행복해 보였습니다. 미사가 끝나자 밖으로 나오고 있는, 누워 있는 환자들의 모습이 보였습니다. 그들은 붉게 상기된 얼굴로 함박웃음을 짓고 있었습니다.

그들 정신은 이미 치유의 은총을 받고 있었던 것입니다.

그렇게 큰 성당을 본 것도 처음이지만 그렇게 몸도 마음도 뜨거워지는 행복한 미사도 처음이었습니다.

저녁 9시 15분에는 그 모든 사람들의 촛불 미사가 있었습니다. 미사의 절정이었습니다. 대광장을 꽉 메운 휠체어 군단과 일반인들이 모두 촛불을 들고 돌고 돌아서 미사를 보는 것이었습니다. 루르드는 촛불로 일렁였습니다. 거룩했습니다. 저는 너무나 가슴이 벅차서 감동의 눈물을 계속 흘렸습니다. 눈물을 흘리면서 이런 가슴 벅찬 행복이 제게 있었던가 싶었습니다.

"성모님 감사합니다. 제가 다 나았나이다."

미사가 끝나자 서로 끌어안았습니다. 평화의 인사를 하는 순간에는 서로 말은 통하지 않았지만 온 세계 사람들이 모두 안고 볼을 비볐습니다. 모두 춤이라도 출 것 같았습니다. 그 또한 기적이었습니다.

그 어떤 말도 필요 없었습니다. 서 있는 것, 엎드리는 것, 걷는 일 모두가 기도였습니다. 저는 그렇게 제 마음의 모든 상처를 기쁨으로 바꾸어 주시는 전지전능한 분의 선물을 받고 루르드를 떠났습니다. 그러나 제 생애 루르드는 늘 제 가슴에 영원히 살아 있을 것입니다. 파리로 돌아가는 길에 우리에게 친숙한 프랜시스 잠의 집이 있는 오르테 즈에 갔습니다.

'당신이 원하시는 때에 당신이 원하시는 곳으로 가겠나 이다' 라고 읊었던 시인의 집을 바라보며 다시 프랜시스 잠 의 시 한 구절을 떠올렸습니다.

'나는 지금 천국으로 가는 길이지, 하느님의 나라에는 지옥이 없으니까……'

'우리 둘이 뭘 해?' 라고 말하는 부부들

　아이들과 객식구들과 지지고 볶는 세월도 거짓말처럼 지나가고, 어느 날 부부만 남는다는 것은 누구에게나 오는 생의 결말입니다. 그리고 누구나 그 결말에 대해 어색해하고 쑥스러워하며, 뭘 어떻게 해야 할지 모르는 당혹함을 느낀다는 것은 선배들을 보면 알 수 있습니다.

　'얼마나 좋을까, 그 많은 가족 간의 갈등과 거기 따르는 울화 치미는 일들에 푹 빠져 있을 때 단둘이 남으면 얼마나 좋을까' 라고 생각하는 사람도 많을 것입니다.

　그래서 노후를 준비하고 조금은 슬프지만 조용한 날을

그리워 한 적이 많았던 것입니다. 많은 사람들에게 '지지고 볶는 그 시절이 그래도 좋았다'는 소리를 들었음에도 불구하고 시끄럽고 좌충우돌하는 갈등의 시간을 참기는 어려웠던 것입니다.

막상 단둘이 남게 되면 사람들은 당황합니다.

'둘이 뭘 해?' 하고 물으면 '개 닭 보듯 한다'고 말하기도 하고 한숨을 쉬기도 합니다.

우리나라는 부부가 함께 늙는 공부를 못한 것 같습니다. 늘 식구들에게 싸여 그럭저럭 세월을 보내고 인생을 보낸 후, 덜커덕 둘이 남으면 뭘 어떻게 해야 할지 몰라 각자 자기 방에서 텔레비전이나 보는 부부가 많습니다.

그런 식으로 식구들에게 싸여, 부부는 늙는 모양입니다. 거기 휩싸여, 거기 기대여, 부부라는 이름을 지켜왔는지도 모릅니다. 그래서 둘이 있다는 시간을 소화할 수 없어 남자는 잠자고 여자는 전화 걸고 그렇게 사는 부부들이 많은 것입니다.

함께 대화하는 버릇이 젊은 날부터 길들여지지 않았기 때문입니다. 그래서 부부는 어쩌다 심드렁하게, 미지근한 사랑을 하고 각자 돌아눕는 그런 관계로만 알고 있는 사람들이 많은 모양입니다.

아무리 지지고 볶는 세월 속이라 하더라도, 부부는 지속적으로 둘만의 대화를 게을리 하면 안 된다는 것을 뒤늦게 깨닫습니다. 10분만 이야기해도, 할 이야기가 떨어져 먹을 거나 찾는 남편들, 두어 마디 하다가 버럭 소리 지르고, 그러다 싸움으로 번져 들볶이는 일상의 연속입니다.

"내가 당신하고 이야기하다가는 중치가 막혀 죽어!"

"차라리 저 고양이하고 이야기하는 게 낫겠어."

이렇게 말하는 여자들이 많습니다. 왜 이야기가 지속될 수 없을까요? 잠시 동안 가족 이야기나 집안 이야기는 다음 페이지로 넘겨 놓고 가야 하는데, 집안 이야기에서 더 나아가지 못하는 데서 싸움은 시작되는 것입니다.

'우리도 잘해 보자'라고 했을 때 '당신이나 잘해, 그런 꼬락서니로 뭘 잘해!'라고 한다면 이야기는 진전되지 않습니다. 용서와 이해가 없으면 부부 간의 행복은 불가능합니다. 지나간 일은 절대로 말하지 말고 현재의 시간을 소중히 생각해야 합니다.

'현재 같은 소리 하네'라고 하면 다시 할 말이 없어집니다.

부부도 하나의 사업 관계입니다. 생을 함께 살아가는 인생 파트너입니다. 서로가 필요한 존재들입니다. 냉정하게 말해 쓸모가 있는 관계입니다. 혼자보다는 낫습니다. 그렇다면 그 사업에 물질적·정신적·육체적 투자를 해야 하지 않을까요. 얼마나 편한 사업 파트너입니까.

같이 등산도 하고 바둑도 두고, 함께 차 끓이기, 함께 음식하기, 책 읽고 토론하기 등, 둘이 함께 할 일은 너무 많습니다. 서로 지압도 해 주고 목욕도 시켜 주고, 외국어도 배우고…….

귀찮고 재미없다고 하면 재미는 영영 오지 않습니다. 자식들에 대한 교육은 죽음까지 갑니다. 부부가 그렇게 열심히 동행하며 사는 모습은 귀감이 됩니다. 새로운 부부로 살아가는 자식들에게 그보다 큰 교육은 없을 것입니다.

'우리도 엄마 아빠처럼 살자.'

그런 다짐을 하게 해야 합니다. 서로 잘 맞는 부부가 아니라 서로 열심히 노력하는 부부가 되는 것이 중요합니다. 정 할 일이 없으면 봄에는 쑥이라도 뜯고 가을에는 도토리라도 주워야 합니다.

'내가 누구였는데…… 왜 나를 몰라주는 거야, 이런 일은 할 사람이 아니라'는 생각 따위는 행복한 노년에게 방해꾼밖에 되지 않습니다.

새로 학교를 다니는 마음으로, 두 사람만의 노후를 살아
간다면 재미있는 일이 무척 많을 것입니다.

당신 좋았어?

제 친구 J는 정말이지, 우리 모두를 웃겨 주는 생활 에너지 같은 존재입니다.

한 달에 한 번 만나는 우리는 그 친구가 여기저기서 얻어듣고 온 이야깃거리들로 넘쳐납니다. 밥도 먹고 즐거움도 먹고…… 그렇게 세 시간을 연달아 웃다가 돌아옵니다. 한 달의 피로를 풀고 오는 그 모임에서, 아니나 다를까 그 친구가 또 재미난 이야기를 했습니다.

연말이면 TV에서 하는 화려한 연기대상 프로를 보다가 생각났다고 합니다. 미모의 배우들이 상을 타 수상 소감을 하게 되면, 때로는 울고, 때로는 웃기도 하는데…… 바로 그때, 그 장면이 떠올랐다는 겁니다.

'저 상은 내가 타야 되지 않을까' 라고 말이지요. 우리는 모두 '왜? 왜?' 하며 한꺼번에 물었습니다.

그 친구 말이 아주 엉터리는 아니었습니다. 자기 남편은 일생 동안, 사랑을 나누고는 언제나 끝에 '당신 좋았어?' 라고 물었다는 겁니다.

"어쩌니, 그런 순간에 '아니' 하고 대답할 수 있는 사람 있으면 나와 보라고 해. 정말 별꼴이야. 기미도 안 오게 설렁설렁 해 놓고 꼭 좋았냐고 묻는 거, 그건 뭐니?"

한술 더 떠 그 친구는 '언제나 좋았다' 는 연기를 일생 해 왔으니 연기상은 자신이 타야 되지 않겠느냐고 넉살을 부리는 것입니다.

우리는 즐겁게 배꼽을 잡고 웃었습니다. 금방 먹은 밥이 다 소화가 된 후에야 헤어지곤 했습니다.

정신과 의사에게 물어 보진 않았습니다만 왜 남자들은 그렇게 확인하는지 모르겠습니다. '자기 확신' 일까요. '내가 널 이렇게 근사하게 해 줬다' 는 우쭐한 마음일까요. 그러다가 여자가 '아니' 라고 하면 어쩌려고요. 그리고 '아니니까 이렇게 해봐' 그러면 어쩌려고 그렇게 묻는지 모르겠으나, 그런 확인 절차를 남자들은 '사랑의 밀어'라고 생각하나 봅니다.

한국 사람들은 정말 사랑할 때도 진심을 은폐하는 습관이 있습니다.

우리 세대들에겐 성에 대한 어떠한 말도, 언급 자체가 금기였습니다. 반드시 남자들에 의해 시작되고 끝나는…… 무지한 채로 원시적 방법으로 진행되어 오다가 여자들도 생각했을 것입니다.

이렇게 중요한 대화를 남자 혼자 하는 것은 매우 부당한 것이라고…… 남자가 제아무리 대화 방식이 부족하고 미흡하더라도, 여자의 응답 없이 절대적인 지휘권을 쥐고 있었던 것은 옳지 않다고…… 내심 하고 싶은 이야기를 묶어 버린 세대들은 불만이 생겼을 것입니다.

'그런데 왜? 왜? 좋았냐고 묻기는 왜 물어?'

제 친구 J는 오늘도 또 우리들을 웃기기 위해…… 즐겁게 스트레스를 확 풀어 줄 이야기를 어디선가 제조하고 있을지 모릅니다.

어디서나 여성들 사이엔, 성에 대한 농담들이 오고 가지

만 그런 왁자한 정보를 자신들의 부부 생활에 적용하는 것은 난센스일 겁니다.

부부 간에는 당사자들만이 가장 잘 아는 관계의 무드가 있을 테니까요.

여성들에겐, 이 세상이 알려 주는 많은 정보들 속에 자기에게 꼭 맞는 옷을 골라내는 센스가 필요하겠지요. 널려 있는 정보들…… 그것을 잘 고르는 것이 바로 지혜로운 주부의 빛나는 성과일 것입니다.

언젠가 성에 관한 앙케트 조사를 본 적이 있는데, 섹스가 중요하다고 묻는 질문에 우리나라 남자들은 91%, 여자들은 85%가 '그렇다' 고 했습니다. 나라 중에는 브라질, 프랑스, 터키가 98%를 차지하고 있었습니다.

그런데 문제는 만족도입니다. 성의 만족도에서 우리나라 남자는 9%, 여자는 7%였습니다. 중요하다는 비율과 너무 큰 차이를 보이고 있는데 이것은 우리나라 남자와 여자 중, 누구의 잘못인지는 나와 있지 않아 답답했습니다. 왜 그렇게 중요한 것에 그렇게 나쁜 점수가 나왔을까요.

내놓고 말할 수 없으므로 개발되지 않고 속으로만 앓는 것이 문젯거리라고 생각합니다. 만족도가 가장 높은 나라는 멕시코, 브라질, 스페인 순이었습니다.

이것은 무엇을 의미할까요. 이것도 감정 은폐 심리와 통하는 것이 아닐까요. 우리나라 남성들은 반드시 여성을 만족시켜야 권위가 선다고 생각하는 것 아닐까요. 여기서만이라도 권위를 빼고, 서로 사랑을 확인한다면 만족도가 높아지지 않을까요. 사실 저도 잘 모르는 부분을 아는 척하려니 민망한 구석도 있습니다.

사랑도 연습이 필요한 것일까요?

2

삶이 문학을 부른다

삶이 문학을 부른다

마음과 마음이 통하는 길

오늘은 비가 내립니다.

우리나라 말에 눈이 와도 눈님이라고 하지 않고, 봄이 와도 봄님이라고 하지 않는데, 비가 오면 비님이라고 합니다. 저는 그 말이 참 아름답고 좋습니다. 눈은 황홀하기도 하고, 또 봄은 수다스럽고 생명력이 강합니다. 그런데 비는 뭔가 약해 보이고 후줄근해 보이고, 우리 마음속에 있는 환부를 좀 일깨우기 때문에 '님' 자를 붙여 주지 않았나 생각합니다. 그런 면에서 한국어는 약한 자에게 좀 더 따스한 정을 갖게 하지 않나 싶습니다.

최근 어느 글에서 본 내용인데요, 영국의 한 고고학자가 무덤 속의 도구를 찾다가 램프를 건드렸다고 합니다. 그 램프는 참 신기한 것이어서, 아름다운 요정이 나와 이렇게 얘기했습니다.

"나는 여기에서 너무 오랜 시간 갇혀 있었는데, 네가 나를 깨웠으니 선물로 무언가를 해 주겠다. 네가 가진 가장 큰 소망을 말해 보아라."

갑작스럽게 당한 질문 공세에 고고학자는 자기가 늘 고민하던 내용을 말했습니다. '그렇다면 영국과 프랑스에 다리를 만들어 쉽게 왕래할 수 있게 해 달라'고 했습니다. 고고학자에게는 다른 급한 것이 많았을 텐데도 프랑스와 영국을 넘나들기가 제일 어려운 것이었나 봅니다.

요정이 그 답변을 듣고 난색을 표한 후 '그것은 어렵다'며 다른 소망을 물었습니다. 요정에게도 불가능한 일이 있었는지…… 어쨌든 다른 소망을 묻게 되었어요. 그러자 이번에는 '그렇다면 여자와 대화하는 법을 가르쳐 달라'고 말했습니다. 요정은 처음보다 더 답답한 표정으로

'그러면 아까 말한 소원…… 영국과 프랑스를 이어 주겠다' 며 '2차선으로 할지 3차선으로 할지 말해 달라'고 했답니다.

여자와의 대화는 그렇게 요정도 풀어 낼 수 없는 난항이라는 것이지요. 이 이야기 속에는 뭔가 여러 가지 암시적인 것이 담겨 있습니다.

'여자와의 대화가 어려운 것이 아니라 인간과 인간의 대화가 어려운 것이 아닐까?' 저는 그렇게 받아들였습니다.

'문학이 왜 탄생했는가' 하면 사람과 사람 사이의 통로를, 입을 가진 인간에 대해 좀 더 따뜻하게…… 마음속에 있는 언어를 끄집어내서 사람과 사람 사이의 마음의 가교를 이어 주는 것이 문학이 아닐까 생각합니다.

영국과 프랑스의 가교를 잇는 것이 아니라, 바로 인종적으론 다르더라도 사람과 사람 사이의 마음과 분노와 그들의 소망들, 갈등을 그들의 언어, 각자의 언어로 이야기하면 그것이 바로 우리가 바라는 인간의 최선의 길이 아닐까 생각합니다.

그 고고학자가 말한 '여자와 대화하는 것'…… 굉장히 뉘앙스가 재미있는데요, 그럼 왜 남자와 대화하는 것은 어렵지 않고 여자와 대화하는 것은 어려울까요? 그것은 남성들은 단순하게 지나가고, 여자들은 단추가 몇 개고, 단추 색깔이 어떤 색이라고까지 세심하게 보고 지나가기 때문에 남성들은 거추장스럽게 생각하는 것이겠지요. 어쨌든 여자와의 대화가 아니라 사람과의 대화가 중요합니다. 이것이 바로 시는 시대로, 소설은 소설대로, 희곡은 희곡대로 말하고자 하는 바겠지요.

저희들이 대학 다닐 때, 문인이나 시인들에게 문학을 왜 하느냐? 시인들에게 시를 왜 쓰느냐고 물었습니다. 많은 시인들이 '내 자신의 구원을 위해서'라고 대답하는 것을 많이 들었습니다. 그때는 자기 구원을 위해 쓰는 것으로 알았습니다. 쓰는 일만이 구원을 얻는다고 믿었습니다.

그러나 나이가 들고, 제가 글을 쓰고, 그것에 대해 고민하면서 현재의 나이가 되도록 생각한 것은 '글 쓰는 일은 자기 구원이 아니다'라는 것입니다. 만약에 우리가 자기 자신만의 구원을 위해 글을 쓰는 것이라면 '써서 서랍에 넣고, 또 써서 서랍에 넣고, 또 서랍에 넣어서 가득가득하게 서랍을 채웠을 때 과연 우리에게 구원이 올 것인가'하는 겁니다.

구원은 어디로부터 오냐 하면 제가 쓴 글을 여러분들이 읽고, 여러분들이 읽은 글들이 다른 사람들에게 전해질 때, 비로소 어느 한 시인이 쓴 글은 생명을 얻게 되는 것입니다. 열 명에서 스무 명, 스무 명에서 백 명, 백 명에서 천명, 이런 식으로 번져 나가면서 그것은 문학으로서 새로운 생명을 얻어 나갈 것이고, 그것이 바로 '문학의 구원'입니다.

말하자면 조금 전에 대화 이야기를 했는데 문학이 누구에게 전달되지 않는다면 그것은 '한쪽 귀밖에 가지고 있지 않은 답답함이 아닐까'라고 생각합니다. 정말 중요한 것은 암호 풀이가 아니라, '너희가 알아, 모르지?' 하는 것이 아니라, '정말 알아들었는가', 이것이 우리에게 있어 가장 중요한 진실이라고 생각합니다.

'루이스 세뿔베다'라는 덴마크의 환경 작가가 있습니다. 환경에 있어 우리가 그냥 있기만 해도 '악의적인 침략자'라고 말하는 분인데, 이분의 책 중에《갈매기에게 나는 법을 가르쳐준 고양이》라는 동화가 있습니다. 이 책을 보면 굉장히 재미있는 광경이 나옵니다. 갈매기가 알을 낳다가 바로 죽게 됩니다. 그리고는 그 알이 홀로 방치되어 있다가 어느 날 소르바스라는 검은 고양이가 그것을 목격하게 됩니다. 그래서 고양이는 자기와는 물질이나 성질이 전혀 다른 알을 품고 결국은 하나의 갈매기로 부화시키는 과정이 나옵니다. 그래서 부화된 갈매기를 자기의 집으로 데리고 가 어두침침한 공간에서 기르게 됩니다. 이 갈매기는 고양이가 먹는 밥을 먹고, 고양이의 걸음걸이를 따라합니다. 이처럼 갈매기는 고양이와 똑같은 행동을 하면서 고양이의 딸로 자라게 됩니다. 그렇게 자라던 어느 날, 이 고양이 엄마는 여러 가지 고민에 봉착하게 됩니다. 자기가 이 갈매기를 살려줬다 하더라도 그 근본은 갈매기인데 날게 해주어야 하지 않겠냐는 것이었습니다. 늘 고양이를 따라 걷기만 해서 이 갈매기는 나는 법을 모릅니다. 그래서 이 고양이는 여러 똑똑한 고양이를 모아서 어떻게 하면 저 갈매기를 날 수 있게 할 것인가 의논을 거듭합니다. 어떤 고양이는 훌륭한 정치가를 모시자, 정치가는 힘도 세고 권력도 있으니까 갈매기를 날 수 있게 하지 않겠느냐고 했습니다.

다른 고양이가 어떻게 권력으로 날 수 있게 하겠냐며 돈으로 안 되는 것이 무엇이 있냐며, 돈 많은 사람을 데리고 오자고 했습니다. 노래를 잘 부르는 사람을 데리고 오자는 고양이도 있고, 팔에 힘이 있는 사람을 데리고 오자는 고양이도 있었습니다.

결국에는 이것도 아니라는 결론을 내리게 됩니다. 여기에는 동물연구가와 같은 많은 사람들이 등장합니다. 그러다가 이 고양이들의 마지막 결론은 시인을 불러오자는 것이었습니다. 정치가도 부자도 동물연구가도 날게 하지 못하는 갈매기를 날게 하는 것은 시인이 아닐까? 그들은 마음을 모아 시인을 부르게 되고 결국은 시인이 갈매기를 날게 하는 것으로 동화는 끝이 납니다.

이 이야기를 읽으면서 조금 죄책감을 느꼈는데, 제가 과연 제 환경과 삶 속에서, 갈매기를, 혹은 날지 못하는 어떤 것을 날게 한 적이 있었던가 하는 죄책감이 있었고요, 그러나 '아직은 늦지 않았다, 아직까지 내 문학은 끝나지 않았으므로 언젠가는 날지 못하는 한 인간의 영혼에 조그만 잠자리 날개 같은 것이라도 될 수 있다면……' 이라는 작은 희망도 가질 수 있었습니다.

그 작가의 여러 다른 작품을 보더라도 인간에게 있어 힘이라는 것은 고양이만치도 못하다는 것이 많습니다. 물론 인간이 훨씬 낫겠지요. 하지만 인간의 가능성이 크다는 것에 비해 하는 일이 적다는 것, 대개 인간은 자기 자신의 것만 한다는 것이지요.

옆에서 갈매기가 알을 낳고 죽어도 '그까짓 갈매기 알 하나쯤' 하고 아무렇지도 않게 생각했겠지만, 고양이는 그 것을 가져다 부화시켰고, 부화된 갈매기를 자신과 똑같이 기르다 아주 놀라운 사실을 발견하게 됩니다. '갈매기는 나는 존재인데 자신과 똑같이 생활하다가 나는 법을 잊어버렸다, 그렇다면 나는 법까지 가르쳐주어야 한다'는 것이 지요. 그래서 하나에서 시작해 완성에 이르기까지 책임져 주는 그것이 바로 어떤 의미에서는 우리 작가들이 가져야 하는 덕목이고 본성이 아닐까 생각합니다.

저는 문학 강연의 제목을 '삶이 문학을 부른다'라고 했습니다. 저는 이 제목을 좋아하는데요, 대학생들에게 문학 강의를 할 때에는 대개 이 제목으로 해 왔습니다. 삶이 문학을 부른다는 것은 문학이 먼저 있었다는 이야기가 아닌 것이지요. 제가 어떻게 살아왔는가에 대해 틈새를 비집고

문학, 시 이렇게 하고자 했던 것이지 애초부터 제가 태어나서 문학을 택한 것은 아니라는 것이지요. 더 안이한 길이 있고 더 평탄한 길의 평화스러운 곳에 있었다면, 아마 저는 문학을 시도하지 않았을지도 모릅니다. 그러나 제 삶은 시를 부르지 않고서는 도저히 숨을 쉴 수가 없었다고 이야기할 수 있습니다. 그래서 그 시가 대단하지 않았다 하더라도 그 몇천 배의 불덩이 속에서 달구어지다가 결국은 한마디 한마디 뱉어 놓는 것으로써 제 시가 만들어졌을 것입니다.

청어 장수 이야기

다음은 청어 장수 이야기입니다. 옛날에 청어 장수 세 사람이 있었는데, 이 사람들은 같은 집, 같은 시간에 청어를 떼어 와서 각자 자기 항아리에 넣고 팝니다. 잘 아시겠지만 청어는 싱싱히 살아 있어야만 제 값을 받을 수 있습니다. 죽으면 값이 떨어집니다. 하지만 같은 집, 같은 시각에 가져온 청어를 각자의 항아리에 넣고 파는데 이상하게도

A와 B는 정오가 되면 팔다 남은 청어가 죽어 간다는 것이지요.

그래서 이 두 사람은 오늘도 장사가 끝났다고 생각합니다. 하지만 C 청어 장수는 앞선 두 사람보다 세 시간 정도 더 청어가 살아 있어 계속 장사를 합니다. 그러니까 돈을 제일 많이 벌게 되겠지요. 그러던 어느 날 A와 B가 '어떻게 네 청어는 오래 사느냐? 비법이 있으면 가르쳐 달라'고 물었습니다. 그랬더니 C 청어 장수가 자신의 항아리를 보라 했습니다. 다급히 항아리 덮개를 들추어 보았더니 항아리 속에는 청어 말고 큰 가물치가 들어 있었다고 합니다.

원래 이야기는 여기서 끝이 납니다. 더 이상 이야기를 친절하게 해 주지 않아도 다 아는 이야기니까요.

그러면 우리는 가물치를 해독해야 하는데, 가물치가 있는 항아리의 청어가 왜 오래 살았느냐는 것이지요. 가물치는 청어보다 몇 배 덩치도 크고 사나워서 옆의 청어를 마음대로 헤집어 놓을 수 있는 물고기입니다. 그러니까 그 가물치와 함께 있는 C 장수의 청어는 자신보다 몇 배는 더 덩치가 큰 생명체로 인해 긴장하면서 자기를 보호하고 그러면서 살집도 떨어져 나가고, 피도 나고, 여러 가지 곤경

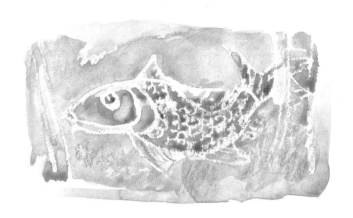

에 처하는 순간이 너무 많았던 것입니다. 그런데도 어떻게 이 청어가 다른 항아리의 청어들보다 오래 살았느냐? 설명하지 않아도 알겠지만, 이 가물치는 청어의 생명을 위협하는 대상이기도 하지만 생명력을 증폭시키는 대상이기도 했다는 것입니다.

여러분들도 이런 경험을 하신 적이 있는지 모르겠습니다. 말하자면 나를 해하려 하는 어떤 보이지 않는 운명체가 있는 사람은 훨씬 더 민첩합니다. 흉터와 상처가 생길지는 모르지만 그 생명력의 증폭은 말할 수 없이 커질 것입니다.

저는 지금까지 가물치를 여러 마리 거느리고 살아온 것 같습니다. 아마 여러분들에게도 가물치가 여러 마리 있었

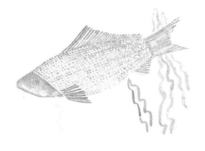

을 것입니다. 저에게는 어머니, 아버지도 가물치였고, 부모를 비롯해 남편, 자식까지도 가물치라고 생각합니다. 하지만 이런 존재들과 부대끼면서 저는 좀 더 긴장하고, 좀 더 열심히 살아가려고 제 몸의 최선을 이끌어 내지 않았나 생각하고 있습니다. 껍질이 단단해졌겠죠.

뉴질랜드의 어느 곳에 가면 이 세상에서 가장 평온한 섬이 있다고 합니다. 너무 평온해서 새들이 자기 자리에 앉으면 비가 와도 물이 떨어지지 않고, 누가 옆에 와 놀라게 하지도 않는답니다. 뭔가 자기를 놀라게 하는 적이 있어야만 급하게 옮겨 다니고 날아다니는데, 너무나 평온해서 그냥 제자리에 앉아 있다는 것입니다. 그렇게 앉아 있다가 죽는답니다.

날지 않아서, 날지 않아서…… 한 번도 날지 않아서 날 수 없는 새가 산다는 것입니다. 저는 이 이야기를 들었을 때도 뭔가 섬뜩한 느낌이 들었습니다. 날지 않아서……

날지 않아서 더 이상 날 수 없는 그런 새들, 그들에게 평화는 어떤 의미에서 유독성과 같은 것이었을 겁니다. 더 이상 날 수 없는 새들은 평화의 땅에서 산 것이 아니라 결국은 침략의 땅에서 산 것이라고 말할 수 있습니다.

그래서 시인들에게 있어 삶은 가물치에 따라, 오히려 어떤 의미에서는 시의 생명력 증폭을 가지고 쓰이는 것이 아닌가, 그런 생각도 해보게 되었습니다.

좀 더 이야기를 구체적으로 들어가 보겠습니다. 하나의 시작詩作을 보면 '이것이 인생론적 이야기구나' 금방 알게 됩니다. 우리 삶의 자화상을 이야기하는 것 중에 저는 윤동주 시인의 〈자화상〉을 곧잘 이야기합니다. 윤동주 시인은 여러분들이 아시다시피 한 권밖에 시집이 없는 분이신데, 그야말로 자기 전 생애의 즙을 짜내고 죽었습니다. 원래 이 시집의 제목을 윤동주 본인은 '병원'이라고 지었다고 합니다. 그런데 나중에 책으로 낼 때 내용과 제목이 너무 거리가 멀었습니다. 병원이라고 윤동주 시인이 말했을 때 왜 병원이냐고 물었더니 우리 모두는 환자고 세상은 큰 병원이었다고 했답니다. 그래서 나중에 '하늘과 바람과 별과 시'로 바꾸었답니다. 윤동주 시인의 자화상은 본인의 자화상이 아니라 우리들, 모든 사람들의 자화상인 겁니다. 말하자면 자신만만한 것이 아니라 언제나 뭔가 뒤로 처지고 나약하고 불쌍한 그런 것이 우리들 아닌가요?

산모퉁이를 돌아 논가 외딴 우물을 홀로 찾아가선
가만히 들여다봅니다

우물 속에는 달이 밝고 구름이 흐르고
하늘이 펼치고 파아란 바람이 불고
가을이 있습니다

그리고 한 사나이가 있습니다
어쩐지 그 사나이가 미워져 돌아갑니다

돌아가다 생각하니 그 사나이가 가엾어집니다
도로 가 들여다보니 사나이는 그대로 있습니다

다시 그 사나이가 미워져 돌아갑니다

돌아가다 생각하니 그 사나이가 그리워집니다

우물 속에는 달이 밝고 구름이 흐르고

하늘이 펼치고 파아란 바람이 불고

가을이 있고 추억처럼 사나이가 있습니다

윤동주 〈자화상〉

그런데 이 시를 보면 '40년대의 윤동주는, 21세기를 살아가는 여자 시인의 심정을 어떻게 먼저 읽고 갔을까' 라는 생각을 하게 됩니다. 모퉁이를 돌아 산모퉁이도 끝인데 거기서 더 나가 논가 옛 우물가에 가 우물 안을 들여다보니 한 사나이가 있고, 갑자기 그 사나이가 미워진 겁니다. 그래서 '나 너 싫어' 하면서 돌아가다 보니 그 사나이가 그리워진 것입니다. 그래서 다시 돌아가니 그대로 있는 것입니다. 그런데 돌아가 보니 다시 미워집니다. 또 돌아갑니다. 돌아가면서 생각해 보니 그 사나이가 가엾습니다.

여러분, 이게 핵심입니다. 자기 자신에게 당당하신가요? 그렇지 않을 겁니다. 언제나 거울 앞에서 우리는 무력해지고, 그리고 이것이 과연 나인가 하면서 실망할 때가 있을 겁니다. 윤동주는 바로 이러한 인간의 심리적인 것, 나약하고 못나고 허약하고 아무 쓸모없는 것같이 느껴질 때 결국 우리는 자기를 다독거리며 '그래도 살아가야 하지' 하면서 애증, 따뜻한 곳으로 돌아가게 됩니다. 이 시의 가장 핵심인데요, 그 사나이가 가엾어집니다. 우리는 자기 자신에 대해서 많은 불만거리를 가지고 있고, 자기 자신을 미워하고 실망하지만 결국은 자기 자신에 대한 가장 애호자가 되어 버리고 맙니다. 그래서 우리의 삶이 존재하지 않나 싶습니다.

저는 가끔 거울 앞에서 놀라곤 합니다. 어린 시절 제일 싫어했던 어머니의 얼굴이 거울 앞에 있는 것입니다. 제가 어머니를 닮아 있다는 데 충격을 받습니다. 어린 시절 어머니는 늘 퉁퉁 부어 있고, 생이 잘 풀리지 않아 슬픈 혼잣말을 궁시렁거리고, 마당을 쓸다가도 불현듯 하늘을 보면서 한숨을 내리시곤 했습니다. 우리 집 마당이 푹 꺼지는 것을 저는 그때 보았습니다.

'아, 우리 어머니에게서 물려받은 병이구나' 저는 기겁을 하지만 어쩔 수 없는 내림이라는 생각을 합니다. 전 너무 자주 앓는 저 자신이 싫거든요. 그렇게 퉁퉁 부어 있는

저를 거울에서 보면 저는 그래요, 얼른 거울 앞에서 나오
게 됩니다.

얼마나 제가 싫은지 모릅니다.

인간의 모든 것은 겹쳐지는 것이지요. 저 혼자 떨어져 있
는 자화상은 없는 것입니다. 그런 점이 결국 우리로 하여
금 창조성을 만들게 하는 겁니다. 못나 있는 상태로 있으
면 안 되는 거지요. 윤동주 시인도 그런 자화상에서, 불쌍
한 자기 자신에서, 그대로 있던 것이 아니라 또다시 다른
고향으로, 그리고 서시로, 다른 여러 가지로 자기를 재창
조하는 과정, 이 재창조하는 과정이 뭐냐 하면 문학하는
사람은 글을 쓰는 일이요, 문학을 사랑하는 사람은 문학을
읽는 것으로 자기 생을 건축해 나가는 것입니다. 이처럼
혼자 하는 것이 아닙니다. 글을 쓰는 사람들이 아무리 많
이 써도 전혀 읽어 주는 사람이 없다면 문학은 존재하지
않을 것입니다. 그것이 한 사람에서 끝나는 것이 아니라
겹쳐지고 중첩되면서 또 하나의 완성으로 가는 것이라고
생각합니다.

그러나 조금 전에 날지 않는, 날지 않는 그래서 날지 못
하는 새가 있는 것처럼 우리 인생을 '생 또는 삶'이라고

하면 누구도 거기서 제외될 수 없는 모두가 공감하는 것이 있습니다. 생이라는 것을 이야기할 때면 언제나 생각나는 나희덕 시인의 시가 있습니다.

지치도록 달려온 갈색 암말이

여기 쓰러져 있다

더 이상 흘러가지 않을 것처럼

생의 얼굴은 촘촘한 그물 같아서

조그만 까그러기에도 올이 주르르 풀려나가고

무릎과 엉덩이 부분은 이미 늘어져 있다

몸이 끌고 다니다가 벗어놓은 욕망의

껍데기는 아직 몸의 굴곡을 기억하고 있다

의상을 벗은 광대처럼 맨발이 낯설다

얼른 집어 들고 일어나 물속에 던져 넣으면

달려온 하루가 현상되어 나오고

물을 머금은 암말은

갈색빛이 짙어지면서 다시 일어난다

또 다른 의상이 되기 위하여

밤색 갈기는 잠자리 날개처럼 잘 마를 것이다

나희덕 〈벗어놓은 스타킹〉

제목도 그렇게 별스럽지 않게 우리들의 생활 속에서 늘 만나는 일상적인 것이지요. 이 시를 보면 짧은 스타킹이 아니라 팬티스타킹인 것 같아요. 여기 남성분들도 많은데, 남성분들은 넥타이를 어떻게 하는지 모르겠어요. 저녁에 집에 들어와서 홱 집어 던지려고 매는 게 아닌가 싶어요. 대개 여성들은 얌전하게 벗어 넣겠지만 저 같은 사람은 스타킹을 홱 집어 던질 때 어떤 쾌감 같은 것이 있습니다. 하루의 피로와 절망을 홱 집어 던진다는 슬픈 쾌감 같은 것이지요. 나중에 곱게 갤지라도. 집어 던진 스타킹에는 엉덩이나 무릎이 있었던 곳에 굴곡이 있지 않겠어요. 그것을 이 시인은 예리하게 본 것입니다. 하루 종일 달려와 지쳐 쓰러진 암말을 보고 있습니다. 그 스타킹은 자기 인생의, 몸의 굴곡을 기억하고 있다, 이런 말입니다. 저는 이렇게 좋은 시를 보면 막 흥분합니다. 그리고 더 기가 막힌 부분은 '조그만 까그러기에도 올이 주르르 풀려 나가'는 그것이 우리 삶의 본질 아니었을까요?

그렇게 하나의 스타킹, 언제나 아침에 신고 저녁에 벗어던져 뒹구는 그런 것에서 느끼는 것이 아무것도 없는 사람도 있고, 그것에 새로운 생을 불어넣어 꽃처럼, 우리에게 활짝 피게 해 알게 하는 사람도 있습니다. 하루 종일 일을 하고 와 지친 우리들처럼, 우리 몸의 굴곡을 알고 하루 종일 달려와 지쳐 쓰러진 암말 같은 스타킹을 이야기하는 나희덕 시인의 시에서처럼, 우리들 인생의 올이 주르르 풀리더라도 그것이 부끄럽거나, 우리만의 불행이 아니라 삶이라는 것이 이처럼 조금은 비슷비슷한 것이 있다는 데서 저는 안도감을 느낍니다. '이 여자, 참 행복한 여자 같은데 올이 주르르 풀리는 것을 봤단 말이야' 굉장히 기분이 좋았습니다. 저는 남들이 저처럼 불행하면 좋거든요. 왜냐하면 덜 억울하니까요. 저는 이런 것을 간과했는데 나희덕 시인 같은 사람은 이런 것을, 이렇게 생을 촘촘한 그물 같은 것에 귀착시키는 것은 굉장한 발견이라고 생각합니다.

그뿐만이 아니라 저는 처음에 4년제 국문과 교수로 있다가 2년제 문예창작학과 교수로 옮겼습니다. 왜 옮겼냐 하면 문예창작학과 교수로 있으면 제 마음이 굉장히 근사할 것 같았어요. 국문과의 과목을 보면 문학사, 고전, 국어학,

현대시의 이해 등 이렇게 여러 가지 복잡한 것들을 해야 하는데 문창과에서는 시만 가르치라고 하더군요. 그러면 얼마나 시적 영감도 잘 떠오르고, 아이들과도 좋지 않겠냐는 생각에 학교를 옮겼는데요. 와 보니까 문창과도 국문과와 별로 다르지 않더라고요. 그래요. 하지만 문창과는 2년제라 굉장히 압축적인 것들, 뭐 20년대 30년대 문학 같은 것이 아니라 동시대 시인으로서 활발히 움직이는 시인들을 찾아가고 그런 시인들의 시를 가지고 강의를 하기 때문에, 지금 우리나라에서 활동하고 있는 시인들의 시를 모르면 안 됩니다.

그것을 모두 알고 있어야지, 학생들이 와서 '이 시는 누구 시예요?' 하고 질문하는데 '누구의 시냐'고 오히려 되묻는다면 체면이 떨어져서 안 됩니다. 그래서 일단은 잡지를 많이 읽어야 합니다. 그리고 신춘문예가 들어오면 누가 어떤 글을 썼나 하는 것들도 굉장히 잘 살펴야 하고요. 이런 것들이 중노동입니다. 그리고 학생들의 돼먹지도 않은 글들을 계속 읽어야 하니까 그것도 고통입니다. 그러다가 학생들에게서 어떤 좋은 작품이 나오면 밥을 안 먹어도 굉장히 배가 부릅니다. 그것이 선생의 기쁨인 것 같습니다.

지금 여러분들도 의자에 앉아 있고 저도 의자에 앉아 있는데, 학생들한테 강의할 때 저는 절대로 의자에 앉지 않습니다. 아무리 아파도 서서 두 시간, 세 시간 강행하는데, 왜냐하면 앉아서 하면 긴장감이 떨어지기 때문입니다. 저는 또 얼굴이 안 보이면 강의를 못합니다.

하지만 오늘 보니 앉아서 하는 것도 괜찮네요. 그런데 의자라는 것을 생각해 보지요. 우리가 다 의자에 앉아 있는데, 의자라는 사물이 어떤 건가, 여러분들 한번 대답해 보시겠습니까?

의자는 뭔가요? 이것은 우리가 보는 각도에 따라서, 뭐 코끼리를 장님이 만지면 기둥 같다, 벽 같다고 하는데 그런 것에 관계없이, 그러면 의자라는 이 자체를 뭐라고 이야기해야 할까요? 각자 자신이 알고 있는 의자의 특징들을 이야기해야 하고 가능한 한 지금까지 우리가 생각하지 못했던 놀라운 것들을 이야기해 주어야 할 것입니다.

자, 가령 2002년 〈매일신문〉 신춘문예에 당선되었던, 지금은 〈서울신문〉이 되었지요, 김성용이라는 시인이 있습니다. 지금은 활발히 쓰고 있는 것 같지 않습니다만 김성용 씨의 〈의자〉라는 작품이 있었습니다. 그 의자는 어떤 의자냐 하면 '아가리에 발만 달린' '네 발만 달린' '흉측한 짐승'으로 시가 시작됩니다. 우리가 그동안 바라본 의자와는 전혀 다른 시각에서 의자를 본 것입니다.

한때 우리는 벤치라는 것, 공원에만 가면 의자라고 안하고 벤치라고 하지요, 공원이나 해변과 같은 곳의 벤치라고 하면 왠지 낭만적이니까요. 일단 의자라고 하면 제일 먼저 휴식, 편안함이라는 것이 떠오르지 않겠어요. 여러분들이 모두 서서 듣는다면 굉장히 무리일 것입니다. 이런 면에서 본다면 의자는 굉장히 고마운 존재이지요. 대개 사극들을 보면 왕은 의자에 앉아 있지요. 하나의 권력 형태였는지 모르겠지만, 대개의 백성들은 바닥에 앉아 있거나 서 있을 뿐입니다. 서구의 문명이 들어오면서 의자라는 것이 우리에게 다가왔겠지요. 그러나 김성용의 의자는 먹이만 앉기를 기다리는 흉측한 짐승으로, 먹이만 앉기를 기다리지요. 먹이는 우리지요. 우리는 현재 먹이가 되어가는 것이고요. 그러니까 먹이만 앉기를 기다리는데, 자기의 엉덩이를 깨물린 줄도 모르고 사람들은 툭툭 털고 일어났다가 다시 앉기를 반복한다는 것입니다. 그리고 서서히 안락사한다고 되어 있습니다. 그 먹이들은 의자에 앉으면서 서서히 죽어간다는 것입니다. 완전히 뒤집어진 거지요. 우리는 편안하기 위해 의자에 앉아 있는데, 김성용은 사람들이 의자에 앉아 서서히 죽어가는 것을 이야기하고 있는 것입니다.

뭔가 짜릿하지 않습니까? '의자를 그렇게도 볼 수 있구나.' 그렇다면 김성용은 왜 이것을 안락사하는 것으로 봤을까요? 여기에 굉장한 의미가 있다고 봅니다. 왜냐하면 서구 문명이 들어오면서 의자 생활이 되고, 우리는 어디에 가더라도 극장, 집에서도 다 의자를 사용하고, 공부를 하더라도 책상의 의자에 앉아 합니다.

모든 것에 의자를 사용하고 있습니다. 서서히 안락사한다고 했는데 의자에 맛이 들어가는 것이지요. 이것을 어떻게 표현하면 좋을까요? 인간이 좀 더 편한 편리주의에 길들여지는 것입니다.

여러분 제가 젊었을 때는 '아끼바리' 하고 '정부미' 라는 두 종류의 쌀밖에 없었습니다. 젊은 분들은 정부미라고 하면 모를 것입니다. 요즘 제가 쌀을 사러 가면 난항을 겪습니다. 서른 몇 가지의 쌀이 있는데, 별별 쌀이 다 있습니다. 개구리가 지나가고 오리가 지나간 쌀, 뭔지도 모르는 쌀의 종류가 많고, 드디어는 물에 손을 대지 않고 쌀에 물만 부어 전기밥솥 코드를 꼽기만 하면 됩니다. 여기까지 왔다는 것입니다. 우리는 이것도 나중에 귀찮아 할지 모릅니다. 그래서 뭐가 나왔냐 하면 '햇반'이라는 것이 나와 '레인지 돌려라' 하면 금방 한 것 같은 밥을 먹을 수 있다는 것입니다. 그러면 우리는 어느새 또 길들여져서 돌리는 것도 귀찮아하고, 곧이어 어떤 새로운 것이 나올지도 모릅니다. 이처럼 편리한 것, 좀 더 편리한 것을 계속 찾고 있는, 김성용 시인의 표현을 빌리자면 '먹잇감이 되는 것'입니다. 여러분 생각해 보세요. 두 시, 세 시까지 연구실에 불이 켜져 있는 것은 좀 더 여자들을 편안하게 하기 위해서, 인간을 좀 더 편안하게 하기 위해서입니다. 뉴스를 보니 나는 자동차도 생긴다고 하더군요. 그렇게 해서 편리 위주에 길들여진 인간들은 결국 안락사하고 만다는 것 아니겠어요. 그래서 그 시를 제가 재미있게 읽었던 기억이 있습니다.

여러분도 기억할 겁니다. 우리가 젊은 날 팡세처럼 옆구리에 끼고 다녔던 생텍쥐페리의 《어린왕자》에 보면 이런 이야기가 나옵니다. 어린 왕자는 어느 별에서 장사꾼을 만납니다.

그 장사꾼은 매혹적인 약을 팔고 있었습니다. 한 알만 먹으면 일주일 동안 목이 마르지 않는 약이었습니다. 현대인들은 아귀다툼을 해서라도 그 약을 살 것입니다.

약간만 편하고 싶은데, 일주일이나 목이 마르지 않으니 우물도 냉장고도 물도 찾지 않게 되지 않겠습니까. 노동도 필요 없을 것입니다. 그것은 우리가 바라는 현대의 낙원일지 모릅니다. 한 알의 약으로 굶주림을 사라지게 하는 것 말입니다. 어린 왕자가 묻습니다.

"아저씨 일주일 동안 목이 마르지 않아 절약되는 시간은 얼마나 되죠?"

"53분!"

'시간은 보약이지, 시간만큼 비싼 것은 없지' 하면서 소리치는 장사꾼은 우리들이 만들어 낸 상업주의라고 말할 수 있습니다. 그러나 우리가 사랑하는 어린 왕자는 이렇게 말합니다.

"만약 나에게 53분이 주어진다면 나는 이 약을 먹지 않고 우물을 향해 걸어가겠습니다."

약은 일주일밖에 효력이 없는 것이지요. 그러나 우물을 향해 걸어가겠다는 것은 영원히 목이 마르지 않는다는 것을 의미합니다. 걸어가는 노동의 가치가 곧 인간의 가치라고 말할 수 있을 것입니다.

김성용의 〈의자〉는 바로 이런 관점에서 편리 위주에 삭아 내리는 우리들의 헛된 안락사를 외치고 있는 것입니다

그러나 그렇게 흉측한 짐승으로 본 의자를 다른 각도로 보면, 참 아름다운 시가 나올 수 있습니다. 따뜻하면서도 인간의 피가 도는, 여러분들이 잘 아는 이정록 시인이 쓴, 〈의자〉라는 같은 제목의 시가 있습니다.

병원에 갈 채비를 하며

어머니께서

한 소식 던지신다

허리가 아프니까

세상이 다 의자로 보여야

꽃도 열매도, 그게 다

의자에 앉아 있는 것이여

주말엔

아버지 산소 좀 다녀와라

그래도 큰애 네가

아버지한테는 좋은 의자 아녔냐

이따가 침 맞고 와서는

참외밭에 지푸라기도 깔고

호박에 똬리도 받쳐야겠다

그것들도 식군데 의자를 내줘야지

싸우지 말고 살아라

결혼하고 애 낳고 사는 게 별거냐

그늘 좋고 풍경 좋은데

의자 몇 개 내놓은 거여

이정록 〈의자〉

    이런 식으로 끝을 내고 있습니다. 그러나 이 시를 보면
김성용 시인의 안락사, 흉측한 짐승과는 전혀 다릅니다.
우리의 반려며 서로 등받이며 우리 삶의 힘이고, 그것이

애정의 가장 강렬한 씨앗이라는 것을 보여 줍니다. 여기에 어머니는 허리가 아프다고 나왔지만, 여기 허리 아프지 않은 사람이 어디 있겠습니까? 서 있는 사람, 앉아 있는 사람, 허리가 아프다는 것은 결국은 육신과 마음이 아프다는 것과 통할 것입니다. 우리는 모두 다 아픈 사람들 아닌가요? 그 사람들이 찾는 것이 결국 무엇이겠습니까? 우리가 안온하고 편안하게 앉을 수 있는 그 무엇이겠지요.

이정록 시인은 그 점을 바라본 것이지요. 우리가 바라는 가장 간절한 것들을 거기에 아주 쉬운 말로, 인간과 인간의 관계를, 아버지는 아들에게, 아들은 아버지에게, 엄마에게, 남편은 아내에게, 아내는 남편에게, 친구에게, 우리는 다 자연의 의자로 탈바꿈하는 것입니다.

꽃도 열매도 호박도 참외도 앉을 자리를 만들어 주는 자연친화적인 의자로 가서, 결국은 인간의 삶이란 '따뜻한 의자 몇 개 있는 것'이라고 얘기하며 서로에게 의자가 되어 달라고 하는 것이 아니라, 의자가 되어 주는 것이라고 이야기하는 것입니다.

너무 따뜻한 시지요. 이정록 시인은 인간의 고리를 서로서로에게 무엇인가 되어 주는 것으로 이해합니다. 편안한 의자가 되어 주는 사람들, 그것이 바로 '식구'라는 시어로 결론을 맺습니다.

'주말엔 산소에 좀 가라 그래도 큰애 네가 아버지에겐 좋은 의자 아니었냐'라는 대목은 눈물이 찡하게 나옵니다. 정말 저는 의자 한번 되어 드리지 못한 아쉬움과 죄송함으로 자신을 돌아보게 하지요

이처럼 같은 의자이지만 서로 다른 시각으로 이야기를 하고 있는데요, 의자와 관련된 다른 시를 이야기하겠습니다. 최근에 《나는, 웃는다》란 시집을 낸 유홍준이란 시인이 있습니다. 이 시인은 눈이 내린 의자를 이야기합니다. 우리가 자고 일어났는데 밖에 있는, 눈이 소복이 쌓여 있는 의자를 이야기하고 있습니다. 말하자면 유홍준 시인의 의자는 의자에 다른 사물이 지금 와 있는, 그럼 저 같은 사람은 '의자에 눈이 왔나' 하고 생각을 하겠지만 유홍준 시인은 '너무 높은 곳에서 와서 얼마나 다리가 아플까 저 눈이 의자에 앉아서 쉬고 있나 보다'고 합니다. 눈도 쉬는 곳, 시인은 창 옆에 앉아 햇볕에 눈이 녹아 사라지는 광경을 보게 됩니다. 이것을 '어디에 갈 데가 있다고 사라진다', 그리고

마지막에 '나는 붙잡을 수 없었다'고 이야기합니다. 눈이 의자에 쌓여 녹는 이 광경을 이렇게 아름답게, 말하자면 눈과 의자와 햇볕과 그것을 지켜보는 시인 모두 고리가 물려져 있는 관계를 만들어 냅니다. 이렇게 우리는 좋은 시를 읽는 것만으로 참 행복한 일이 아닌가 싶습니다.

여기서 말한 이정록, 나희덕, 김성용의 시들은 우리들 삶 속에서 나오는 것이지요. 아까 말씀드린 가물치라는 것이 군데군데 있었기 때문에, 누구나 가물치를 지니고 있지만 그 가물치가 있음으로 인해 어떤 면에서 그것에 절하고 싶은 경우가 있습니다. 날지 않아서 날지 않아서 드디어 날지 못하는 새가 되는 것이 아니라 그 혹독한 가물치의 공격과 위협과 같은 것들을 다 몸으로 받아내면서 한 번도 피해 본 적 없이, 그것을 다 운명이라 생각하면서 들이받은 상처들…… 몸의 흔적들은 남을지 모르지만, 그러나 그것이 가지고 온 것들, 그래서 제 시나 시인들의 시는 '나 아파' 이렇게 이야기하는 것이 아닐까 생각합니다. 아픈 것만이 아니라, '나 이렇게 살고 싶어, 이런 것들이 그리워', 그리고 세상 돌아가는 것이 마음에 들지 않을 때는 '그게 그런 게 아니야, 이쪽으로 가야 해' 하고 뭔가 세상에 무늬를 그려내는 것, 화살표를 그려 주는 것이 '시인들의 시가 아닐까' 하는 생각이 듭니다.

그런 것이야말로 우리들이 읽고 쓰는 과정에서 얻는 기쁨인 것이지요. 좋은 것만 쓴다고 해서 오는 것은 아닌 것 같아요. 제가 아까 어머니나 자식들 여러 가지가 다 가물치라 했는데, 결국은 그러한 가물치와 동거하는 삶이야말로 제 문학의 저력이 아니었을까 생각합니다.

말하고 싶은 삶이 바로 문학이다

하나만 더 단면적으로 이야기하면, 인생에 있어서 남들보다 사실은 혹독하게 치러낸 것이 있습니다. 20년이 넘도록 환자들 속에서 산 적이 있습니다. 말하자면 이 방을 열어도 환자가 있고, 저 방을 열어도 환자가 누워 있는⋯⋯ 그때 전 도망치고 싶었습니다. 그때 시인이 아니었다면 도망쳤을 것입니다. 왜냐하면 안전한 곳이 있을지 없을지 모르지만 있다고 믿었습니다. 그리고 그것을 피하면 나중에 시를 쓸 때 저 자신이 감동을 할 수 없을 것 같았습니다.

제게 온 운명의 가물치를 다 뒤집어써야만 뭔가 나중에 시답지 않은 시를 쓰더라도 자신감이 있을 것이라 생각했습니다. 그리고 또 하나, 이것은 대단히 주술적이고 암시적인 것인데, 저는 늘 한 사람에게는 자신이 가지고 태어나는 분량이 있다고 생각합니다. 고통도 그렇고, 행복, 기쁨, 슬픔도 양이 있다고 생각합니다. 인간은 노력을 통해 그 양을 부풀리거나 줄일 수 있습니다. 그 양을 저는 믿었습니다. '내가 만약, 하느님이 너는 이만큼 겪어야 한다고 근심의 보따리를 저한데 던졌는데, 그것을 다 하지 못하고 미진하게 망치면 그게 다 어디로 가겠는가? 내가 잠시 피할 수 있을지는 모르지만 그것이 내 자식에게 가지는 않을까' 하는 생각을 했습니다. 그러니까 '나한테 주어진 것은 내가 완전히 받아내야 한다'고 생각한 겁니다. 그래서 제가 제 인생을 포기하는 몫만큼 제 딸의 어깨가 무거워진다고 어느 글에 쓴 적이 있습니다. 제가 포기하는 것이 어디로 가겠어요? 그것을 제 딸이 가슴으로 받아내야 된다면 제가 마땅히 받아내야지, 그것을 뿌리치고 갈 수는 없다고 했습니다. 그것을 온전히 받아낸 것이 저에게는 시였다고 생각합니다. 그런데 고통이 심할 때는 시가 잘 되지를 않았습니다.

왜냐하면 너무 분노에 차 있고, 온몸의 근육이 껄끄러워지고 거칠어져 있었기 때문입니다. 물론 그때도 시를 썼습니다. 그때 시들을 보면 사람들은 관념적이라고 합니다. 저 자신도 갑갑하기 이를 데 없었습니다. 그런데 그와 같은 '가물치와의 화해'가 나이가 들면서 이루어졌다고 생각합니다. 왜냐하면 제 운명을 보듬어 주기도 하고, 업어 주기도 하면서 비비적거리며 살아와, 제 운명과도 정이 들고 한 몸이 되지 않았을까 생각합니다.

제 시에 〈불행〉이란 시가 있습니다.

던지지 마라

박살난다

그것도 잘 주무르면

옥이 되리니

절규처럼 비명처럼 외쳤었습니다. 저는 나이 드는 것이 참 좋다고 생각합니다. 그런 처절한 삶에 대한 대결 의식으로 가던 고통이 나이 들면서 침착해지는 것을 느끼기 시작했습니다. 그러면서 시도 많이 너그러워졌습니다. 너그럽다는 것은 시 자체의 정열이 안이해졌다는 것이 아니라, 이를테면 거칠고, 모나고 저항하던 몸부림은 사라지고 좀 더 깊은 쪽으로 가는 것이 아닐까 하는 생각이 듭니다. 또 그런 말을 평론가들에게 듣기도 하고요. 사람들은 그런 말을 합니다. 너무 격렬한 연애를 할 때에는 연애시를 못 쓴다고 말입니다. 고통도 같아요. 너무 격렬할 때는 시가 잘되지 않습니다.

오드리 헵번을 아시나요? 우리들이 대학을 다닐 때는 서로에게 별명을 많이 지어 주었습니다. 친구들 중 별명을 지어 주면 김밥을 사고, 다른 애에게 다시 별명을 지어 주면 떡볶이를 사주었는데, 우리들 중에 별명을 지어 주는 왕초가 한 명 있었습니다. 그때 저는 숙명여대를 다녔는데, 저에게 '숙명 재클린'이란 별명을 붙여 주었습니다. 그런데 어느 날 저는 불행히도 〈로마의 휴일〉이라는 영화를 보게 되었습니다. 그런데 오드리 헵번이 너무 예쁜 거예요. '아! 저 여자는 인간 중의 천사구나' 라는 생각이 들었죠. 그래서 저는 작업에 들어갔습니다. 왕초를 불러다가 소주를 한잔 사주면서 별명을 바꿔 달라니까, 뭐로 바꾸기

를 원하느냐고 묻더군요. 제가 근엄하게 오드리 헵번으로
해 달라고 했더니, 이 친구가 곤란할 것 같다며 고민을 좀
해보자고 하더군요. 그래서 저는 한 학기 동안 그 친구에
게 돈을 많이 썼습니다. 건빵도 사주고, 그 당시 우린 돈이
없어서 자장면 한 그릇을 시켜서 소주 서너 병을 마시던
때였습니다. 돈이 없었으니까요. 학교 옆에 효창공원이 있
었는데, 너무 취해 들것에 들려 나올 정도로 치기에 찬 나
이였습니다. 한 학기 동안 제가 계속 돈을 썼는데, 가을 학
기가 시작되는 첫날 우리 왕초가 친구들을 불러 모아 말했
습니다. 달자가 오드리 헵번을 원하는데 안 해 주려니, 그
동안 얻어먹은 게 너무 많고, 해 주려니 오드리 헵번은 무
리가 있어서 고민한 끝에 결정을 내렸다며 둘둘 말은 큰
모조지를 펼쳤습니다. 거기엔 '오드리 될뻔'이라고 적혀
있었습니다. 그때 저는 오드리 될뻔을 해야 하나, 재클린
으로 돌아가야 하나 굉장히 고민이 심했습니다. 그런데 이
미 만들어진 것이기 때문에 친구들은 저만 보면 '될뻔, 될
뻔' 하고 불렀습니다. 처음이 더 우아하지 않았을까 싶어
요. 그렇게 대학을 졸업했습니다.

대학을 졸업하면서 저는 부잣집 딸도 졸업해야 했습니다. 아버지의 사업이 무너지면서 기와집도, 아버지의 기개도, 우리들의 자부심도 다 무너졌습니다. 그래서 저는 대학을 졸업하고 제 스스로 밥벌이를 해야 했습니다. 그러면서 처음으로 고통의 문에 진입한 것입니다. 먹는 일을 걱정하고 그랬지요. 그때는 60년대 중반으로 대학을 졸업했다고 해서 곧바로 취직이 되진 않았습니다.

그때는 운동화 하나 신고 도서관에 가서 '여직원 구함'이라는 새끼손가락 같은 쪽지를 하나 들고 청계천, 왕십리, 을지로 등 안 가 본 곳이 없습니다. 결국 저는 취직을 못했고, 당시 미스코리아 진을 했던 제 친구는 은행원으로 제일은행에 취직을 했습니다. 그때 이 세상에 대한 분노가 굉장히 심했습니다. '나는 학교를 다니면서 시도 잘 썼고, 공부도 잘했고, 누구보다 학교를 위해 활동도 열심히 했는데, 어떻게 학교는 우수 학생 하나 취직을 못 시킨단 말이야' 했습니다.

그 당시 저는 '지금까지는 사랑, 그리움이 시가 되는 것'이라고 생각했는데, 그때 처음 사회에 눈을 돌리기 시작한 것입니다. '뭔가 세상에는 파고들어야 할 것이 있고, 잘못 돌아가는 것에 서 있어야 하는 곳이 있구나, 반드시 발자국을 찍어야 할 곳이 생기는 것이구나' 라는 것을 느꼈습니다. 사회에 대한 분노였지요.

얼굴이 예뻐야 취직이 된다는 것이 견딜 수 없었습니다. 그런데 취직이 어떤 때는 될 듯하다가 안 되고, 계속 그러니까 '오드리 될뻔'이라는 별명을 얻었더니 인생조차도 될 듯하다가 안 되는구나, 인생도 될 뻔하다가 안 되고, 될 뻔하다가 안 되는구나, 그래서 의식 속에 자기가 쓰는 어떤 것을 갖는 것을 내 나름으로 가지면 안 되는구나, 말도 막 써서는 안 되는구나라는 것을 처음으로 알았습니다. 그런 경험을 통해 세상을 바라보고, 운명을 바라보고, 제 삶을 바라보았던 것들이 허약했던 제 문학의 뿌리를 튼튼하게 해 주었다고 생각합니다.

그래서 제 인생에 많았던 가물치들, 이것들이 제 문학을 존재하게 하는 힘이 되지 않았을까, 그런 생각을 합니다.

저의 시작 공부는 사춘기 시절 연애편지로부터 출발했지만 정작 시의 길을 틔워 준 것은 고등학교 때의 일입니다.

부산에 가서 처음 시의 길에 접어들었습니다. 고향에서 시를 썼다고 하지만 제대로 된 것이 아니었고요, 그곳에 가서 고등학교 3학년 때에 경남백일장에 학교 대표로 나갔는데 장원을 하지 못하고 1등을 했습니다. 당시 1등으로는 서울대학교를 빼고 아무 대학교나 다 들어갈 수 있었습니다. 특기 장학생이라고 하지요. 그것으로 서울 숙명여자대학교에 들어갔습니다. 어머니는 숙대에 들어가고 국문과에 들어간 것이 자신의 계획에 잘 맞는다고 생각하신 것 같습니다. 그 당시 숙대 국문과는 여성 문학의 천재들이 많이 배출되고 있었으니까요. 그때 심사위원은 이형기 선생님과 박재삼 선생님이셨습니다. 그때 두 분을 뵙고, 이형기 선생님이 〈국제신문〉에 계실 때 그 인연으로 자주 놀러 가기도 했습니다. 아마 그것이 본격적으로 시를 공부하게 된 첫걸음이었습니다. 그리고 그 두 분의 시가 당시 너무 좋았기 때문에 저는 출발이 굉장히 좋았었습니다.

대학교에 다니면서 김남조 선생님을 만났습니다. 김남조 선생님은 학교에 붙박이로 계신 분이었고 그 당시 강사진이 굉장히 좋았습니다. 박목월, 서정주 시인과 같은 분이 수시로 특강을 해 주셨습니다. 그런 분을 뵈면서 자연스럽게 시 쓰는 것에 대해 노력하지 않아도 기회가 닿았습니다. 그런 노력이 결국 '나는 다른 것은 할 수 없어, 나는 시밖에 할 게 없어'라고 생각하게 한 것 같습니다. 어떻게 보면 저는 시인으로서 굉장히 행운이 따른 사람입니다. 처음 이형기, 박재삼 선생님으로부터 시작해서 서울에 올라와 김남조, 박목월, 서정주 선생님 같은 분을 만났고, 특히 서정주 선생님은 바로 옆 공덕동이 집이셨기 때문에 자주 놀러 갔었습니다. 그러한 인간관계도 문학을 하는 데 중요한 모티브가 된 것 같습니다.

그러나 그때까지는 시를 한다고는 할 수 없고 따라다닌 것이지요. 선생님들이 사시는 골목골목마다 여기저기 가보고 그분들의 그림자를 밟는 것도 행복했습니다.

새로운 기회가 찾아왔습니다. 그때 저는 문학의 새로운 길로 진입하고 있었습니다. 결혼하고 몇 년간 불행과 싸우고, 결혼 우울증에 걸려 늘 뭔가를 찾아 헤맸습니다. 예를 들면 아이를 낳고 나서도 밤늦게 서랍을 열며 뭔가를 찾았습니다. 그 증상으로 병원에 가본 적은 없지만, 그러면 남편이 뭘 찾느냐고 물었고, 전 대답을 못했습니다. 그런 병에 걸려 있었는데, 어느 날 너무 견딜 수가 없어서 입은 옷 그대로 종로까지 버스를 타고 갔습니다. 이렇게 걷고 있다가 박목월 선생님을 만났는데, 저를 앞뒤로 살펴보시더니

'신군, 니 지금 시간 있나?' 그러시는 겁니다. '내가 지금 YMCA에서 3시에 결혼식 주례가 있는데 아직 30분 남았으니까 차를 사주겠다'고 하시며 YMCA로 들어갔습니다. 찻집에 들어가 앉으려고 하니 선생님이 '니 요즘도 글을 쓰나?' 그러시는 겁니다. 그런데 그때 뭔가 제 가슴을 꽉 치는 것이 '내가 찾고 헤맨 것이 글이었구나'라는 생각이 들었습니다. 그렇게 풀이 죽어 앉아 있는데, 선생님은 '얘가 마음이나 모든 것이 어려운 상황에 있구나'라며 '너만 가능하다면, 내가 일요일에는 집에 있으니까 와서 글을 다시 시작해라, 시를 써가지고 오면 내가 봐주겠다'고 하셨습니다. 그래서 그날부터 저는 용기백배, 당시 둘째 아이를 임신하고 있었는데 막 커피를 마셔대며 밤새 글을 써서 박목월 선생님 댁에 갔습니다. 옷도 초라하게 입은 여자가 선생님과 약속 때문에 찾아왔다고 하니까 사모님이 2층에 계시다며 냉담하게 대하셨던 것으로 기억납니다. 2층에 올라가니 선생님이 맨땅에 앉아 글을 쓰고 계셨습니다. 등 뒤에 무릎을 꿇고서 '선생님, 저 왔습니다' 그래도 아무런 대답을 안 하셨습니다. 배가 부른 상황에서 무릎을 꿇고 있으려니 죽을 맛이었습니다. 발이 저려 움직일 수도 없는 상태에서 10∼20분 정도를 기다렸습니다. 그제야 뒤를 돌아보시며 '신군, 왜 왔노?' 그러시는 겁니다. 분명히 약속을 하고 왔는데 그렇게 물으시니까, 우물쭈물거리며 '시를 가지고 왔다'고 했더니 보자고 하시더니, 휙 제 앞으로 종이를 던지시며 글씨가 너무 크다고 하시며 '다음에 적게 써 온나' 그러시는 것입니다. 종이를 들고 아래층으로 엉금엉금 기어 내려오는데 30분은 걸린 것 같습니다. 그렇게 내려와 원효로 철문을 지나면서 제 자신에게 맹세를 했습니다. '내가 만일 이 원효로 철문을 다시 들어오면 인간도 아니라고.' 그런데 그 다음 주에 다시 갔습니다. 시는 마약과 같은 것이었습니다. 시를 드렸더니 다시 던지며 글씨가 너무 작다는 것입니다. 또다시 철대문을 지나며 '다시 내가 이 철대문을 지나면 배 속의 아이에게 맹세코 인간이 아니'라고 다짐했습니다. 그런데 그 다음 주에 또 갔습니다. 여덟 번을 가고 나서야 선생님께서 첫 추천을 해 주셨습니다. 당시에는 세 번을 추천 받아야만 추천 완료가 됐는데, '신군, 그동안 고생했다. 내가 너를 종로에서 처음 봤을 때 너무 위험했어. 자네를 그냥그냥 좋게 대우해서는 시를 쓸 수 없었을 거야' 그러시면서 이렇게 박대를 해도 오는가를 봤다고 하시더군요.

그때 저는 명예를 얻는 길이었다면 철대문을 건너가지 못했을 것입니다. 부를 얻는 길이었다면 저는 그 철대문을 혀를 물고서라도 건너가지 못했을 것입니다. 그때 저는 내 영혼을 살려야만 했기 때문에 그 서러운 박대를 당하면서 그 집을 들어갈 수 있었습니다. 선생님의 '그동안 잘했어' 라는 말을 기억하며 '이보다 더 험한 길을 걸어왔는데 왜 내가 걸어가지 못하겠는가' 란 생각을 했습니다.

그러고 시인에 대한 새로운 꿈에 부풀어 있고, 뭔가 시의 새로운 길에 들어서고 있다고 생각할 때인 1973년에 첫 시집을 냈습니다. 박목월 선생님이 서문을 써주시고 출판기념회도 열어 주시면서 그 당시 우리나라의 좋은 시인들을 초대하셨습니다.

연애를 해보았지요. 연애도 저에게 격렬한 것을 주었습니다. 그래도 그것은 그냥 끝나는 것이었습니다. 영원하지 않습니다. 돈도 마찬가집니다. 돈도 한때 벌어 봤지만, 물론 그것도 허망한 것이었습니다. 지금도 저를 긴장시키고, 저를 벌벌 떨게 만드는 것은 문학이고 시라고 생각합니다. 아니 그것이야말로 아직도 저를 무릎 꿇게 하는 유일한 것이라고 생각합니다. 그래서 마치 첫사랑에 빠져 애원하듯 이 시에 매달려 몇 년을 살았습니다. 그렇게 했더니 알겠 더군요. 겨우 시가 조금씩 발등을 보여 주기 시작했습니 다. 아직도 다 보진 못했습니다.

시는 그렇습니다. 이 사람 저 사람하고 놀다가 오면 안 받아 줍니다. 수필도 잘 쓰고, 소설도 잘 써서, 책도 나왔 어, TV에도 나왔어, 뭐 이런 식으로 하면 시는 받아 주지 않습니다. 이 세상에서 가장 질투가 많은 것이 시라고 생 각합니다. 오직 자기만을 바라보고 있어야 겨우 조금 보여 주는 그런 애인이 시라고 생각합니다.

시가 있다는 것이, 그리고 제 생활에 시가 있다는 것이, 저를 얼마나 겸손하게 만들어 주는지 모릅니다. 이것이야 말로 저를 가장 겸허하게 만들고, 제대로 인생을 살게 하 고, 공부하게 하고, 남의 인생에 대해 깊이 느끼고, 따뜻한 물줄기를 찾으려고 노력하게 하고, 그리고 내 산야, 내 한 국을 사랑하게 만드는 것이라고 생각합니다.

3

모든 도약에는
후추 냄새가 난다

자아실현의 중심에 서 있는
30대를 위하여

30대를 어떻게 보내느냐에 따라 그 인생의 색깔이 달라 진다고 말해도 틀리지 않을 것입니다.

집으로 말하면 20대까지는 지하 공사라고 말할 수 있지 만 30대는 서서히 지상으로 올라와 자신이 누구인지가 나 타나기 시작할 때입니다.

그러나 걱정할 필요는 없습니다. 아직도 30대는 집을 세 우기 위한 기초 공사와 맞물려 있으므로 완성의 시대가 아 니기 때문입니다. 그러나 확실하게 방향이 정해져야 하는 부담은 따르겠네요.

정열적인 사랑을 해 보지 못한 사람은 인생의 반가량이, 그것도 아름다운 편의 반가량이 가려져 있는 사람이라는 말은 의심할 여지가 없을 것입니다.

그것도 20대 혹은 30대에 가슴이 벅차고 숨이 차오르고 마치 죽을 것 같은 열정을 송두리째 바치는 연애를 해 보는 일은 생의 경험 중에 놓쳐서는 안 되는 일이 아닐 수 없습니다.

그러나 제아무리 연애지상주의라 하더라도 현실과 삶을 내던질 수는 없는 일이니까요. 어쩌면 연애보다 더 놓쳐서는 안 되는 일은 한번쯤 죽는 것 같은 일의 몰입일지 모릅니다.

연애는 생존의 문제는 아닙니다. 그러나 일의 선택과 거기에 바치는 시간적 애정은 생존 그 자체를 말하는 것입니다.

당신은 누구의 연인으로 태어난 것이 아닙니다. 당신 자신으로 태어났습니다.

따라서 당신이 무엇을 하고, 무엇을 밀고 나가서, 무엇을 만들어 가는지 그것이 중요합니다. 요즘 같은 경쟁 시대에는 자신의 메뉴가 확실하고 먹음직스러워야 합니다. 누가 당신을 사용 가치가 있다고 생각하게 말입니다.

당신은 언제나 자신에게 주문을 외십시오.

'사실 나는 조금도 나이를 먹지 않았고 아무것도 포기하지 않았다'라고 말입니다.

그런 자신의 믿음에서, 지금의 현실에서, 스스로 할 수 있는 최선이 무엇이며, 무엇을 어떻게 하겠다는 것이 정해졌다면 행동해야 합니다.

궁극적이며 가장 신선한 이론의 형식은 행동입니다.

출발하지 않고 어떻게 당도하겠습니까.

출발한 사람은 잘 가고 있는지, 내적 힘의 열기에 문제는 없는지 점검하고, 아직 어디로 가야 할지, 차표를 손에 쥐지 못한 사람은 단식 투쟁의 의지로 가야 할 정착지를 선택해야 합니다.

그것이 정해지면 마치 일에 미친 사람처럼 잠수해 보고 다시 생각해야 합니다.

제2의 대학 입시를 치르듯 미친 듯 열광적으로 최선을 다해 자신을 쓸모 있게 만들어 가야 합니다.

'외롭게 생각하지 않는다. 외로움 자체도 열정이다.'

스스로 자신을 타이르세요.

'나는 혼자가 아니다. 나는 혼자가 아니다.'

이러한 주문으로 매 순간 당신을 불태우게 하십시오.

진정으로 그대를 돕는 사람이 어디엔가 있을 것입니다. 열심히 하면 누군가 당신을 지켜볼 것입니다. 허상이라도 믿으십시오. 자신의 또 하나의 분신이라도 믿으십시오.

열중하면 반드시 신도 도울 것입니다. 반드시 신도 돕는다는 것을 잊지 말아야 합니다.

저는 믿는 것이 있습니다. 인간은 그 자신이 무한한 열정을 품고 있는 일에서는 대부분 성공합니다.

이 신비한 종교적 감격을 머뭇거리며 절대 놓쳐서는 안됩니다.

잘 안 된다고요?

틀리거나 실패하는 일은 우리들에게 있어 전진하기 위한 훈련이라고 생각하십시오.

실패와 함께 삶을 배우는 일은 성숙의 하나이며 그것을 성숙이라고 받아들이는 사람은 실패로 자포자기하지 않으며, 항상 성공해야 한다고 억지 부리지 않으며, 실패에 유익성을 찾으며 그 실패를 초월하려는 의지가 있을 것입니다.

실패했습니까?

그러면 이렇게 말하십시오. '나는 실패할 용기가 있다'

라고.

귀중한 자기 성찰의 항목들은 빨리 적어 두어야 합니다. 이것은 아주 중요합니다. 자신의 체험이나 자신의 순간순간의 번뜩이는 생각들을 연기처럼 날려 버려선 안 됩니다.

싱글은 싱글대로 생각의 메모를 지니고, 주부는 주부대로 하루의 삶에 대한 단편적인 메모가 소중합니다.

좀 피로하지만 TV 보는 시간을 줄이고 가족에 대한 변화를 적어 두는 것도 좋습니다. 당신의 생활은 자신이 거기에 의미를 부여하려고 노력하는 그만큼의 의미를 갖는 일입니다.

뭐든 되는 일이 없다고 투정하기 전에 '무엇에 전격적으로 자신의 마음과 시간을 투자해 보았는가' 냉혹하게 따져 본 후 안 된다고 말해야 합니다.

어린 자녀를 둔 주부들은 더 힘들 것입니다. 말이 그렇지 어린 자녀를 하나 혹은 둘 정도 기르는 주부는 정신이 없습니다. 요즘같이 아이들에게 쏟아 부어야만 하는 돈과 시간이 늘어난 추세에서 자신을 돌본다는 것은 이기적으로 생각될지 모릅니다.

통계청 조사에 다르면 주부의 가사 노동이 평균 3시간

59분이라고 합니다. 어떻게 조사한 데이터인지 잘 모르겠지만 어디 3시간 59분만 되겠습니까.

하루 꼬박 주부는 가족에게 매달려 있습니다. 그러나 조심하십시오. 자녀들, 가족…… 그 안에서 돌고 있는 자신을 늘 생각해야 합니다. 진정한 가족의 어머니가 된다는 것은 자기 공부 없이는 앞으로 점점 더 힘겨워지고 외로워진다는 것을 잊지 말아야겠지요.

신문, 잡지, 독서, 새로운 정보에 밀착되어 있어야 합니다. 똑똑한 어머니도 자신이 만들어 가는 것입니다.

지나치게 유행에 기울지 않는 중심적 자아도 필요합니다. 정보 유행의 물결에 온몸이 빠져드는 요즘에는 자기중심적 의지가 어느 때보다 중요합니다.

여성, 어머니, 주부, 아내, 며느리, 딸 중에서 그래도 가장 중요한 것은 '나' 입니다.

누구도 나만큼 나를 생각지 않습니다. 나를 건강히, 나를 지혜롭게, 나를 명상적이게, 나를 적극적이게, 눈도 귀도 크게 열어서 세상을 볼 필요가 있습니다.

반드시 내 현실과 내 적성에 맞는 것을 골라야 하며 돈과 시간이 없다고 아예 자신을 포기하는 것은 엄청난 바보입니다.

요즘은 인터넷도 신문도 잡지도 책도 훌륭한 명사의 강연도 자신이 하려고 부지런만 떨면 안 되는 것이 없습니다.

강연도 책도 운동도 돈 안 들이고 얼마든지 할 수 있는 게 지금 시대입니다. 얼마나 좋습니까. 운동화 하나만 있으면 마음대로 걸을 수 있고, 광화문만 나가도 서너 시간은 책을 공짜로 읽을 수 있습니다. 동사무소 같은 곳에서도 주부 건강을 위한 저렴한 운동 프로그램이 있습니다. 정보는 세상에 널려 있습니다.

그러나 여기서 조심해야죠.

중요한 것은 정보를 아는 것이 아니라 정보를 사용할 줄 알아야 합니다.

이 세상의 많은 정보를 내 것으로 소화할 줄 아는 데는 지식이 필요합니다. 선택의 지식입니다.

온몸에 정보를 감고도, 아무것도 제대로 내 것으로 만들지 못하면 그것은 정보가 아니라 악입니다.

불만과 짜증으로 이어지고 신세타령의 못난 자신만 발견하게 됩니다. '난 왜 이런지 몰라.' 모르면 알아야지요. '남들은 잘하는데…… 그것은 조건이 좋아서'라고 한탄해

봐야 소용없습니다.

신세타령…… 그것은 행복하고자 하는 우리들의 희망과 반대되는 일입니다.

30대는 결코 누리는 시대는 아닙니다. 직장에서도 돌계단을 놓는 시기이며, 가정에서도 탑을 쌓는 시기입니다.

그 정상까지의 계단을 무시하고 어떻게 높이 오를 수 있겠습니까. 그 오르는 과정의 행복을 무시하지 마십시오. 대개 성공한 사람들은 30대의 성공 과정을 아름다운 추억으로 떠올리지만 30대는 코피를 쏟고 밤을 새우며 청바지 하나로 생의 돌계단을 오르기도 하고, 여왕처럼 아름답게 자신을 가꾸기도 하는 시기입니다. 그리고 자신을 만들어 놓은 후에 그것을 진정한 아름다움으로 가꾸어야 합니다. 아름다운 것도 행복이니까요.

그 시간이 아름답기 때문입니다.

당신을 돌아보십시오. 귀중한 것을 많이 가지고 있을 것입니다. 집을 지을 때는 욕심보다 의욕이, 욕심보다 사랑이 더 중요합니다.

'지금 현재 그 순간도 사랑하라.' 만들어 가는 과정의 시간들이 힘겹고 피로하겠지만, 그 순간이 바로 보석이 박혀 있는 시간들입니다.

힘든 30대들이여!

일어나십시오. 당신들은 지금 생의 벽을 쌓고 있는 사람들입니다. 완성되지 않는 생의 집을 너무 불평하지 말고, 하나씩 올리는 벽돌을 진지하고 즐겁게 쌓을 필요가 있습니다.

독일의 인본심리학자 매슬로A. M. maslow는 인간의 성숙단계에 관한 욕구를 다섯 가지로 보았는데 마지막 단계가 자아실현이었습니다.

자아실현이 '여자와 무관했던 시절'이 우리나라에는 길었습니다. 예술가나 성직자에게나 있을 법한 자아실현이 이제 바로 당신의 것이 될 수 있는 시대에 우리는 살고 있습니다. 마음껏 펼칠 수 있는 이 시기에 시간을 아껴 돌진하십시오.

그래서 자아실현에 대해 정확한 판단이 필요합니다. 자기 파악이 확실한 사람이 더 빨리 갈 수 있습니다.

마음에 당기는 것은 뭐든 배워 두는 것이 좋습니다. 성실한 독서도 큰 힘이 됩니다. 반드시 해야 하는 것이 외국어와 컴퓨터지만 자신만의 재능 하나쯤 키워 두는 것도 좋지 않을까요. 요즘 세상은 다양한 지식이 필요할 때입니다.

몇 년 전만 해도 전문 지식만 있으면 큰소리칠 수 있었지만 지금은 예술에 관한 모든 것, 문화·정치·역사도 아는 것이 좋습니다.

대화에서 밀리지 않을 만큼은요. 그게 30대입니다.

그러나 당신이 하고 싶고, 그려 놓은 생의 지도가 있다면 그것이 무엇이든 당신은 자아실현의 가능성을 지닌 사람입니다.

아니 자아실현을 통과하기 위한 걷기 행동을 시작한 사람들입니다. 결코 자아실현에 규정된 직업이나 나이, 돈을 계산하지 마십시오. 이상과 꿈, 계획이 있다면 그것이 자아실현의 문으로 가는 길입니다.

신념과 소신이 무엇보다 필요합니다. 자기를 알고 자기다운 길을 걷는 것은 신념과 소신이 무엇인지 아는 사람일 것입니다.

지금, 30대는 자아실현의 중심에 서 있습니다. 누구도 제외하지 않는 당신의 30대를 자신감 있게 박차고 나가길 바랍니다.

당신을 믿으세요. 이 세상의 태양은 당신 자신을 비추고 있습니다.

다들 힘내!

　2008년 말 우리 모두는 불경기라는 말을 아이들 이름처럼 많이 부르고 많이 들어 왔습니다. 빈부 격차는 더 심해지고 중산층은 빈자의 자리로 추락하는 그런 사회적 분위기 속에서 우리들은 누구나 무서웠고, 미래는 더욱 불투명했습니다.

　도산 위기라는 말이 심심찮게 신문 사회면을 장식했고 실직은 늘 일어나는 일상이 되어 버린 우울한 날들이 계속되고 있었지요.

　때맞춰 세계적 불황이라는 유행어가 떠돌고 국민들은 불

안하기 짝이 없었습니다. 덩달아 물가는 비 온 뒤 자라나는 잡초처럼 뛰어올랐습니다.

그런 연말에 한 작은 중소기업에서 특강을 해 달라는 요청이 있었습니다. 늘 해 오던 일이라 '뭐하는 곳이냐, 듣는 사람이 누구냐, 강사료는 얼마냐' 뭐 이런 질문을 하고 있었는데 왠지 상대방의 목소리가 그렇게 당당하지 않았습니다. 대개 그런 경우 강사료를 너무 적게 주는 곳이라는 것을 알고 있었으므로 대충 마무리를 지으려 했습니다.

그런데 상대방은 더 작고 그러나 진지하게 '6개월 동안 월급을 주지 못한 작은 회사인데 연말 특강으로…… 그러니까 특강을 보너스로 주려고…… 강의료는 20만 원밖에 줄 수 없다' 는 말을 너무나 어렵게 하고 있는 그 상대에게 저는 흔쾌히 가겠다고 약속했습니다.

"가겠습니다."

그때부터 눈시울을 붉힌 강의가 시작되었습니다. 가서 만난 회사 직원과 사장님을 보자 눈물은 그치지 않았고, 추운 사무실을 보면서…… 저는 속으로 많이 울먹이며 강의 내내 아무리 숨기려 해도 눈물을 그칠 수 없었습니다.

세상에 이렇게 어려운 회사가 어디 한두 군데겠는가. 냉

정해지려 애쓰며 저는 정말 열심히 강의했습니다. 마치 내 동생, 내 오빠, 내 가족처럼 사랑을 담아 강의했으며 내일이면 도산해야 할 중년의 사장님에게도 힘을 실어 주고 싶었습니다.

'완전하게 뼈만 남아 죽은 듯한 나무도 봄이면 싹이 나고 여름이면 왕성한 녹음을 피우는데 살아 있는 인간의 생명이 어디 나무만도 못하겠는가'라고 힘주어 말했습니다.

우리가 징그럽게 견디며 포기하지만 않는다면 하늘은 반드시 우리의 편이 되지 않겠습니까. 회사와 가족 모두에게 저는 '실패했다는 생각보다 이제야말로 시작한다는 마음으로 일어서야 한다'고 말했습니다.

저는 마음이 아팠습니다. 물론 20만 원도 받지 않았으며 《나는 마흔에 생의 걸음마를 배웠다》라는 제 자전적 에세이 백 권을 선물로 나누어 주었습니다.

강의료를 받지 않고 오히려 선물을 준 일은 그때가 처음이었지만 마음만은 편안하고 행복했습니다. 자전 에세이는 '인간으로서 도저히 견딜 수 없는 죽음의 터널을 건너와 새로운 생의 기쁨을 갖게 되는 이야기'라는 점에서 그들에게 힘이 되리라 생각했습니다.

강의가 끝나고 우리는 소주 파티를 열었습니다. 귤과 떡, 오징어와 몇 가지 음식이 있던 것으로 기억됩니다. 그리고 제일 먼저 사장님이 소주잔을 들고 건배를 외쳤습니다.

"내 힘들다!"

그러자 직원들이 다 같이 소리 질러 외쳤습니다.

"다들 힘내!"

'내 힘들다' 를 거꾸로 읽으면 '다들 힘내' 가 된다는 것을 그때 처음 알았습니다.

'그래, 그렇게 아이디어를 내면 뭘 못하겠는가. 그래, 그렇게 마음을 합하면 무엇을 못하겠는가.'

저는 그들이 반드시 일어서는 모습을 볼 거라고 다짐했습니다. 그리고 반드시 봄날이 올 것이라 확신했습니다. 최근 들은 소식에 의하면 그 회사는 밀린 월급을 모두 주었다고 합니다.

저 또한 방에서 혼자 볼펜을 들고 외쳤습니다.

"다들 힘내!"

나는 내 생의 전반전을
이렇게 싸웠다

2002년 월드컵을 통해 저는 처음으로 축구라는 것을 보게 되었습니다.

그 전까지는 흘깃거리며 보는 정도였고 끝까지 경기를 본 적은 단 한 번도 없었습니다. 그러나 월드컵은 저를 뜨겁게 달아오르게 했습니다. 저 같은 사람들이 그때는 많았습니다. 그 당시 월드컵 분위기는 그렇게 우리나라를 흥분으로 몰아가고 있었습니다.

저는 그때 대한민국 사람이라는 것에 감사했고 대한민국 사람의 긍지를 가지고 있었습니다. 생각나지 않나요. 시청

앞 광장은 세계를 놀라게 하는 인류의 충격이었습니다.

번듯하게 제대로 해준 것도 없는 제나라 이름을 목이 터져라 불렀던 우리나라 청년들은 지금 뭘 하고 있을까요. 스포츠가 국력이라는 것을 저는 그때 처음 느꼈습니다. 분위기만 맞춰 주면 뭐든 잘할 우리나라 젊은이들, 그들은 지금 무엇에 열광하고 있을까요. 열광할 것이 있기는 있는 것일까요.

때때로 텅 빈 시청앞을 지나가노라면 그 시절의 함성이 제 가슴을 찔러 옵니다. 어디에서든 그 젊은이들이 자기만의 생의 운동장에서 힘차게 대한민국을 외치며 뛰고 있으면 좋을 텐데…… 왠지 눈시울이 뜨거워집니다.

축구 경기는 그때 우리들의 희망이었습니다. 그러나 저는 축구 경기를 보면서, 그 축구장에서 저를 보았습니다. 놀랐습니다. 그렇습니다. 그 축구장에 제가 있었던 것입니다.

어느 나라의 게임이었는지는 잊었습니다. 그런데 전반전에서 이미 5대 0으로 지고 있는 팀을 본 것입니다. 이미 그렇게 전반전에서 형편없이 지고 있었다면 후반전의 결과는 빤한 노릇 아닙니까.

그것은 그들 지고 있는 선수들도 다 아는 일이었을 것입

니다. 제아무리 후반전을 뛴다 해도 가망 없다는 것은 세
살 아이도 아는 일이었으니까요. 어느 누가 그것을 모르겠
는지요.

패할 것이라는 결과가 눈에 선하게 보이는데도 지고 있
는 선수 그들은 포기할 수 없이 계속 최선을 다해 뛰어야
하는 걸까요. 그렇습니다. 질 것이 빤한데도 그만두겠다고
하거나, 질 것이 확실한데 후반전은 왜 하느냐고 하거나,
나 혼자라도 이쯤에서 도망치겠다고 하는 선수는 그 운동
장에 없었던 것입니다.

저는 재미가 없어 리모컨을 찾다가 순간 생각했습니다.
'도대체 그들은 후반전을 어떤 모습으로 뛸까.' 그것에 호
기심이 작동했습니다.

후반전이 시작되고 운동장엔 다시 회오리가 일었습니다.
슬슬 하는 척하다가 시간이 되면 끝낼 선수는 보이지 않았
습니다. 선수들이 뛰고 있는 그 운동장은 전반전과 똑같이
서로 한 꼴이라도 더 넣어 보겠다고 안간힘을 쓰고 있었습
니다.

가망 없는 후반 45분.

그 가망 없는 후반을, 지고 있는 선수들은 남은 힘을 다

해 뛰고 있었던 것입니다. 가히 눈물겨운 장면이었습니다. 그 운동장에서 죽어도 좋다는 마음으로, 생명을 끝내도 좋다는 태도로 그들은 뛰었던 것입니다. 저는 눈물을 줄줄 흘리며 그 장면을 지켜보았습니다.

그들에게 있어 보너스 2분의 시간은 차라리 잔인한 시간이었을 것입니다. 그러나 뛰었습니다. 그 시간 그들에게 2분은 태산과 같은 시간이며, 강을 몇천 개 건너는 시간이며, 암벽을 맨발로 타는 시간이었습니다. 2분, 그 처절한 시간을 넘어 그들은 졌습니다. 물론 완패였지요.

이기기 위해서가 아니라, 그 뛰는 공간에서는 선수로서의 약속이며 규칙이 목숨보다 중요했기 때문일 겁니다. 절대로 그냥 포기할 수 없는 일이었지요. 그것이 룰이기 때문만은 아닐 것입니다. 자기 몫의 해야 할 일은 그렇게 하는 것이라고 고국을 대표해서 뛰는 선수로서의 자세였을 겁니다.

거기서 쓰러져 죽는다 하더라도 그 선수들은 뛸 수밖에 없는 것입니다. 그렇게 모든 선수들은 죽을 각오로 뛰었습니다. 이미 그들은 죽음조차도 그 축구의 룰 속에 집어넣고 있는 것처럼 보였습니다.

그 엄격한 승부의 정신.

오, 맙소사!

거기에서 저는 저를 보았습니다.

그랬습니다. 저는 이기기 위한 삶이 아니었습니다. 그 순간 뛰지 않으면 주저앉고 제가 뛰지 않으면 모든 가족이 쓰러질 수밖에 없었으므로 뛰었습니다.

가망 없는 후반 45분을 위해 그렇게 저는 아름다운 나이, 어여쁜 30대의 전후반전을 외롭게 헉헉거리며 뛰었던 것입니다.

생의 바닥은 왜 그렇게 거칠었는지…… 제 발바닥은 왜 그렇게 사철 벌겋게 부어올라 획획 벗겨지곤 했는지…… 지금도 그 생각을 하면 눈이 부어오릅니다.

몸은 곤죽이 되어갔고 정신은 너덜거렸습니다. 그러나 화살 같은 푸른 의지 하나, 여기서 죽어도 뛰어야 한다는 마음 하나만이 제가 붙들고 있던 마지막 승부수였습니다.

골은 하나도 넣지 못하고, 건질 것은 없고, 관객들은 지루해하고, 볼 것이 없다고 하고 그리고 박수 소리는 멀어지고, 덤을 아무리 주어도 살아날 기미는 아예 보이지 않는, 그런 경기에서 돌아온 이름은 패잔병밖에 없는, 그 가망 없는 후반전을, 장님이 보아도 빤한 그런 경기에 저는 목숨을 걸고 있었습니다.

그것도 든든한 소나무 가지가 아닌, 갈대같이 어디 매일 곳도 없는 곳에 목숨을 걸었다고 해야 옳을지 모릅니다.

남편이 쓰러졌을 때 저는 세상의 지붕이 쓰러졌다고 생각했습니다. 그 시절 저는 아무것도 세상을 아는 것이 없었습니다. 살아내기에 미숙하고 바보 같은 그런 시기에 삶의 기둥이 우지끈 무너진 것입니다.

그 무너진 자리에 제 운명이 눈을 뜨고 제게로 다가오고 있었습니다. 거부할 수 없는 운명이었습니다.

제가 받기엔 너무나 과격하고 거칠고 사나운 그런 운명이 서서히 제 이름을 부르며 다가오고 있었기 때문입니다.

제 소녀 시절의 유리구두가 산산이 부서지고 있었습니다.

제 인생의 전반전은 그렇게 속수무책 지고 있었습니다. 아무리 골을 넣으려 해도 방해하는 운명의 발이 있었습니다. 분명히 제 골이었는데 그 운명이 골을 빼앗아 자기가 차 넣는 것이었습니다. 그런 것을 '자살골'이라고 하던가요.

저는 당하기만 했습니다. 그러나 별수 없이 포기하지 않고 뛰었습니다. 아무것도 돌아보지 않았습니다. 그냥 뛰었습니다. 이겨야 한다는 승부수는 이미 없었습니다. 다만 비겁하게 물러서진 않겠다는 정신만은 그런 순간에도 살아 있었습니다.

숨을 쉴 수가 없었습니다. 헉헉거렸습니다. 두 다리에 쥐가 올라 한 발자국도 옮길 수가 없었습니다.

제 생의 전반전은 그렇게 숨이 찼습니다. 그러나 목숨을 걸고 뛴 전반전의 노고에 꽃을 손에 쥐어 주신 분이 있었습니다.

제 생의 후반전은 가망 없는 45분이었지만 가망 있는 후반전으로 저를 끌고 가는 분이 계셨습니다.

운명과 엎치락뒤치락하고 살았더니, 후반전이 뻔해도 포기하지 않고 뛰었더니, 그것을 예쁘게 본 분이 계셨습니다.

그분은 절대로 그렇게 뛰는 사람을 모른 척하시는 분이 아닌 것입니다.

지금 여러분은 힘이 듭니까. 힘이 들어 도저히 한 발자국도 나가지 못하겠습니까. 그리고 바로 지금이 여러분 인생의 후반전이라고 생각하십니까. 5분쯤 남았다고 생각되십니까. 그래도 뛰어 보십시오. 당신의 후반전은 아직 시간이 남아 있습니다. 우리들 생의 후반전은…… 그렇습니다. 가능성이 있습니다. 반드시…… 반드시 활짝 핀 웃음이 우리의 가슴에서 터질 것입니다. 바로 지금 당신의 아픔과 괴로움을 견디기만 한다면 말입니다.

저는 그 순간 '하느님!' 하고 불렀습니다.

오르지 못하는 나무는 없다

　일생 동안 나무를 하던 아버지가 있었습니다. 이 아버지에게도 어느 날, 늘 어깨에 지던 지게를 지고 벌떡 일어설수 없는 날이 온 것입니다.

　아버지가 지게를 지고 주저앉았습니다. 놀란 아들이 물었습니다.

　"왜 그러세요?"

　아버지도 모릅니다. 왜 일어서지 못하는지. 그 시기가 왜바로 지금인지, 그것은 아버지도 모릅니다.

　젊은 날 무거운 나무를 지고 높은 산을 오르내리던 그 활기찬 아버지는 빈 지게를 지고도 일어설 수 없는 날이 있다는 것을 몰랐는지 모릅니다.

대개 그렇게 자신에게 굴복하는 날은 '아직은 아니'라고 부정하는 시기에 찾아오는 것입니다.

'벌써?' 하고 고개를 갸웃거리는 시기에 어느 날 안개처럼 몰려오는 것인지 모릅니다. 그 나무꾼은 일생 나무를 한 것이 아니라 나무를 오르며 산 인생이었을 것입니다. 아들이 보기엔 늘 가볍고 즐겁게 산을 오르며 나무를 한 것이지만, 아버지는 참 많은 날들을 오르고 싶지 않은 많은 육체적·감정적 장애를 견디며 어렵게 산을 올랐을 것입니다.

도저히 오를 수 없는 나무를 오르듯 아버지는 아버지라는 이름으로 살기 위해 고독하게 입술을 물고 산을 오르며 나무를 했을 것입니다.

"왜 그러세요?"

누구나 이런 질문을 받는 날이 옵니다. 자, 이 질문에 뭐라고 답하겠습니까.

하루를 사는 일은 높은 나무를 오르는 일과 다르지 않을 것입니다. 비록 평지를 걷고 평지 위에서 살아가지만 순간순간 높은 나무를 오르는 일처럼 험난한 장애를 넘으며 사는지도 모릅니다.

암벽을 타는 일도 왜 없겠습니까.

그러나 우리는 우리에게 주어진 현실을, 넘어야 할 산이라는 순응의 자세로 받아들이며 걸어갑니다.

어린 날 저는 욕심이 많았습니다. 그 욕심을 좀 더 구체적으로 말하면, 그것은 저의 미래에 대한 꿈이라고 말할 수 있습니다.

어머니가 치마를 하나 사준다고 하면 원피스를 사달라고 조르고, 연필을 사준다고 하면 필통까지 새로 사달라고 졸랐습니다. 고등학교 때 부산으로 전학을 가게 되었을 때 아무 연고도 없는 서울로 보내 달라고 떼를 쓰고, 서울로 대학을 왔을 때 그 시절에는 턱없는 외국으로 보내 달라고 억지를 썼습니다. 어머니는 저를 건드리는 일을 무서워 하셨습니다.

그때마다 어머니가 입버릇처럼 말한 우리나라 속담이 있습니다.

'못 오를 나무는 쳐다보지도 말라' 는 말을 많이도 들었습니다. 섭섭했습니다. 신분의 차이를 여실히 나타내는 그 속담을 저는 용납할 수가 없었습니다.

과연 오르지 못할 나무는 쳐다보면 안 되는 것일까요. 그것은 죄악일까요, 아니면 불손일까요?

저는 쳐다보는 일이야말로 우리가 무형의 자산으로 키워야 할 꿈이라고 생각했습니다. 그것은 대학생이 되면서 더 구체화되고 어머니라는 이름이 제게 붙으면서 더욱 확실해졌습니다.

오르지 못할 나무를 가르친 것은 어머니였지만 아마도 어머니는 오르지 못할 나무도 없이 오르고 오르다가 결국은 찰과상을 입고 발목을 다치고 피를 흘리기도 했을 것입니다.

그 아픔을 아는 어머니는, 딸이 아픔을 치루는 것을 막아주기 위해 안전한 길로 가라고 떠밀었는지 모릅니다.

그래서 자녀들에게는 나무에서 떨어지는 삶이 아니라 안전한 삶의 방법을 가르치려 애썼는지 모릅니다.

어머니의 교육은 오르다 다치는 것을 억제한 또 하나의 사랑법이었을지 모릅니다. 그러나 저는 다치는 기회를 주는 교육이야말로 사랑이라고 생각하고 싶었습니다. 하지만 어머니가 되면서 저는 갈등에 사로잡혔습니다. 제가 생각하는 도전의 삶은 험난한 것이었습니다. 혈육에게 주는 것은 위험했고 가능한 한 멀리하고 싶었습니다.

안전한 삶의 길이 있다면 그것을 가르치고 싶었습니다. 불안하고, 언제 낙뢰가 떨어질지 모르는 길로 어떻게 가라고 손을 흔들겠습니까.

그 불안을 통과하면 천국에 이른다 해도 유쾌하게 그 길로 들어서게 하는 데는 많은 인내가 필요할 것입니다.

그러나 결국 우리는 나무를 오르게 되는 삶을 삽니다. 위험하지 않고, 안전한 삶은 어떤 것인지 본 적이 없습니다. 나름으로 모두 위태로운 나무 오르기의 삶을 사는 것이 아닐까요.

자기 분야에서 우뚝 서는 사람들의 뒤에는 영락없이 나무 타기의 도전이 있었습니다. 도저히 오르지 못할 나무를 쳐다보다가 오르는 방법을 터득하고, 그 방법대로 오르더라도 몇 번이고 떨어지며, 다치고 절룩이다가 그 다친 발로 다시 오르는 의지를 키운 사람들이 우리 주변에는 너무나 많습니다.

우리나라에서는 성공담이 인기를 끌지만 미국에는 실패담이 사람들의 시선을 끈다고 합니다.

실패를 이해하지 않고는 성공할 수 없다는 이치를 깨달은 것입니다. 그것은 곧 '반드시 실패가 존재한다' 는 것을 의미합니다.

가장 큰 실패를 한 사람들을 나열해 보면 가장 큰 성공을 한 사람들의 명단을 볼 수 있는 것도 그 때문입니다.

경영의 귀재라는 아이오 코카가 세계의 주목을 받은 것은 미국의 개성 있는 기업들의 실패 사례를 누구보다 귀하게 수집했었기 때문이라고 스스로 말한 바 있습니다.

나무에서 떨어지는 것을 두려워하지 않고, 떨어지고 난 후의 정신적 자세를 무엇보다 중요하게 생각했던 사람들입니다.

누가 가르쳐 준 것도 아닙니다. 어린 시절 감나무에라도 올라가려면 고사리 같은 두 손을 해바라기처럼 펴고 침을 퉤퉤 뱉었습니다. 없던 힘이 나는 것도 아니지만 '손에 침이 묻게 되면 미끄러지지 않는다'는 믿음 때문입니다.

아마도 침 때문이 아니라 정신적 신뢰 때문에 떨어지지 않고 올랐는지 모릅니다.

우리의 오늘이, 빈 지게를 지고도 주저앉는 날이 될 수도 있습니다. 그러나 두 손을 펴고 침을 뱉는 또 하나의 의지로, 오늘의 나무를 오르는 기쁨을 스스로 만들어 가야 하지 않을까요.

사는 것이 재미없다고 말하는 여성들에게

사는 것이 재미없다고 말하는 여성이 있습니까?

대답은 하납니다.

"그럼 재미없지, 사는 것이 뭐 그리 재미있겠나."

살아본 사람은 압니다. 사는 것이 재미없다는 것을.

재미? 그것은 우리들 생의 목걸이일까요, 아니면 팔찌일까요, 그것도 아니라면 재미는 핸드백 속에 들어 있는 비상금 같은 것일까요?

사는 것은 재미가 없는 것입니다. 그 말, 정말 마음에 듭니다. 제 마음의 정곡을 찌르는 보석 같은 말이기도 합니다. 사는 것은 지겨운 것이며, 신물 나는 것이며, 진저리나는 것이라고 말해야죠. 넌더리가 나는 것이 사는 일 아닌가요. 재미 왕창 없는 것, 그게 사는 일 아닌가요.

재미라니? 어떤 싱거운 사람이 사는 게 재미있다고 말할까요. 어느 날 문득 사는 일을 졸업하고 싶지 않은가요? 아니, 어느 시간에 별안간 사는 일을 자루에 넣어 바다에 처넣고 싶지 않은가요. 사는 일, 말하자면 '웬수같은' 거 아닌가요.

그렇지요. 태어났으니까 사는 것입니다. 태어나느냐, 태어나지 않느냐를 선택할 수 있게 했다면 절반은 태어나지 않았을지 모릅니다. 모르죠, 사는 것이 뭔지 모르니까 태어날지도 모르겠군요. 자, 재미로 태어난 것이 아니니까, 재미있어서 사는 것이 아니니까, 그러니 억지로 살아가는 것이라고 말할 수 있을 것입니다.

'죽지 못해 산다'라는 말도 있지 않나요? 과연 사는 것은 재미없는 일일까요? 우리는 재미라는 말에 대해 다시 생각할 필요가 있습니다. 우리는 지금까지 재미라는 말을 잘못 해석해 왔는지 모릅니다.

우리는 왜 재미를 원하는지, 무엇을 어떻게 하면 재미있는 것인지, 그 재미는 어떻게 키우고 살려내야 하는지에 대해 생각할 필요가 있습니다. 어차피 사는 것이라면 말입니다. 그러나 여기서 '어차피' 라는 말은 사용하면 안 됩니다.

그렇게 부정적으로 말하면 그 시간부터 재미는 사라집니다. 재미는 '없다는 사람' 에게는 붙지 않는 아주 민감한 물건입니다. 그러나 사는 일이 재미없다고 생각하는 여성들은, 왜 자신이 재미없다고 생각하는지 원인 규명을 해야 합니다. '재미없는데 원인 규명은 왜 해?' 하고 말하는 여성도 반드시 이것만은 생각해야 합니다. 재미가 무엇인지 압니까? 그것은 사랑입니다. 사랑받는 것이 아니고 사랑하는 것입니다. 현재를 사랑하고, 시간을 사랑하고, 가족을 사랑하고, 친구를 사랑하고, 풀 한 포기를 사랑하는 마음이 재미입니다.

스스로 하는 일을 모두 제쳐두고 '왜 이렇게 재미없냐'고 궁시렁거리면 그만큼 재미가 없어집니다. 생각해 보면 세상은 너무 재미있는 것들로 가득차서, 일억 년을 살아도 그것을 다 누리지 못하는 것이 세상이라고 생각합니다.

왜냐하면 재미는 스스로 누리는 것이며, 만드는 것이며, 찾는 것이기 때문입니다.

이 세상은 보물섬입니다. 찾아가는 사람이 찾는 만큼의 재미를 가집니다. 우선 자기 현실에서 시각을 달리해 볼 필요가 있습니다.

속 썩이는 자식이 있을 때, 사랑을 받아 주지 않는 남자가 있을 때, 남자가 있긴 하지만 영 마음에 들지 않고 형편없이 거지같이 굴 때, 자신의 사회적 욕망이 비참하게 주저앉는 경우에도 그것을 재미없다고 말하지 마십시오.

그것은 삶을 향유하는 필수적인 조건들이라고 생각해 보십시오. 사는 것에는 반드시 그러한 속 썩는 일들이 포함되어 있습니다.

그것을 이해하고 처리하고 극복하는 것이 바로 재미입니다. 밋밋한 평지를 걷는 것이 아니라 높은 암벽을 걸어 정상에 도달하는 것이 재미입니다. 정상에 못 가도 재미는 있는 일입니다. 오르는 과정이, 그 의지가, 그 실천이 바로 재미이기 때문입니다.

큰 과일이 더 맛없는 경우가 있습니다. 덜 익은 텅 빈 수박보다 탱자만 한 귤이 더 맛있는 경우도 많습니다. 비교는 스스로를 비참하게 만드는 일입니다. 자신 스스로를 명품으로 만드십시오. 명품은 처음부터 비싸거나 세상에 하

나밖에 없는 것이 아니고, 이것이 최고라고 자신에게 명령하고 자신을 최고로 만들려는 노력이 명품입니다.

최선을 다해 살려고 하는 의지, 정신…… 그것보다 이세상에 재미있는 일은 없습니다. 그 의지와 정신으로 종이 하나를 접는 창의성을 실현할 수만 있다면 그것은 아름다운 일입니다.

무관심이 가장 재미없는 것입니다. 하려고 노력해 보지도 않은 채, 세상이 재미없다고 결론내리고 징징 짠다면 재미는커녕 보기도 흉하게 됩니다.

새 이름 하나를 외워 보십시오. 풀꽃 하나의 이름을 외워 그 풀을 바라보십시오. 기쁨이 옵니다. 그것이 사는 즐거

움이요, 재미입니다.

모르는 것이 있습니까. 배우십시오. 그것은 재미의 첫 출발입니다. 세상에는 너무나 배울 것이 많아 시간이 모자랍니다. 백년 시간도 모자랍니다. 책 하나라도 읽어 보십시오. 그 내용을 가족에게 말해 보세요. 세상에는 읽을 책이 너무 많아 백년도 모자랍니다.

자연을 보십시오. 눈부신 저 자연의 변화를 본다는 것은 축복입니다. 아, 저는 생각합니다. 태어나지 않았더라면 저 나무들의 녹음을 볼 수 없었을 것입니다. 저는 생각합니다. '태어나지 않았더라면 이 지겨운 상처와 고통은 없었을 것을…….' 이런 말은 결코 하지 않을 것이라고 다짐

합니다.

오늘 일을 기록해 보십시오. '그건 해서 뭐해!' 그렇게 심드렁하게 말하지 마십시오. '그까짓 거' 하고 얕보던 것이 결국 소중한 우리들 삶의 양념들입니다.

재미가 없습니까?

지금 막 3초 정도 죽음을 앞에 둔 사람을 생각해 보십시오. 숨만 넘어가면 5분 안에 냉동실 안으로 들어간다고 상상해 보십시오.

지금 당신이 사는 막막하고, 고통스럽고, 지겨운 일만 벌어지는 아침을 저주하기 전에 적어도 극단적이지만 막 이 세상을 눈감는 사람들을 생각해 보십시오.

거기가 어디든 그곳이 재미있는 일이 될 것입니다. 아니 소중한 자리가 될 것입니다.

후추 같은 생의 맛! 그것이 바로 우리들의 '인생 사는 재미'일 것입니다. 내가 하는 일이 재미없다면, 내가 하지 않았던 몰랐던 일을 시작해 보십시오. 산도 가 보고, 길을 따라 걸어도 보고, 교회도 성당도 절에도 가 보고, 왜 사람들이 신을 찾는지도 생각해 보고, 내 아이들이 좋아하는 것은 무엇이고, 무슨 이유인지 생각해 보고, 식물도 길러 보고, 일기도 써 보고, 자서전도 써 보고, 아버지 어머니에 대한 삶을 써 보고, 그림도 그려 보고, 서예도 해 보고…… 세상에는 너무나 할 일이 많습니다.

세상에서 제일 재미있는 것은 배우고 싶은 초보적 마음입니다. 설레고 흥분되는 그런 것을 시작해 보십시오.

신문을 보고 관심 있는 것을 오려 하나의 책으로 만들어 보십시오. 누웠던 재미가 일어날 것입니다. 재미는 이렇게 스스로 만드는 것입니다.

친구나 부모님, 자녀들에게 편지를 써 보는 것은 어떨까요. 대통령에게 좋은 세상이 되게 하는 건의문을 써도 좋습니다. '그건 아니야!' 그렇게 말하면 세상은 아무런 가치도 없습니다. 재미없다고 절대로 말하지 마십시오. 우리 모두 그렇게 합시다.

우리는 실패도 사랑합니다

우리나라는 실패라는 말을 너무 싫어합니다. 거의 악덕이라고 생각할 정도로 실패는 절대로 가까이 해서는 안 되는 염병처럼 생각하기도 합니다.

그러나 우리는 모두 실패하고 사는 사람들 아닙니까. 늘 실패하면서 그 실패를 바탕으로 일어나고 다시 일어나고, 실패의 원인을 찾아, 실패하지 않는 묘안을 찾아내는 일이 우리 생활의 전부라고 해도 과언이 아닙니다.

태어날 때부터 우리는 '실패라는 종이 한 장'을 받는 것 아닐까요. 그래서 그 종이 위에 성공으로 가는 색칠을 하

는 것, 그것이 삶의 가치가 될 것이기 때문입니다.

우리가 정말 실패하는 것은 조금 안 되는 것을 가지고 실패라고 단정하는 것입니다. 더욱이 젊은 청년들의 작은 실패를 인생의 실패처럼 말하는 어른들이야말로 실패를 조종하는 것 아닐까요.

실패는 바로 '성공의 시작' 이라고 말합시다.

우리는 너무 자녀들에게 실패 없는 인생을 주려고 노력합니다. 자기 손으로 망치질도 하고, 손을 다치기도 하며 만나는 방법을 주지 않고, 완성된 제품을 주려 합니다. 안쓰럽다고요? 우리도 다 그렇게 실패를 밟고, 등에 지고, 가슴에 품고, 전쟁을 견뎠습니다. 가난을 견디고 병을 견디며 여기까지 오지 않았습니까.

어느 학생이 말했어요. 어른들은 왜 '그곳은 가지 말라'고 단정 짓습니까. '저기는 가지 말아라, 거기엔 수렁이 있단다.' 그렇게 말하지 마십시오. 그 길을 가다 수렁에 빠져보고 저 혼자 일어서는 법을 배워야 하지 않겠습니까. 우리도 제발, 실패 좀 하자고요. 그래야 우리가 좀 강해지지 않겠습니까.

그 학생은 혼자 밥벌이로 지금 당당히 자기 일을 하며 살고 있지만 처음엔 당혹했습니다.

어린 날 우리 집 담벼락에 나팔꽃이 피어 있었습니다. 동요처럼 저는 아침에 아버지와 나팔꽃의 줄을 매어 주고 꽃 피는 것을 감격스럽게 바라보곤 했습니다.

그 나팔꽃은 이른 아침 먼동이 틀 때 햇살을 받고 피어났는데 우리는 오랫동안 그 나팔꽃이 햇살 때문에 아침에 피어나는 것으로 알고 있었습니다.

어느 자료를 통해 나팔꽃을 피게 하는 것은 햇빛이 아니라 어둠이라는 사실을 알았습니다. 어느 학자가 실험을 했는데 밤중에 아침 햇살 같은 인공 먼동을, 꽃잎을 접고 있는 나팔꽃에 비쳤지만 꽃은 피지 않았다고 합니다. 곧 나팔꽃을 피게 하는 것은 햇빛이 아니라 어둠임을 알아낸 것이죠. 나팔꽃은 어느 정도, 어둠을 쬐여야만 핀다는 것입니다.

인생이 피려면 어느 정도의 실패가 있어야 한다는 섭리를 나팔꽃이 대행한 셈이지만 지금도 우리는 실패를 두려

위합니다. 캄캄한 어둠을 싫어하고, 단 한 번에 햇살을 보기를 원합니다.

어둠도 그만큼 꽃의 개화에 큰 힘을 발휘하는 것이지요. 무엇, 무엇이 부족하다고…… 제발 그 부족 때문에 모든 소망이 이루어지지 않는다고 생각하지 마세요. 그런 기다림 끝에 결국 우리의 소망은 꽃피지 않겠습니까.

당신이 하고 있는 일을 쉬지 않고 계속한다면 말입니다.

'어둠이 꽃을 피운다'는 글은 제 안에서 누룩처럼 발효되어, 어느 명인의 말씀보다 저를 더 위로했고, 제게 힘을 북돋워 주었으며, '너도 할 수 있어!' 하고 등을 두드려 주는 것 같았습니다.

참 많이도 실패를 했었습니다. 밥 먹듯 한 그 실패 앞에서 저는 저를 포기하고, 저를 지우고, 저를 완전 이 세상으로부터 내려놓고 싶은 좌절을 밥 먹듯 했던 시절이 있었습니다. 남들까지 '쟤, 왜 저래' 하면서 저의 어리석은 도전을 질책했었습니다.

사는 방법은 오직 그 '실패의 어둠'을 사랑하는 일이었고, 그 어둠을 피하지 않고 그 정신으로 일어서는 것뿐이

었습니다.

실패를 두려워하면 성공도 없습니다. 이 세상의 모든 전문직 사람들, 성공한 사람들, 시인, 화가, 운동선수 그 외에도 너무 많을 것입니다. 수백 번 쓰러지고 다시 일어난 사람들…… 저는 그들의 '딱 죽고 싶었던 한순간'을 알 것 같습니다.

그럼에도 불구하고 일어선 사람들…… '무엇무엇 때문에'라고 핑계 대지 않고, 그럼에도 불구하고 일어선 사람들…… 그들의 실패를 사랑합니다.

'실패는 결코 부끄러운 일이 아니'라는 사실을 저는 소곤거리고 싶지 않습니다.

두 손바닥이 뜨거워질 때까지 큰소리로 외치고 싶습니다.

도약에는 후추 냄새가 난다

보다 높은 이상이 없었다면 쉬지 않고 일하는 개미 떼와 무슨 차이가 있을까요?

인간은 늘 좀스러운 것을 마다하고 장애물이 있는 도약의 발걸음을 떼기 좋아합니다. 생의 가장 달콤한 행복은 스스로 자신의 생을 향상시키는 데 있기 때문입니다.

인생은 한 권의 책과 같다고 합니다.

어리석은 사람은 아무렇게나 인생이라는 책장을 넘기지만 현명한 사람은 공들여 읽습니다. 왜냐하면 그들은 단 한 번밖에 그 책을 읽지 못한다는 것을 알고 있기 때문입니다.

그렇습니다. 단 한 번밖에 읽지 못하는 그 책을 위하여 지금보다는 조금 후에, 오늘보다는 내일이, 나에게 있어 의미 있는 시간과 날이 되어야 한다는 것을 알고 있기 때문이지요.

생에 있어 '퇴보'는 가장 모욕적인 말입니다. 지금처럼 경쟁이 어깨를 짓누르는 시대에는 더욱더 '도약'이라는 말이 심장처럼 쉬지 않고 뛰어야 하지 않겠습니까.

오늘의 지식이 내일의 쓰레기가 되는 혁명적 속도의 시대에 그 의식과 정신은 우리들 생명의 무게를 웃도는 일이라 해도 과언이 아닙니다.

도약은 바로 지금, 여기에서 출발하기 때문입니다. 뛰어 넘읍시다. 타인을 뛰어넘는 것이 아니라 자신을 뛰어넘는 것이 도약입니다.

개구리같이 폴짝 뛰는 일입니다. 남이 보기에 웃음을 사는 것, 걸음이라고 하기에 너무 미약한 것이라 해도 뛰는 것이 우리들의 목표입니다. 발걸음을 아직 떼지 못했다 하더라도 정신은 언제나 무장돼 있어야 합니다. 뛰어넘읍시다. 우리들 자신의 한계를……

제가 어릴 때는 신분도, 경제적 차이도 너무 분명해서 할 수 있는 처지와 할 수 없는 처지가 지금보다 명확했습니다.

부잣집 아이와 가난한 집 아이, 머리 좋은 아이와 나쁜 아이가 있었습니다. 그래서 그 시절 어른들은 늘 이런 말을 했습니다.

"오르지 못할 나무는 쳐다보지 말아라."

그러나 저는 그런 말을 제일 싫어했습니다. 누구에게나 본성적으로 꿈과 이상이 있는데…… 금이 없는 저 하늘…… 구름 속에 숨은 우리들의 꿈을 쳐다보지도 말라니…… 저는 격분했었습니다.

그 시절은 어머니나 선생님들도 가망 없는 꿈은 가망 없다고 말했던 때입니다. 가망이 있다고 했다면 가망 있는 아이들이 될 뻔한 아이들도 있었을 것입니다.

그래서 오르지 못할 나무를 딱 지정해 주었던 것입니다.

'선생님? 그것은 오르지 못하는 나무다' '의사? 그것은 오르지 못하는 나무' '음악가? 그것도 오르지 못하는 나무다.' 어른들이 너무 매정했다고 생각합니다.

오르지 못할 나무라도 자꾸만 쳐다보면 오르는 방법이

있을 텐데 말입니다. 쳐다보고 쳐다보고 쳐다보노라면 바늘구멍만 한 방법이 떠올라서 탄력적인 다짐이 마음바닥으로부터 끓어올라, 두 손바닥을 펼쳐 침을 퉤퉤 뱉을 것인데 말입니다.

"지금부터."

스스로 하늘이 터지는 듯한 구령을 외치게 될 것인데 말입니다.

그렇게 올랐어도 아마 몇 초 안에 떨어질지 모릅니다. 떨어지면 피도 날 것입니다. 정강이에는 숱한 흉터가 흔적을 그려 놓을 것입니다. 그러나 흔적의 깊이가 결국은 다시 오르게 하는 힘이 되지 않겠습니까.

그 나무는 바로 '나의 나무'가 될 것입니다. 쳐다보지도 못하는 그 나무가 나의 나무가 되기까지 상처와 아픔을 견디겠다는 의지를 갖는다면, 그것이 바로 도약 아니겠습니까. 때문에 모든 도약에는 후추 냄새가 날 것입니다. 목구멍에 확 불이 붙는 것 같은 매운 후추가 두 손을 꽉 쥐게 할 것입니다.

이 세상에 이보다 더 아름답고, 이보다 더 향기로운 것이 어디 있겠습니까.

도약! 새해 선물에, 생일 선물에, 혹은 입원한 친구에게, 슬픈 일이 생긴 이웃에게 이 도약만 한 선물이 어디 있겠는지요. 이 선물을 위해 우리 모두, 자신부터 오르지 못할 나무를 향해 뛰어오르고, 오르다 다친 흉터를 우리들 생의 자산으로 자랑스럽게 생각해야 합니다.

아마도 그 흉터는, 주머니가 좀 비더라도 중도 포기 유전자를 달아나게 하지 않을까요, 이보다 더 당당하고, 이보다 더 행복하고, 이보다 더 기쁜 축제는 없어서, 우리 국민 모두가 덩실덩실 춤을 추면 얼마나 좋겠습니까.

여성!
그대는 진정 신종 노예인가

　노예라니요? 우리는 이미 가부장적 남성 사회로부터 벗어난 지 오래입니다. 여러분도 알고 있지 않습니까. 모든 집안일은 여성이 도맡아 하고, 월급은 소리 없이 통장으로 들어와 여성의 손으로 주물럭거리고, 자식들도 애비 말보다는 에미 말을 더 잘 듣고, 집안의 주권도 여성이 잡은 지 오래이며, 남자는 그저 '남자주인 손들엇!' 하면 손만 든다는 것을 알고 있지 않습니까.

　잠자리는 언제라도 여성이 내키지 않으면 '노!' 라고 말할 수 있으며, 여성의 늦은 귀가 따위는 상습이 되어 버렸고, 남자가 상전 모시듯 아내를 모시는 그런 생활……

'여성들이여! 그대들은 진정 그렇게 사는가.'

아마도 모든 여성들은 아직도 여성들이 가부장적 가정 법칙에 따라 살고 있다고 말할 것입니다. 아직도 '여성 해방'은 되지 않은 부분이 많습니다.

세상은 여권이 만세를 부른다고 말하고 있지만, '나는 아니다'라고 말하는 여성들이 훨씬 많다고 할 수 있습니다.

'요즘 마누라 눈치 안 보고 사는 남자 있으면, 한번 나와 봐!'라고 말하지만 실은 그렇지 않은 부분이 얼마나 많습니까. 아직도 여성들은 임신의 고통에, 육아의 고통에, 경제적 문제 해결에, 가정이 요구하는 별별 모임을 위해 부엌에서 오래 서 있어야 합니다.

아직도 당연하다고 말하고 있습니까. 이렇게 당연하다고 말하는 인식 속에, 여성들의 개인적 고통은 심합니다. 당연한 것이니 위로도 없습니다. 위로도 없으니 불만이 많습니다. 이런 불만이 여성들의 무책임으로 환산되기도 합니다. 때문에, 아직도 여성들은 해방되지 않았다고 봅니다.

그런데 아베카시스, 봉그랑 두 저자가 쓴 《보이지 않는 코르셋》에 보면 '현대 여성 스스로가 노예를 자처한다'고 해서 주목을 끌었습니다.

그 책은 '요즘 여성들이 과거 여자보다 정말 더 자유로울까' 로 시작합니다. 그러나 '아니다' 라고 답하고 있지요.

여러분은 코르셋을 착용해 본 경험이 있습니까? 저는 그런 경험이 있습니다. 언젠가 코르셋을 은밀히 샀지요. 마치 남성들이 비아그라를 사듯 그렇게 요즘은 당당히 사는지 모르지만 아무도 모르게…… 조용히.

저녁 모임에 갈 때 그 코르셋을 입었습니다. 그런데 입는 과정에서 너무 힘들었습니다. 화장이 다 지워지는 바람에 다시 화장을 할 정도였습니다. '아니 왜, 누구를 위해 이런 골 아픈 일을 해야 하지?' 화가 치밀었음에도 그 돈이 아까워 겨우 겨우 입고 외출했습니다. 몸은 불편했지만 마음은 가벼웠습니다. 상쾌한 느낌도 들었어요.

근데 누구도 제게 날씬하다고 말해 주지 않았습니다. 제가 생각했던 효과가 일어나지 않았다는 거지요. 저는 화장실에 가서 그 불편한 존재를 벗어 버렸습니다. 아이고, 살 것 같더라고요.

그렇습니다. 코르셋은 신체적 속박의 상징이기도 합니다. 그런데 책 저자들은 이렇게 말합니다. '요즘 여성들은 페미니스트들의 외침에 물리적 코르셋은 벗었지만 날씬하고 예뻐야 한다는 사회적 압박감에 시달려 다이어트, 주름살과의 전쟁 등 보이지 않는 코르셋을 입는다'는 겁니다.

그런데 여기서 중요한 것은 '보이지 않는 코르셋이 여성을 옭아매는 데 있어 좋은 엄마도 좋은 아내도 아니라'는 사회적 메시지입니다.

맞습니다. 여성들은 자신의 것이 아닌 신발을 신다가 발이 까지고 헙니다. 내 것이 아니면 받아들이지 않는 소신이 필요한데, 여성들은 그 소신을 안고 사회적 동조 의식으로 괴로워하기도 합니다.

거기다 예뻐지려고 얼굴을 못살게 굴기도 하고 날씬해지려고 굶기도 합니다. 늙지 않으려고 안간힘을 씁니다. 얼굴에 전 재산을 바쳐 새로운 얼굴을 만드는 데도 서슴없습니다.

스스로 노예가 되려 한다는 것입니다. 이것이 신종 노예, 여성들 스스로 만든 굴레라는 것이지요.

날씬하고 건강에 좋으니까, 주름살 없고 인상이 좋으니까, 늙지 않으려고 아름답게 나이 들기 위해 애쓰는 것은 시대적 요구이며, 이 시대를 살아가는 여성들의 또 하나의 사회적 인격이라는 것입니다.

그러나 이 저자들은 또 하나의 충격을 여성들에게 주문합니다. '여성은 여자로 태어났기 때문에 여자로 남아야 한다는 것'입니다. 생물학적 차이를 들면서, 사회학적 평등을 모색하기 위해, 그리고 여성으로 존재하기 위해선 남자가 필요하다고 강조합니다.

그 주문에 여성들은 단호하게 대답할 것입니다

'아니다.'

'네'라고 대답할 여성이 몇 명이나 될까요.

모순이 동반됩니다. 그런데 '아니다'라고 분명히 외치면서도 또 한 번 코르셋을 사고 싶어 하는 여성이 있기도 할 것입니다.

쥘 마슬레의 《여자의 사랑 여자의 삶》을 보면 이런 말이 나옵니다.

'남자는 강합니다. 그러나 여자는 신성합니다. 여자는 남자의

팔에 기대고 있지만 제 날개가 있습니다. 여자는 약하고 아파하

지만 바로 그렇게 심란한 눈빛으로 그것을 알릴 때 당신의 이

소중한 무녀는 오를 수 없는 높은 곳을 거닐고 있는 중입니다.'

여자는 여자 자체로 원숙한 인간이라 생각합니다. 여자가 나이 들면 남자와 여성이라는 성을 버립니다. 오직 자신이라는 소우주의 배를 부드럽게 끌어안는 힘으로 청춘의 긴 잠에서 깨어나 나이를 안아 들입니다. 나이를 수용하면서 나이를 극복합니다. 몸은 아플지라도 정신적으로 나이를 이깁니다.

어쩌면 여성에겐 나이는 에너지이기도 합니다. 젊은 날 그토록 할 수 없었던 포기도 스스로 하고 창밖을 바라볼 줄 알고 고요한 대화를 즐기며 깊어집니다. 더없이 편안한데 왜 젊어지려고 하겠습니까.

늙을 각오를 가지고 있습니다. 그렇습니다. 왜 젊어지려고 하겠습니까.

코르셋을 버리고 주름살을 사랑하면서, 여성들에게는 살아가는 에너지가 충분히 있습니다. 그것이 나이 드는 아름다움 아니겠습니까.

나이를 사랑할 줄 아는 힘, 이것이 바로 인간의 가장 아름다운 힘입니다.

책 속으로 걸어 들어가는 CEO들

진심으로 소개하고 싶은 모임이 있습니다. 이런 모임은 널리 알려야 한다는 생각이 들어, 신문〈조선일보〉, 2003. 10. 14 에 실린 글을 옮깁니다.

'초수회初水會라는 모임이 있다고 합니다. '매월 첫째 수요일에 만난다'고 하여 초수회로 이름 붙여진 이 모임은 바로 독서 클럽입니다

이렇다 할 CEO들이 만나는 모임이지만 회사 경영만을 논하는 자리가 아니라 좋은 책들을 서로 소개하고 독서 감

상과 토론을 하는 모임이라는 겁니다.

현대캐피털 이계안 회장을 중심으로, 서울대 경영학과 동기인 박오수 서울대 경영대학장, 안경태 삼일회계법인 대표, 전주범 전前대우전자 사장영산대 지역발전연구원장, 전용욱 중앙대 교수 등이 회원이며, 대학 시절부터 20년 넘게 지속되고 있다고 합니다. 20년 동안 읽은 독서량 때문에 사회에서 이름을 날리는 자리에 오를 수 있었다는 생각이 듭니다. 초수회 멤버들은 요즘 하버드대 경영대학원에서 달마다 발행하는 〈하버드 비즈니스 리뷰〉를 읽고 나와 점심을 함께하며 서평을 나눈다고 합니다. 그들은 '초수회 덕분에 새 책도 읽고, 친구들과도 꾸준히 만난다'고 자랑합니다.

정말 보기 좋은 모임이 아닐 수 없는데요. 우리나라 경영자들의 본보기가 된다는 생각에, 뭔가 우리나라가 금방이라도 잘될 것 같은, 개인적으로 참 감사하다는 생각까지 들었습니다.

이 회장은 재계의 대표적 독서광讀書狂이라고 합니다. 한 달 평균 10권 넘게 읽는다는데요. 그의 독서법은 한 권씩 독파하는 대신 여러 권을 한꺼번에 읽는 것이 특징이며,

잠자리에서 읽는 책과 집무실에서 읽는 책, 차 안에서 넘기는 책을 따로 두고 읽는다는 것입니다.

이렇게 읽는 방식은 서로 다르더라도, 그의 옆에 늘 책이 함께하고, 그 책이 그 회장님의 손길에 늘 와 닿으며, 눈길이 가 닿는다는 사실이 중요합니다.

어떤 자리에 오르고 나면 책이란 한갓 폼으로, 배경으로 있기 일쑤였던 지난날을 생각하면 우리나라 기업들의 미래가 밝을 것이라는 예감마저 듭니다.

그는 미국의 신용카드 역사를 그린 《신용카드 제국》로버트 매닝 지음을 흥미롭게 읽었는데 '미국도 요즘 우리나라처럼 신용카드를 남발했다가 연체율이 높아져 어려움을 겪었던 시절이 있었다' 는 내용이라며 '카드 회사 경영자로서 꼭 읽어 볼 만한 책' 이라고 추천했다고 합니다.

부실기업이 많아지는 요즘, 경영 능력 향상을 위해 책 읽는 CEO들이 주목받고 있다는 것은 당연한 일일 것입니다.

김재우 (주)벽산 사장도 사무실이나 집에서 일부러 짬을 내 책을 읽는다고 합니다. 그는 회사 온라인 게시판에 외국 신간 서적을 자주 소개한다고 합니다. 도서 요약 서비스를 제공하는 네오넷코리아라는 웹사이트로부터 1주일에 두 번씩 경제 · 경영 분야 외국 신간 서적 두 권의 한글 요약문을 받아 본다는 것입니다. 직접 읽는 것과 같은 깊이는 없지만, 요약문을 보고 괜찮은 책이 있으면, 직접 사서 읽는다는 것은 좋은 아이디어입니다.

금융계에서는 김종창 기업은행 행장이 본인은 물론 부하직원들에게도 적극 책읽기를 권한다고 합니다. 특기할 만한 것은 인터넷에 있는 이야기를 모은 유머집《유머뱅크》를 발간, 사업상 만나는 기업인들에게 선물하고 있다니 이도 기업인의 발상으로는 건전한 맥락이라 생각됩니다.

조석래 효성그룹 회장도 늘 책 서너 권을 갖고 다닌다고 합니다. 누구에게도 뒤지지 않는 독서광인데요, 웬만한 책은 외국 출장 때 직접 서점을 찾아 구입하고, 차나 비행기를 타고 이동할 때 읽는 습관을 갖고 있으며, 영어나 일어로 된 경영 관련 원서를 즐기는 편이라 합니다.

조 회장은 임원들과 독서 모임을 갖기도 한다는데요. 부실 경영 상태에 빠진 제조업체 공장장이 된 주인공이 기업을 정상화시키는 내용을 담은 엘리 골드렛의 소설《더 골 The Goal》을 임원회의 토론 주제로 삼아 토의하며 성과를 올린다는 것입니다.

이웅열 코오롱그룹 회장은 새해마다 부장급 이상 임직원 300여 명에게 연하장과 함께 리더십을 주제로 한 책 《섀클턴의 위대한 항해》알프레드 랜싱 지음를 나눠 준다고 합니다. 1914년 영국인 탐험 대장 섀클턴과 대원 27명이 남극 횡단에 나섰다가 얼어붙은 바다 때문에 난파당한 뒤, 634일 동안 엄청난 시련을 겪으면서도 단 한 명도 낙오 없이 모두 살아 돌아왔던 실화를 일기와 증언으로 재구성한 책입니다.

구조될 때까지 펭귄을 잡아 허기를 달래고, 혹독한 추위에 발이 썩어 들어가면서도 섀클턴의 탁월한 리더십으로 위기를 극복했다는 내용인데요. 저도 이 책을 읽었지만 우리나라 경영진들이 반드시 읽어야 할 책이라고 생각합니다.

사실 비슷한 시기인 1913년 8월 3일, 빌하울머 스텐펀슨이 이끄는 탐험선 칼럭호도 캐나다 최북단 해안과 북극점 사이의 지역을 탐험하기 위해 출발했는데, 단단한 빙벽에 둘러싸이고 말았다고 합니다.

승무원들은 고립된 지 수개월 만에 떠날 때와는 전혀 다른 이기적인 사람들로 변해 버렸다고 해요. 거짓말과 도둑질까지 그들의 정신 상태는 저절로 떨어지고 말았죠. 결국

열한 명의 승무원은 북극 황무지에서 죽음을 맞이하고 말 았습니다.

그러나 새클턴의 인듀어런스호는 달랐습니다. 똑같은 지옥 상황이었지만 그의 대원들이 보여 준 행동은 칼럭호와 전혀 달랐지요. 거짓말과 속임수, 이기심이 아니라 팀워크, 즉 희생정신과 서로에 대한 격려, 새클턴의 지혜와 최선의 노력으로 그들은 한 명도 빠짐없이 살아 돌아올 수 있었습니다.

요즘 우리나라 기업과 정치 · 문화 모든 일에 이런 자기희생과 단원들의 합심이 필요할 때라고 여겨집니다. 이기심에 가득한 도전은 결국 멸망하지 않겠습니까.

이렇듯 다양한 위험에 노출되어 앞길이 보이지 않을 때 리더가 보여 주는 한마디와 하나의 행동은 집결과 파산을 선택하게 만들 것입니다.

저는 경영자들이 모여 이런 책의 정신을 배운다는 소식에 실로 반가웠고, 믿을 수 있는 어른을 만난 것 같아 마음이 놓였습니다. 어른이 되는 일이 얼마나 어려운 일입니까. 조직의 마음을 여는 일, 그래서 새로운 도전에 성공하는 일도 모두 리더의 탐구 정신에서 비롯될 것입니다.

그분은 2000년 4월에도 직원들에게 《누가 내 치즈를 옮겼을까》를 다 같이 읽어 보라고 권유, 사내에 독서 바람을 일으켰던 분입니다. 벌써 10년 정도 되었는데, 직원들이 지금도 책장을 잘 넘기고 있는지 궁금하군요.

이런 소식이나 기사를 접할 때, 우리는 조금 마음을 놓습니다. 경영진들의 손에 골프채만이 아니라 책이 들려 있다는 사실을 생각하면, 덜 두렵게 되고 심리적 안정까지 찾게 됩니다.

저는 늘 경영자들이 새해에나 명절에 책을 선물하는 습관을 기르면 좋겠다고 생각합니다. 결국 고기 몇 덩어리야 먹고 나면 허전하지만, 책은 가장 오래가는 영양제가 아닐까요.

요즘 정치인들에게 권하고 싶은 것은 독서 바이러스입니다.

이랜드 회장이었던 박 회장도 자주 직원들에게 책을 선물한 사람이라고 합니다. '피터 드러커'를 포함해 1년에 서너 번씩 임직원들에게 책을 보냈다는데요. 그의 책 선물은 '독서가 최고의 공부'라는 평소 지론에 따른 것이라고 합니다. 27세라는 젊은 나이에 이랜드를 창업한 박 회장은 '상대적으로 부족한 경험 등을 폭넓은 독서로 보완하려는 성격이 강한 것 같다'고 주변 사람들은 풀이합니다. 그는 적어도 정확한 길을 찾은 것이라고 생각됩니다. 박 회장은 언제나 1주일에 평균 두 권, 1년에 100여 권을 읽는 '마니아급' 독서 경영인으로, 마음 흐뭇한 일이라고 생각합니다.

일본의 자동차 용품 판매업체 '옐로햇'의 가기야마 히데사부 창업주는 놀랍게도 청소로부터 출발한다고 합니다. 그는 바닥에 떨어진 눈에 잘 보이지 않는 종이 한 조각도 스스로 몸을 굽혀 줍는답니다. '눈은 겁쟁인데 손은 놀랍도록 용감하다'고 스스로에 대해 말한 사람이기도 합니다.

자전거 한 대로 시작해 놀라운 경영 오너로 서기까지 가기야마 회장에게는 남다른 면이 있었다는데요, 그것은 바로 직접 문제에 부닥치기 위해 회사의 변기를 모두 자신의 손으로 청소하는 '선두력'을 보인 것입니다.

회사의 화장실을 궁금해 하는 리더가 우리나라에 과연 있을까요? '회사의 사원을 바꾸려면 경영자가 솔선수범하는 것이 가장 쉽고 빠르다'는 이 사람의 경영 철학을 되새길 필요가 있습니다. 독서 또한 '경영자의 시작'이 경영 전반을 살리는 원동력이 되리라는 것에 공감하며 저는 그

기적을 믿고 싶습니다.

책을 읽는 것, 이 즐거움은 누구도 빼앗아 가지 못합니다. 또 깊고 안전하게 다양한 세상사를 익히는 아름다운 경험 지대입니다

어렵다고 손을 놓지 말고 역경을 이겨내는 긍정적 사고와 인내심을 모두 책에서 배우는 대한민국이 되었으면 합니다.

'문학이 보약'이라는 문학 치료가 요즘 각광받고 있지 않습니까.

대표적인 의학 전문지 〈자마 jama〉의 발표를 보면 류머티즘 관절염과 천식 환자를 대상으로 한 문학 치료에서 스트레스를 받은 경험을 3일 연속으로 20분씩 작성하게 하고, 다른 그룹은 단순히 그날을 기록하게 했는데, 4개월 뒤 환자 상태는 너무나 달랐다고 합니다. 스트레스를 기록한 환자는 폐기능이 현저히 좋아졌고, 관절염 또한 심각도가 현저히 호전됐다는 발표입니다.

글쓰기는 정신 질환도 호전시킨다고 합니다. 매일 글을 쓰면 치료 과정의 고통, 소외감, 감염에 대한 불안감, 무력감, 우울 증세 등 압박감은 사라지고 머리가 맑아진다는

보고 또한 설득력이 있습니다.

쓰기와 읽기는 같은 맥락입니다. 읽는 문화의 혈통이 자연스럽게 경영에 대한 자신감과 의지를 높여 주는 보강제가 될 것임을 믿고 또 믿을 것입니다.

독서, 독서 바이러스의 전염이 모든 CEO들에게 퍼져 나가기를 바랍니다.

5년쯤 전 어느 전자 회사의 기념식에서 제 시집을 기념품으로 나누어 준 적이 있습니다.

얼마든지 좋은 선물이 있었을 텐데, 제 시집 오백 권을 사서 기념품으로 나누는 감격은 시인으로서 또 다른 기쁨이고 황홀이었습니다. 기업들의 기념식에 '책'을 나누어 주는 이 감사하고 아름다운 일들이 앞으로도 지속적으로 이어지길 진심으로 빌어 봅니다.

'꼴찌에서 노벨상까지'
고시바 마사토시 박사

세상엔 유명한 사람들이 참 많습니다. 일본의 고시바 마사토시 박사도 그냥 넘기기엔 아까운 인물입니다. 저는 저자신이 부족하기 때문에 신문이나 라디오 잡지에 나오는 유명한 분들의 이야기에 귀를 기울이는 편인데요. 이 이야기도 신문〈조선일보〉, 2006. 9. 13에 난 기사입니다.

"사회가 너무 결과에만 집착하다 보니 과학자들이 조급함을 가지는 겁니다. 한국의 황우석 교수 사태도 이런 측면에서 생각해 봐야 하고요."

2002년 노벨물리학상 수상자로 유명한 고시바 마사토시 박사가 한 말입니다. 우주에서 날아온 중성미자와 X선을 세계 최초로 관측해 '중성미자 천문학'이란 분야를 창시한 사람이기도 합니다. 그는 황우석 사태를 낳은 한국적 특성을 지적하며 '그냥 과학자들을 내버려 두고 넓은 마음으로 결과를 기다려 주는 게 맞다'고 했습니다. 뭔가 야릇한 여운을 남기는 말이기도 했습니다.

노벨상을 탔지만, 마사토시 박사의 인생은 '초고속' '조기' '영재'라는 단어와는 전혀 어울리지 않는 둔재였고, 성실만이 그의 무기였던 사람입니다

그는 도쿄대 물리학과를 꼴찌로 졸업했습니다. 29명의 동기생 중 가장 낮은 점수를 받았었지요. 중·고등학교 시절도 뛰어나지 않았습니다. 중학교 1학년 때 소아마비에 걸려 수개월 학교를 휴학했던 아픈 과거도 있고, 그 바람에 고등학교 진학도 1년 늦은 지진아 같은 사람이었습니다.

그의 인생은 어딜 보아도, 노벨상을 받을 그 어떤 조건도 갖추지 못했습니다. 인생은 참으로 잔인해 그때부터 오른쪽 팔을 쓰지 못했습니다. 그런 불편한 몸으로 고등학생 때부턴 학비와 생활비를 벌기 위해 아르바이트를 해야 했습

니다. 대학 진학 후에도 직업 군인이던 아버지마저 공직에서 쫓겨나는 바람에 과외 아르바이트를 하며 학비를 벌어야 했습니다. 그는 '늘 공부할 시간이 모자랐다'고 합니다. 그가 물리학을 택한 동기는 다분히 오기였다고 하는데요. 때로는 오기가 새로운 인생 역전을 만들기도 합니다.

"고등학교 3학년, 대학 입시 원서 넣기 1달 전이었답니다. 우연히 학교 물리 선생님과 제 친구가 하는 얘기를 엿들었습니다. 저에게 물리학 낙제 점수를 주신 선생님이었지요. 그 선생님이 제 친구에게 '설마 낙제생인 고시바 군이 물리학을 하겠느냐'고 말씀하시는 거예요."

이 말을 들은 고시바 박사는 한 달간 밤낮으로 물리 공부만 했다고 합니다. 얼마나 억울했겠습니까. 이를 악물었을 것입니다. 사람에겐 이런 이 악무는 일이 필요합니다. 그리고 3개월 뒤, 도쿄대 물리학과에 당당히 합격했으니까요.

대학교 3학년 때, 그는 장학금을 받아 볼 생각으로 논문을 쓰기 시작했고, 몇 가지 실험에 착수했습니다.

"실험이 점점 재미있어졌고, 이게 바로 내가 해야 할 일이라는 생각이 들더군요."

이후 물리학 외길을 걸은 그는 1987년 중성미자 검출에 성공했고, 결국 2002년에 노벨물리학상을 수상했습니다.

인간의 입장에서 무조건 열렬히 박수를 보내고 싶은 사람입니다. 고난을 극복한다는 것은 말보다 수천수만 번 어려운 일 아니겠습니까. 그는 끝으로 눈을 반짝이며 자신의 특강을 들었던 한국 학생들에게 뜻밖에 '즐기라'고 조언했습니다.

"제 강연에 참석한 한국 학생들을 보고 참 밝고, 건강한 학생들이란 느낌을 받았습니다. 그 활발함으로 무슨 일이든 자유롭게, 재미있게만 한다면 못할 일이 뭐가 있겠습니까?"

귀를 크게 열고, 고시바 박사의 말을 가슴에 진하게 새기고 싶습니다.

우리나라 젊은이들이, 특히 열등감으로 '희망'이라는 글자를 지우는 젊은이들이 이 말을 전해 듣고 진심으로 일어서기를 바랍니다. 그렇습니다. 못할 일이 뭐가 있겠습니까. 고시바 박사가 자신의 약점을 사랑했듯, 우리도 우리 자신을 사랑하기만 한다면 말입니다.

지지고 볶는 일상이
훌륭한 법당이다

"주님 가난한 이들의 비참에 대한 저의 무관심과 무감각을 깨
우소서, 굶주리고 목마른 당신을 볼 때 어떻게 하면 당신에게
먹을 것과 마실 것을 드릴 수 있으며 당신을 제 집에 그리고 제
중심에 모실 수 있는지요, 그 길을 보여 주소서."

이 기도는 인도 캘커타에서 병자와 행려자, 빈민을 위해
평생을 바친 마더 테레사의 기도문입니다.

당신을 제 중심에 모실 수 있는 그 높은 경지에 나를 올
려놓기 위해 불교에서는 여러 스님들이 그야말로 가슴에

모시고 싶은 말씀들을 하고 계십니다.

너무 많은 말씀들 중에 기억나는 것은 설악 무산스님이 동안거 해제 날, 그동안 자신을 극복하고 동안거의 어려움 속에서 나온 스님들을 모아 놓고, '자기와의 싸움이라는 그 무더기를 다 내려놓고 가라' 고 말씀하신 것을 들은 적이 있습니다.

저 같은 인물은 애써 쌓은 자신의 덕을 가지고 가야 할 터인데 '그것을 놓고 가라' 고 하시는 것은 스님의 욕심이라고 생각했는데, 그 다음 해 동안거 해제 날에는 글쎄, 그것을 '다 가지고 가라' 고 하시지 않겠습니까.

저 같은 못난 인간은 스님의 변덕으로만 들렸는데, 산을 내려오면서 다시 생각하게 되었습니다. 눈물이 핑 돌았어요. 들고 가고 두고 가는 것도 실상 아무 의미가 없는 것 아닐까요. 그런 극기의 결기조차 말입니다. 수행 자체는 '바로 그 시간' 이 중요한 것이지, 그것을 들고 가고 두고 가는 것쯤이야, 이미 그 스님들은 초월하지 않았을까요.

그런데 저 같은 인물은 그 고행의 시간이 중요했으므로 그 결과물에 집중되어, 고행보다 결과물을 두고 들고 가는 것에 더 마음이 쏠려 있었지요.

한심한 인간의 몰골에 얼굴이 화끈거렸습니다.

　나아갈 길이 없다 물러설 길도 없다

　둘러봐야 사방은 허공 끝없는 낭떠러지

　우습다

　내 평생 헤매어 찾은 곳이 절벽이라니

　끝내 삶도 죽음도 내던져야 할 이 절벽에

　마냥 어지러이 떠다니는 아지랑이들

　우습다

　내 평생 붙잡고 살아온 것이 아지랑이더란 말이냐

　〈아지랑이〉라는, 안거를 해도 아직 비우지 못한 것을 아는 무산스님의 시조입니다. 결국 아옹다옹하는 이 삶이 아지랑이라는 절망적 어조지만 그러나 이 시에서는 이런 결과의 순간을 의식하고 '삶을 비우고 살아라'는 일깨움이 버티고 있다고 읽었습니다. 이런 분이 아지랑이라면 우리는 그 아지랑이조차 보지 못하는 장님이 아니겠습니까.

　송광사 유나 현묵스님은 동안거를 해제하는 법문이 있기

전, 수행 스님들이 저마다 물었다고 합니다.

"제 허물은 무엇입니까?"

방장 스님은 '제 허물은 스스로가 가장 잘 아는 법'이라며 입을 닫았다고 합니다. 무언 질책이 아니겠습니까.

어느 선사가 깨달음을 깨우쳤다고 생각하고 종행무진 법문을 읊고 다니다 어떤 거사를 만났다는 겁니다.

거사가 그 선사에게 '스님이 정말 깨우쳤거든 손 하나를 가지고 소리를 내보라'고 말했다고 합니다. 그 후 그 선사는 더욱 피나는 고행을 거쳐 수행의 길로 들었다는 말씀으로 동안거 법문을 말씀하셨다는 겁니다.

동안거를 끝내고 돌아가는 스님들은 선지식을 더 찾기도 하고 속의 경계에 자신을 던져 보기도 할 것입니다.

유나 현묵스님이 한말씀 하셨습니다.

"수좌에겐 해제는 없는 것입니다."

경북 봉화군 봉성면 금봉리에 있는 금봉암의 고우스님은 '모든 형식과 권위를 버리고 바로 본질로 들어가라'고 하신 스님인데, 지름길이기는 하나 그것은 너무 어려운 길이 아닌지요. 본질로 가는 길에 유혹도 낭패도 많지만 본질은 아득하기만 합니다. 저 같은 인간은 그렇다는 겁니다.

고우스님이 말했습니다.

낙양의 영녕사라는 절에 거대한 목탑이 있었는데 벼락을 맞아 불이 붙었는데 얼마나 컸는지 타는 데만 일 년이 걸렸다고 합니다. 말하자면 형식 불교가 성행하던 시절의 이야깁니다. 숱하게 절을 짓고 탑을 쌓았던 양무제가 달마대사를 찾아가서 물었다고 합니다.

"내 공덕이 얼마나 되오?"

달마대사가 '무공덕'이라고 했다고 합니다. 고우스님은 무공덕은 좋은 말이고 요즘말로 하면 '공덕은 지랄 공덕!'이라고 쏘아붙였다는 것인데요. 사실은 그보다 더 파격적이고 과격한 말도 하지 않았겠습니까.

달마대사의 말씀은 '기득권과 권위를 부정하고, 부셔 버리라'는 의미일 것입니다.

그리고 부처님은 '부처님 오시는 날'에 태어난 것이 아니라 깨닫는 순간 태어나는 것이라고 했었지요. 그리고 한마디, '지지고 볶는 일상이 바로 훌륭한 법당'이라고 일축하셨다고 합니다. 그렇지 않은가요? 우리가 생활하는 그 모든 곳에 부처는 계시고 그 속에 우리의 마음이 살고 있지 않을까요.

부처는 공空이라고 하는 데 없는 것이 아니고 '본질과 형상이 동시에 있기에 공空'이라는 겁니다. 어렵지만 고행을 즐거움으로 행하시는 스님들이 계시기에, 우리네 지지고 볶는 일상 또한 소중하다는 생각이 듭니다.

고우스님이 이기심을 '틀어 쥔, 나'라고 풀이하셨는데 '자신을 잡으려고만 하고 놓으려는 사람이 없으니⋯⋯' 하고 말씀하셨듯이, 평등을 알면 열등감에서도 풀려난다고 말씀하신 무산스님의 〈아지랑이〉를 우리가 일상에서 잊지 않는다면, 다시 우리의 지지고 볶는 일상이 바로 우리의 법당이라는 것을 깨닫게 될 것입니다.

마더 테레사의 기도를 따라, 우리를 겸허히 하고, 나 자신을 버리는 것이 아니겠는지요. 글쎄⋯⋯ 버릴 수 있겠는지요.

무재칠시無財七施를 아십니까?

　'무재칠시'라는 말이 있습니다. 저는 이 말을 이규태 선생의 〈조선일보〉 칼럼에서 처음 만났습니다. 불경의 〈잡보장경雜寶藏經〉에 나오는 말인데 돈 한 푼 안 들이고도 남을 위할 수 있는 일곱 가지 베풂, 곧 무재칠시無財七施의 가르침이었습니다. 우리는 남을 돕는 일에 반드시 남아도는 돈이 있어야 한다거나, 돈이 그래도 조금은 있어야 남 도울 생각을 하지 않겠느냐고 판단하기 쉽습니다. 사실 부끄럽지만 저 또한 그렇게 생각하고 살아왔습니다.

　돕는다는 것은 정말 어려운 일이라고, 그것은 여유 있는 사람들이 하는 일이라고 생각하는 사람들이 많지 않겠습니까. 그런데 무재칠시의 내용을 살펴보면 전혀 다른 사실을 알게 됩니다.

이것을 한국적 인간 관리 리더십, 그리고 서비스 업체나 세일즈 업체에 도입하면 그대로 실효가 발생되는 현대의 경영 기법입니다. 그것을 그 옛날 부처님께서 먼저 꿰뚫어 본 것만 같은 느낌이 듭니다.

이규태 선생의 빼어난 해석을 그대로 옮기면 그 일곱 가지 베풂 가운데 첫째가 얼굴로 베푸는 '안시顔施'입니다. 감정 커뮤니케이션의 90%가 무언의 얼굴에서 표출된다는 말도 있고, '웃는 얼굴은 바로 구불약九不藥'이라는 말도 안시를 설명해 준다는 것입니다.

구불약이란 웃으면 아홉 가지 '아닐 불不'이 붙은 마음을 해소시켜 준다 하여 얻은 이름입니다. 곧 '불안不安 – 불신不信 – 불화不和 – 불손不遜 – 불편不便 – 불쾌不快 – 불경不敬 – 불공不恭'이 구불九不이라고 합니다.

둘째가 말로써 베푸는 '언시言施'입니다. 영국은 중산층의 조건으로, 남과 대화할 때 말머리나 말끝에 반드시 다음과 같은 세 가지 표현을 해야 한답니다. 곧 'Please-Thank you-Excuase me' 가 그것입니다.

미국 대학병원들에서도 손님에게 하지 말아야 할 세 마디 말, 곧 '3Don't Say 운동'이 벌어졌던 것도 '현대판 언시'랄 수 있다는 겁니다. 그 세 마디 말이란 'I don't care-That's not my job-That's your blem' 이라고 합니다.

셋째가 눈으로 베푸는 '안시眼施' 입니다. 우리말에 '눈이 높다 – 눈이 맞는다 – 눈에 든다 – 눈에 난다 – 눈이 없다' 는 등 눈이 마음을 대행하고 있음을 말해 주는 표현이 많습니다. 눈매로 백 마디의 말을 한다는 것이지요. 곧 눈매 하나로도 아랫사람이나 손님, 관중을 사로잡을 수 있음을 말해 줍니다. 미국 보스턴의 한 백화점에서 이와 같은 '손님을 향한 일곱 가지 눈매' 를 터득시켜 165%의 매상을 올렸다는 보고도 있었다고 합니다.

넷째가 부축하고 손을 잡아주는 등, 몸으로 베푸는 '신시身施' 입니다.

다섯째가 방석이나 의자를 내놓거나 자리를 양보하는 등의 '좌시坐施'입니다.

여섯째가 마음으로 친근감을 유도하는 '심시心施'입니다. 서로 모르는 사람 사이에 동질성을 알아 공감하면, 친밀감이 우러나면서 베푸는 것이 된다는 것입니다. 같은 처지라든지 동병상련同病相憐이란 말도 있듯이, 같은 병 같은 신체적 결함에 공감하고 혈연, 지연, 학연의 연줄이 닿으면 친밀감이 생긴다는 것인데요. 한국 사람은 전혀 알지 못하는 외집단外集團에 속하는 사람에 대해서는 더 불신하고 적대하며, 자신을 해칠 사람으로까지 상정합니다. 하지만 아는 사람, 곧 내집단內集團에 속하는 사람은 웬만한 이해는 초월하고 희생을 무릅쓴다고 말하고 있습니다. 심시는 외집단에 속한 사람을 내집단화하는 데 좋은 수단이기도 하다는 말도 빼놓지 않았습니다.

일곱째가 묻거나 따지지 말고 속으로 헤아리는 살핌으로 베푸는 '찰시察施'인데요. 장유유서長幼有序 등 유교 덕목에 찌든 한국 사람은 본심을 남에게 숨기는 은폐 의식이 별나

게 강하다는 것입니다. 하고자 하는 자기주장이나 자기 의
욕, 욕심은 물론 불평불만, 고통, 억울함, 분함 할 것 없이
웬만하면 나타내지 않고 삭이거나 축적시키고 사는데, 그
것을 묻지 말고 살펴 관리해 주는 것이 찰시라는 것입니다.

저는 이 글을 읽고 컴퓨터에 저장도 해 놓고, 제 글씨로
원고지에 베껴서 읽곤 했던 기억이 납니다.

이 글을 베끼면서 참 행복했습니다. 이 글을 읽었으면 이
만한 노력은 해야 한다고 생각했고, 그것이 바로 무재칠시
를 실행하는 마음의 출발이라고도 생각했습니다.

우선 '웃으면 복이 온다'는 옛 속담을 들먹이지 않더라
도 웃음은 만병의 치유제라고 들어왔습니다. 그런데 우리
는 웃음이 바로 '옆 사람을 돕는다'는 의식은 없었습니다.
웃음과 미소가 괴로워하는 사람에게, 절망한 자들에게 힘
이 되는 것도 생각하지 않았습니다. 내 웃음은, 내 미소는,
나의 환한 밝은 얼굴은 내 것이라기보다 주변 사람 것이라
는 사실을 우리는 생각지 않았습니다. 이제 우리는 내 얼
굴의 화가, 내 얼굴의 미소가, 자신은 볼 수 없는 주변 사
람들의 풍경이라는 사실을 깨칠 필요가 있습니다. 우리가

흔히 인상人相이라고 말하고, 그 인상이 좋으면 취직 시험에도 합격한다고 하지 않습니까. 웃음 하나로 나와 앞 사람을 돕고 싶지 않습니까. 베풂은 이렇게 '환하게 웃는 밝은 얼굴'로부터 시작되는 것 아닐까요. 그 웃음 하나가 얼마나 비중이 큰 '보시'인지 안다면, 우리는 그만큼 흐뭇해질 것입니다.

'언시言施'야말로 우리가 일상생활에서 가장 잘 부딪치는 것입니다. 모든 것이 말로부터 시작해 말로 끝나지 않습니까. 오죽하면 '말 한 마디로 천 냥 빚을 갚는다'고 했겠습니까. 우리는 너무나 답답할 정도로 말을 먹어 버립니다. 말을 삼켜 버립니다. 좋은 말은 하면 할수록 좋은 것인데, 부부나 자녀, 친구와 동료, 상하 간, 이웃 간에 마음속 이야기는 안 하고 삽니다. 그 마음 안에 있는 말을 해 버리면 서로에게 맺힌 것도 풀릴 텐데 말입니다.

'에라…… 다음에……' '하면 뭐해……' 하면서 말을 꿀꺽해 버립니다. 다정한 말 한마디가 상대방에게는 화폐보다 귀한 위로가 되는 경우가 많은데도 말입니다.

말이 '베풂'이라는 사실을 우선적으로 실천해야 하지 않을까요.

말하십시오. '힘들지!' 이 한마디가 밥 한 그릇과 같다는 사실을 잊지 말아야 하겠지요.

'안시眼施'는 어쩌면 조금 생소할지 모릅니다. '마음만 있으면 됐지, 눈이 무슨 상관이람……'이라고 생각할지 모릅니다. 그러나 마음은 곧바로 눈으로 나타납니다.

눈은 마음의 창이라고 하지 않습니까. 눈이 맑고 부드러우면 마음도 사실 그런 풍경일 것입니다. 눈이 탁하고 충혈돼 있다면 그것은 마음에 악함이 번지고 있다는 것 아닐까요.

언젠가 아침에 백화점을 간 일이 있습니다. 첫 개시라 신경이 쓰이긴 했지만 갑자기 선물 하나를 마련해야 하는 부담 때문에 첫손님으로 들어갔습니다. 하필 제가 찾는 물건을 고르지 못해 이것저것 보다 할 수 없이 물건을 사지 않고 나오고 말았습니다.

'정말 미안해요' 하고 말했지요. 매장 아가씨가 고개를 숙이며 절을 하더니, '좋은 하루 되세요'라고 하더군요. '아, 우리나라도 이 정도로 친절 문화가 발전했구나'라는 생각에 적이 놀랐지요. 저는 감동한 나머지 그 아가씨를 다시 보았는데, 그 아가씨의 눈은 '별꼴이야'라고 말하고 있었습니다.

마음으로 그 말을 받쳐주지 못하는 '모순의 친절'을 저는 그때 보았습니다. 공식적인 교육은 받았지만 자연스럽게 소화하거나 정신의 변화를 갖지 못했다고 생각했습니다. 눈의 베풂은 이렇듯 정직하게 나타나는 것이지요.

'신시身施'나 '좌시坐施'도 같은 맥락일 것입니다. 몸으로 남을 도울 일은 너무 많지요. '육체는 삶의 노예'라고 과격하게 표현한 사람도 있지만 몸으로 남을 돕는 일은 노인의 짐을 대신 들어 드리는 일, 환자를 업고 물을 건너는 일 외에 끝이 없을 것입니다. 자리를 양보하는 좌시도 지하철의 자리를 양보하는 일 외에 권좌를 양보하는 미덕까지…… 우리의 삶 안에 너무 많습니다.

'앉은 사람은 선 사람의 고통을 모른다'는 말은 우리 생활 곳곳에서 일어나는 일 아닙니까. 그래도 선뜻 내 자리를 양보하는 일은 아직도 우리의 심성에서 자유롭게 발현되지 못하지요.

마음은 어떻습니까. 서로 같다는 동질성을 가질 때, 우리에게는 속마음까지 다 털어 놓는 한국적 정서가 있습니다. 마음은 서로 알아 줄 때, 그 필요성도 강해지는 것이지요.

내가 남편 욕을 할 때, 친구가 '그래도 난 우리 남편이 밉지는 않더라, 왜 남편을 욕하니?' 하고 말한다면, 서로 친구는 될 수 없는 거지요. 말하자면 마음이 안 맞는 거예요. 우리는 흔히 '마음이 맞다'고 표현하는데, 그 어떤 동질성으로 인해 가까워지는 것입니다.

마음으로 위로해 주는 일, 마음으로 다독거려 주는 일, 마음을 알아주는 언행이야말로 상대방에게 베푸는 보시입니다.

마지막으로 '찰시察施'인데요. 이 찰시야말로 우리 한국인들의 상처를 어루만져 주는 아량과 보살핌이 될 거라 생각합니다.

이규태 선생의 말대로 한국인들은 대개 여자나 남자 모두 내성적입니다. 가정교육이나 유교 사상이 다 그랬듯이, 하고 싶은 말을 적극적으로 하지 못하게 했습니다. 지금까지도 몇 번이나 말씀드렸지만, 말을 꿀꺽 삼키고, 마음으로 아파하고, 괴로워 한 것이 한국적 정서였습니다.

서로 그렇게 하고 싶은 말을 삼키고 있을 때, 누군가 먼저 말을 꺼내는 것도 베풂이라는 것 생각해 보셨나요. 그냥 마음을 헤아려 주세요. 남편이 한 백만 원쯤, 모르게 썼다면 처음엔 그냥 모른 척해 주세요. 두세 번 가면 물론 말해야겠지만 남편은 고마움으로 아내를 위해 무엇인가 결심할 것입니다. 아내가 새벽에 들어오면 처음엔 모른 척하세요. 지속되면 곤란하겠지만 '늦었어?' 하고 끝나 버리면 아내 또한 고마워할 것입니다. 뒷평계를 준비해 두었다가 싱거워질 것입니다.

상대의 마음을 헤아려 준다는 것이 돈뭉치보다 고마울 때가 있는 법이지요.

너무 따지거나 물어서 나빠지는 경우도 많지 않을까요. 부부나 자녀들에게도 한 발자국 물러나서 바라보는 여유가 필요할 때입니다.

이 일곱 가지를 일상에서 실천한다면 우리는 일곱 가지의 베풂을 실천하는 것이 됩니다. 뿌듯하지 않습니까. 생각에 따라 쉬운 보시일지도 모릅니다. 자녀들에게도 보기 좋은 유산이 되지 않을까요. 아마도 사회 통합에도 효과 있는 운동이 될 수 있을 것입니다.

욕망의 모자를 쓰고
당당히 걸어가라

당신의 욕망은 건강합니까. 당신의 욕망은 지금 어디쯤 달리고 있습니까. 마음속으로부터 무엇을 향한 욕구가 불타고 있다면 당신은 지금 살아 있는 것입니다. 주어진 조건, 주어진 현실에만 안주한 채 살고 있다면 지금 당신은 뒷걸음질치고 있는 것입니다.

인간의 본질은 자기 초월입니다. 하루하루 자신을 키워가는 초월이 없다면 그것은 자신을 부정하는 악덕이 될 것입니다. 우리가 직면하고 있는 이 시대의 성격은 '그대로' 있는 것을 '낙오자'라고 말하고 있지요. 때때로 그런 사회적 분위기가 목을 조여 오는 것 같은 불안을 주지만 우리는 그 시대의 흐름을 따라 살아갑니다.

그러나 그 시대의 흐름보다 더 중요한 것은 내 안의 흐름입니다. 자신의 본질을 어기는 것이 아니라 그 시대의 흐름과 내 흐름의 리듬이 같다면 우리들의 욕망은 욕심이 아니라 '생의 자원'이 될 것입니다.

한 남자가 새벽 6시, 지하철을 세 번이나 갈아타면서 광화문에 있는 직장에 도착했습니다. 물론 아침도 먹지 않았죠. 자신의 자리에 앉은 이 남자는, 왠지 불안하고 기분이 나빠 커피 한 잔을 뽑아 들고 자신의 월급을 계산해 봅니다. 계산한다고 더 오르지도 않을 그 월급을 나누고 나누다가 '하루에 얼마를 받는가' 하고 계산해 봅니다.

아, 이 남자는 절망합니다. 이 작은 돈을 위해 아침도 굶으며 지하철을 세 번이나 갈아타고 왔단 말인가. 남자는 화가 치밀어 다시 커피를 마시고, 다리를 꼬고 앉아 일을 하는 척합니다. 누군가 이 남자를 지켜봅니다.

다시 한 남자가 아침을 먹지도 못하고 똑같은 방법으로 새벽 6시 지하철을 세 번이나 갈아타며 직장에 도착합니다. 두 사람의 환경이 비슷한데도 이 남자는 의자에 앉으며 세상을 향해 마음으로부터 감사를 합니다.

'이 큰 서울에서 나의 의자가 있다는 것, 나의 일이 있다는 것은 축복이다. 친구 아무개도 지금 집에서 일자리를 구하고 있고, 옆집 아무개도 지금 몇십 번째 이력서를 낸 회사에서 답을 먹어 버리고 말았다. 자, 나는 나의 의자, 나의 일이 있다.'

그 남자는 정말로 감사해 합니다. 아침을 거르며 지하철을 타고 새벽에 나올 수 있는 나의 자리가 있다는 것은 점점 자신의 꿈이 이루어지는 일과 연결돼 있습니다. 그 남자는 열심히 업무를 시작하고 얼굴에는 미소가 번집니다. 몸도 가벼워 보입니다. 누군가가 이 남자도 지켜보고 있을 것입니다.

회사에서 감원을 해야 할 때 당신 같으면 누구를 해직시키겠습니까. 여러분은 지금 계단을 오르고 있습니다. 한 계단도 그냥 뛰어오를 수 없습니다. 다리가 아파도, 정상이 아득해도, 조금씩 조금씩 올라야 합니다. 그것이 바로 나의 목적과 꿈과 내일을 위한 기쁨이기 때문입니다.

사랑도 기침도 금세 들키고 마는 것입니다. 그러나 분명한 것은 열심히 즐기며, 더 잘하겠다고 하는 모습과 얼굴은 잘 보입니다. 얼렁뚱땅도 들킵니다. 욕망은 욕구를 부추깁니다. 자신을 즐겁게 만들기 위한 최선은, 지금 하고 있는 일에 최선을 다하는 일입니다.

자기 자신이 이 세상에서 가장 크고 위대합니다. '내가 있다는 것' 이것이 모든 행위의 출발이고 빛의 근원이며, 존재의 바탕이 되는 일이지요. 내가 있다는 것, 이로부터 세계와 우주는 의미를 갖게 됩니다. 우주의 중심에 내가 있고 세계의 무게가 나라는 초점 위에 머물게 되는 것 아닐까요.

불만은 자기를 부정하는 일이고 자기를 불행하게 합니다. 내가 불행하면 내 가족이, 내 부모가, 내 친구 모두가 불행해지는 것 아닐까요.

60세가 넘어 소설가로 데뷔한 한 여성을 만난 적이 있습니다. 이 여성의 감격은 거의 절정에 달해 있었는데 '그렇게 기쁘냐'고 물었더니 이렇게 대답했습니다.

"세 자식을 다 키워 각자 성공을 했는데 그때마다 너무 기뻤습니다. 그러나 제가 제 일을 인정받은 것은 자식들이 준 기쁨에 비해 견줄 바가 못 됩니다."

이해가 가는 감정입니다. 우리는 이 세상이 주는 기쁨 중 가장 큰 것은 '자식이 잘되는 것'이라고 하는데, 그러나 정말 그럴까요? 이 여성처럼 자신의 일이 가장 큰 기쁨이라는 것을 체험을 통해 알았다고 솔직하게 고백하는 사람을 전 여러 번 보았습니다.

독일 인본심리학자 매슬로A. H. maslow는 인간의 욕망에 대해 이렇게 말하고 있습니다. '욕구라는 것은 나무처럼 조금씩 자라서 결국 나에게 멈춘다'라고 했는데 저는 그것이 매우 적절한 표현이라고 생각합니다.

누가 말했습니다. '사회봉사도 결국은 자신을 위해서 한다'라는 것도 저는 믿습니다.

인간에게 있어 제 자신을 외면하고, 자신을 완전히 버림으로써 얻는 명예가 크다는 것도 숨길 수 없습니다.

매슬로에 의하면 인간의 첫째 욕구는 '생리적 욕구' 즉 생명의 욕구라고 합니다. 그 어떤 욕망을 가졌다 하더라도 생명이 안전하고 생리적인 기반이 되어 있어야 다른 욕구를 움직일 수 있는 것입니다.

시한부 인생이 어찌 새로운 욕구에 접근하겠습니까. 그것은 하더라도 마음의 자세에 불과할 것입니다. 건전한 생명을 토대로 모든 욕구는 출발할 것입니다.

온도, 습도, 공기, 음식, 분위기 등…… 이런 기본이 허락할 때 욕구는 살아 움직일 것입니다. 그래서 생명의 욕구는 첫 번째, 기본 욕구가 되는 것입니다.

두 번째는 '소속의 욕구'라고 단언합니다. 인간은 사회적 동물입니다. 나 혼자서는 그 어떤 천국이나 극락의 조건도 무의미할 것입니다. 그리고 무엇보다 인간은 고독한 존재들입니다.

무엇에 소속되어 있다는 것은 안정감에 속합니다. 벌렁벌렁 떨어 있지 않고 안정감이 있다면 거기 무엇을 건축하지 못하겠습니까. 누구의 아들, 누구의 딸, 누구의 아버지, 누구의 어머니, 어느 학교, 어느 고향, 어느 직장, 어느 당…… 모든 소속은 인간을 마음 놓이게 합니다. 그런 소속의 욕구는 공부를 열심히 하게 하고, 좋은 곳에 취직하려 애쓰고, 좋은 집안과 결혼하기를 원하게 됩니다.

특히 우리나라 정서에는 무엇과 연결되어 있는 뿌리 정

서가 많은 영향을 미칩니다.

인간은 외롭지 않기 위해, 고독과 작별하기 위해, 혼자가 아니기 위해 많은 노력을 합니다. 그것을 퍽이나 내세우는 사람도 있습니다. 그렇게 자랑하기 위해, 어깨를 으쓱하기 위해, 그곳에 들어간 사람처럼 말입니다.

이 피하지 못할 소속의 욕구를 매슬로는 두 번째로 넣었습니다.

세 번째는 '사랑의 욕구'입니다. 제아무리 소속이 강하게 존재한다고 해도 그 소속에서 사랑받는 존재라면 아마도 그 행복감과 만족감은 대단할 것입니다.

우리는 한 무리로 오고가고 합니다. 세상에는 부부라는 관계에서 세계인으로 넓어져 갑니다. 그것이 인간의 삶입니다. 가족이라는 굴레 말고 세계인의 영웅으로 떠오르는 사람도 있겠고, 세계인으로부터 사랑받는 사람도 있을 것입니다.

배우가 그렇고, 가수가 그렇고, 좋은 정치인이 그렇고, 과학자가 그렇고, 탄소를 줄이려고 노력하는 사람들이 그렇습니다. 좋은 음식을 만들려고 노력하는 사람, 그것을 나라와 나라로 연결하는 사람, 평화를 가져오는 시간을 앞당기는 사람도 그럴 것입니다.

그러나 정말 사랑을 해야 하는 사람은 가까운 사람들일 것입니다. 우리는 그 사람들로부터 사랑 받고 싶어 합니다. 미움을 받을까 겁먹습니다.

사랑은 늘 배고파서 우리를 우울하게 만듭니다. 눈물 나게 합니다. 울게 만듭니다. 그래서 사람 마음에 들기 위해 비겁해질 때도 있습니다. 우리는 왜 감정에 인색할까요, 내가 한 인간으로, 한 친구로 인정받는 것은 바로 가장 질 좋은 사랑입니다. 그 사랑을 받으려고 우리는 끊임없이 노력합니다.

사랑에 포만감을 가지는 일은 드물지 모릅니다. 진심으로 어머니 같은 사랑을 해 주시는 분은 드뭅니다. 그래서 우리는 허기지고 늘 사랑에 갈증을 느낍니다.

그러니 어쩌겠어요, 나부터 남을 사랑하는 것을 배워야겠지요. 인간이 지닌 가장 불쌍한 감정의 허기를 채워 주는, 사랑을 표현하면서 살아야 하지 않겠습니까.

네 번째는 '자아 존중의 욕구'라고 말합니다. 지난 시대에는 사랑을 하는 것으로 모든 예의는 만족할 수 있었습니다. 그러나 지금은 존중이라는, 다분히 오묘하고 해석하기 어려운 것을 적당히 지켜야 올바른 관계를 지속할 수 있습니다.

요즘은 부부 동반 모임이 많아졌습니다. 그리고 그것은 당연한 것이지요. 가령, 부부 동반 모임에서 아내를 소개할 때 '내가 사랑하는 아내입니다' 라고 하면 아내가 감동하겠지요. 그러나 '사랑하는 내 아내인데요, 내가 존중하는 여자입니다' 라고 하면 남들은 빈정거릴지 모르지만 아내는 모처럼 가슴이 훈훈해질 것입니다. 우리는 사랑하는…… 이라는 말도 잘 사용 안 하지만, 존경하는……이라는 말은 거의 사용하지 않습니다. 존경이라면 스승이나 이순신, 맥아더 장군쯤 되는 줄 압니다. 그런 영웅이 아니더라도, 아내도…… 남편도…… 서로 존중한다면 생활 속에 빛이 들지 않을까요. 존중하고 싶을 때 사랑도 싹트고 성적인 매력도 생기지 않을까요.

존중이 매력과 다르다고 생각하지 마십시오.

존중받는 욕구는 바로 인간의 가장 화려한 인간적 꿈입니다.

마지막으로 매슬로는 '자아실현의 욕구'를 들었습니다.

이 세상의 가장 큰 기쁨의 감각은 어디로부터 느끼는 것일까요. 그것은 자신의 손가락 끝이며, 자신의 살이며, 자신의 정신이며, 자신의 가슴일 것입니다.

물론 타자, 즉 가까운 사람이라 하더라도, 피를 나눈 사람이라 하더라도 내가 직접 느끼는 쾌락보다 더 만족스런 것은 없다는 이야기입니다.

앞서 얘기한 여성 소설가가 60세가 되어 작가가 되니 아들 때문에 얻었던 기쁨의 몇 배라고 말하는 것은 정말 자연스러운 감정입니다.

원래 자아실현은 예술적으로 승화하는 것, 혹은 눈으로 잴 수 없는 것이나 종교적인 어느 몰입의 경지라고 말해왔지만, 요즘은 남성의 전유물이었던 '지적 탐구'까지도 여성들이 자기 것으로 끌어당깁니다.

자아실현의 높은 경지가 생활화되었다고 할까요. 시대적 현상이라고 볼 수 있을 것입니다.

문화생활이 지닌 가장 큰 보편성은 개인의 가치를 높이는 것인데, 이 자아실현도 바로 문화적 삶에 대한 꿈을 실현하는 과정에서, 스스로 인생에 거는 완성이라고 생각하게 될 것입니다.

자아실현! 누구나 꿈꾸는 것입니다. 그런데 지난 시절에는 이 자아실현의 인물들이 대충 정해져서 선택된 자들의 전유물이었고, 그 사람들은 보통 사람들이 그리워하고 부러워하는 인물들로 분리되어 있었던 게 사실입니다.

그런데 지금은 어떻습니까. 모든 남자, 모든 여자들이 모두 자신의 자아실현을 위해 움직입니다. 지난날에는 꿈도 꾸지 않았던 일들이, 나 자신이 주인공이 될 수도 있다는 가능성으로 개화된 시대에 우리 모두 살고 있습니다.

누구나 관객이 아니라 무대 위 배우가 되는 시대 말입니다. 그러면 우리의 정신, 생각, 행동, 노력, 마음이 그만큼 변해야 하지 않을까요.

그런 시대를 우리가 개척해야 하는데, 그만큼 마음이 넓지 못해 고민에 빠진 사람들도 있습니다.

자아실현은 반드시 높은 경지의 장군이나 일류만이 이루는 것이 아닙니다. 눈앞에 주어진 작고 사소한 일을 충실히 해 내는 것이야말로 자아실현의 지름길 아닐까요.

바로 앞의 일을 사랑하고, 바로 앞의 문제를 부드럽게 풀어가는 일이 바로 행복으로 한걸음 더 들어가는 길입니다.

우리는 모두 한국인이다

2002년 월드컵을 기억하십니까? 젊은이들의 붉은 함성, 붉은 옷, 그리고 시청앞 광장을 기억하십니까? 누구의 명령도 없었던 그 가슴 먹먹했던 한국의 결집, 그 한 덩어리의 황홀을 기억하십니까?

누가 그런 단합의 합창을 시작했습니까. 당신이었고 나였습니다. 우리는 모두 하나가 되어, 한국인이 되어, 대한민국을 외치며 울고 울고 울면서 또한 웃었습니다.

2010년 3월 캐나다 밴쿠버의 동계올림픽을 기억하십니까? 우리나라 젊은이들이 빙상에서 세계를 앞지르는 그

소름 돋는 기쁨을 기억하십니까?

김연아 선수가 금메달을 목에 걸 때 대한민국이 금메달을 목에 걸었고, 우리는 함께 울고 또 웃었습니다. 그 가슴 두근거리는 흥분을 모두 잊지 않으셨겠지요?

그렇습니다. 우리는 아직 그 온몸으로 느끼는 즐거운 만족을, 입 안에서 나는 단내의 흥분을 잊지 않았습니다.

그런데 왜 우리는 그런 단합의 에너지를 우리 국민 모두가 가지고 있는데도 하나가 되지 못할까요? 왜 서로 고개를 돌리고 남을 헐뜯고 빈축을 일삼는지 모를 일입니다. 생각해 보면 그런 여러 개의 소리가, 행동이, 말이 앞으로 나아가는 발전의 에너지가 될 수 있기도 합니다.

그러나 지금 우리는 각이 너무 뾰족하고, 에너지라고 하기엔 날이 센, 발전이라고 하기엔 두려운 반목들이 심각하게 앞길을 가로막고 있습니다.

누구 잘못이라고 탓하기에도 우리에겐 시간이 부족합니다. 단합은 더 망가지기 전에 일으켜 세워야 할 우리나라의 중요한 덕목입니다.

어떤 일이든 사람의 심성만이 모두를 움직이는 힘이 됩니다. 지금 바로 그 심성을 바로잡아야 할 때라고 생각합니다.

 과감히 이기심을 버릴 수 있는 사람이 가장 중요한 존경과 사랑을 받을 수 있으며, 바로 그 사람이 이 대한민국의 주인이 될 것입니다.

 우리는 모두 그런 위인을 그리워하고 있고, 그런 위인을 만나고 싶어 합니다. 세상엔 유명한 사람도 많고, 잘난 사람도 많은데…… 그 이기심을 버리고 진정한 통합을 구축하는 사람은 만나기가 어렵습니다.

 계층이 그렇고, 이념이 그렇고, 지역이 그렇고, 세대가 그렇습니다. 그러나 중요한 것은 우리나라 사람들에겐 다른 나라에 없는 대통합의 인자가 존재한다는 것입니다. 민속놀이를 보더라도 혼자 하는 놀이는 없습니다. 많은 사람이, 가족이, 이웃이 모두 모여 노는 마음의 화합 놀이가 대부분입니다. 아니 화합으로 이끄는 놀이가 많습니다.

 강강술래가 그렇고, 윷놀이가 그렇고, 쥐불놀이가 그렇고 답교놀이, 줄다리기, 농악놀이가 모두 그러합니다.

 이것은 대한민국의 유전인자 속에 대통합의 인자가 씨앗으로 살아 있다는 얘기일 것입니다.

 세상에는 내가 존재하고 타자가 존재합니다. 나와 타자

의 의견은 같기도 하고 틀리기도 합니다. 그러나 결국엔 우리 모두가 행복하게 사는 희망의 높은 자리에서 만나게 되는 것이 아닐까요?

세상에 남이 존재하는 것은 남의 의견이 있다는 말입니다. 서로 다른 의견을 존중하며 이끌어 가는 것이 교육이요, 사회적 사랑이라 생각합니다.

다시 말하자면 우리 대한민국엔 대통합의 에너지와 대통합의 인자가 존재합니다. 흥이 있었고 신바람이 있었습니다. '쾌지나 칭칭'이라는 민요 속에 담긴 힘이 있었습니다. 그런데 나라는 발전하고 있는데 흥과 신바람, 힘을 잃어가고 있습니다. 타자를 용납할 수 없기 때문입니다.

아동 문학가 마리아 슈라이버가 쓴 《티미는 뭐가 잘못된 거야?》는 아이들의 눈을 통해 인간의 모습을 신랄하게 꼬집는 책입니다. 아이들 이야기지만 어른 세계의 '자기만 아는 이기심'을 쥐어박는 내용입니다.

다운증후군으로 정신박약인 티미가 공놀이를 하는 모습이나 발음이 정확하지 않는 모습을 보고 아이들은 '티미는 뭐가 잘못된 거야?' 하고 물을 때, 어머니는 티미가 다른 아이들과 다를 것이 없는 보통 아이라는 말을 해 줍니다.

다른 것이 있다면 무엇을 배울 때 시간이 좀 더 걸리는 것 외에 다르지 않다는 것을 말해 줍니다. 작가는 '아이들이 올바르게 생각하는 방법과 장애를 가진 친구도 놀리거나 동정의 대상이 아니며, 사람들은 각각 조금씩 다를 수 있으며, 그들도 나와 똑같은 친구들'이라는 메시지를 가르치기 위해 이 책을 썼다고 합니다.

우리 사회는 '너는 나와 달라'라고 말하는 데 서슴지 않고, 없는 장애까지 발견해 가슴을 향해 외치는 현실입니다.

어느 시각장애인은 어린 시절 '같이 놀래?'라고 하는 친구의 말 한마디가 힘이 되어 인생을 일으켜 세웠다고 합니다. 역으로 '너하고는 안 놀아'라는 이 단순한 사회적 등 돌리기가 오늘의 우리 사회에서 어떤 반목과 상처와 포기 유전자를 키웠는지 생각해 봐야 하지 않을까요?

남의 장점은 인정하지 않고 남의 약점만을 인정하는 반통합적 행위는 진심을 이끌어 내지 못합니다. 진심을 이끌어 내지 못하는 사회는 정체성을 잃어버리는 딱딱한 사회가 되어 병들게 될 것입니다.

상대적 진리가 절대적 진리라는 사실을 우리가 조금씩 알아갈 때 사회적 사랑의 수위는 높아지지 않을까요. 우리들이 이마에 붙이고 있는 정체된 인간상을 부숴 버릴 때가 오지 않았을까요?

'나는 그런 인간이다, 나는 지금까지 그렇게 살아왔다, 그것은 어떻게 할 도리가 없다, 그것이 나의 본성이다' 라고 당신은 말하고 있지 않습니까? 우리는 지금 바로 그런 정체된 가면을 훌렁 벗어 버리고, 그런 딱지를 떼어 버리고, 부드러운 의견 조합에 나서야 할 때입니다.

어느 교수는 융합도 제대로 못하면 '섞어찌개' 가 될 수 있다고 말했지만, 개개인의 장점을 최대로 살려 자연스러움이 가미된 새로운 형태의 살아 있는 융합물을 재창조하면 되지 않겠습니까? 그것이 지금 이 땅의 지식인들과 앞서 있는 책임자들이 해내야 할 우선순위의 '할 일' 이라 생각합니다.

우리나라 국민의 DNA에는 집단 동조 의식이 강하게 들어 있다고 합니다. 가령 열 명이 있는 자리에서 한 명이 세금을 절대로 내고 싶지 않다가도 아홉 명이 모두 '세금? 나 다 냈어' 라고 하면 그 나머지 한 명도 내고 싶은 충동을 가진다고 합니다.

이 집단 동조 의식은 우리 생활 곳곳에 나타나지만 이것을 잘 사용하면 국민 통합에도 속도를 당기는 일이 될 것입니다. 단, 진실이 통해야 하겠지요.

사슴을 키우는 농장에서 사슴의 천적인 늑대를 모조리 죽이는 바람에 사슴까지 죽이는 결과를 낳았다는 얘기를 들은 적이 있습니다. 늑대가 사라진 농장은 천국이 아니었습니다. 평안한 농장에서 점점 늘어난 사슴들은 모자라는 먹이를 보충하기 위해 나무뿌리까지 먹어 버렸기 때문이라고 합니다. 미국 페이바브 농장에서 있었던 일입니다.

결국 사슴과 늑대는 죽고 죽이는 상극 관계가 아니라 종족 보존을 위한 상생 관계라고 해야 할 것입니다.

앞서도 언급했던 또 하나의 이야기가 있습니다. 청어 장수 세 사람이 있었는데 이 사람들은 새벽 4시에 똑같은 장소에서, 똑같은 청어를 떼다가 팔았습니다. 신선도 면에서 청어를 오래 살려두는 것이 돈을 버는 첩경인데, 세 사람 중 한 사람은 다른 상인보다 청어를 세 시간이나 더 오래 살려두었다는 것입니다. 같은 청어인데도 말입니다. 자연히 두 사람이 '왜?'라고 물었습니다.

청어를 오래 살려둔 상인이 말했습니다.

"내 항아리를 들여다봐."

두 사람은 호기심의 절정에서 '오래 살리는 항아리'를 들여다보았는데 그 항아리에는 청어 말고 가물치가 한 마리 들어 있었습니다.

말하자면 가물치는 청어의 생명을 위협하는 존재이기도 하지만 청어에겐 살아남기 위한 생명력을 증폭시키는 에너지가 되기도 했던 것입니다

살이 뜯기고 피를 흘렸지만 생명력은 훨씬 더 큰 힘으로 살아남았던 겁니다.

이것을 우리는 '화이부동和而不同'이라고 하지 않는지요. '남을 존중해야 내가 살 수 있다'는 평범한 이치를 다시 돌아보아야 할 때입니다.

식물 하나를 기르더라도 햇빛 하나만으로는 절대 성장하기 어렵습니다. 바람도 물도 모두 필요합니다. 한 가지라도 제대로 되어 있지 않으면 뿌리는 썩고 맙니다.

사회적 성장 또한 두말할 나위가 없습니다. 모든 곳이 뚫려 소통하고 어우러지고 대화가 있어야 합니다. 팔도가 뚫려 있고 사람과 사람 사이의 마음이 열려 있고, 남과 다른 점을 서로 인정할 때, 그 어렵다는 소통이 생명력을 증폭시키지 않겠습니까? 사통팔달四通八達이라는 것은 이런 조

합의 열린 마당에서 가능한 것 아닐까요.

김우창 교수는 이런 사회 통합은 경험 풍부한 시민 단체와 지식인들의 연계로 풀어 가야 한다고 하셨고, 송복 교수는 법치를 강조하시면서 국민의 업그레이드와 지도층의 제몫하기를 강조하셨습니다. 지도층의 제몫하기는 결국 법치와도 관계있고, 국민 업그레이드와도 상관있는 일입니다. 이런 분들의 속내 깊은 말들을 깊이 받아들이고 실현성 있게 작동시키는 길이야말로 저온으로 내려가는 대한민국의 희망 온도를 끓어오르게 하는 원동력이 되지 않을까요?

모든 향기는 말하지 않아도 들리는 마음과 같다고 했습니다. 우리들 마음속의 향기를 국민 대통합의 향기로 키울 수 있을 때 우리나라는 더 큰 한국으로 거듭날 것입니다.

우리가 인생이라는 10리를 갈 때 5리는 단지 의무로 끌려 갈 수 있지만 나머지 5리는 보람과 기쁨으로, 스스로의 노력으로 끌고 가야만 힘을 발휘할 수 있습니다. 그 10리 모두에 성공으로 가는 그런 이치를 실현할 수 있다면 우리는 자긍심을 가질 수 있는 민족으로 세계 속에 살아 빛날 것입니다.

그것이 사회적 사랑이라는 것 아닐까요. 우리에겐 그런 저력이 있지 않습니까?

힘껏 살아야지요. 네 네 네. 힘껏 살지 않는 것도 잘못입니다. 우리가 우리의 인생을 살지 않으면 도대체 무엇이 되겠습니까.

힘껏 살아야지요. 대한민국이 일어서고 있지 않습니까. 그렇습니다. 대한민국이 우뚝 서고 있습니다.

친구여!
저 샘을 향하여 갑시다

젊은이들이여! 갈증을 느낍니까? 방향을 잃어버렸습니까? 그래서 주저앉았습니까? 가는 것을 포기하고 싶습니까? 어떤 행동이 지금 우리가 취해야 할 자세일까요? 여러분은 그것을 아십니까?

우리가 보기에 척척, 당당하게 자신의 인생을 향해 걸어가는 듯한 사람들도, 그들과 대화를 나누다 보면 막상 가야 할 길에 대해 막막해 하고 어디로 가야 할지 무척 당황스러워 하는 것을 볼 수 있습니다.

저도 그렇습니다. 소심한 저는 정해 놓고 가는 길 위에서

천 번도 넘게 망설이고, 이것이 내가 가야 할 길인가를 놓고 방황하곤 합니다. 또한 '내가 가야 할 길이 있긴 있는 것인가' 하고 적잖게 망설이고 주눅 들어 합니다.

제가 필생의 업으로 생각하는 시인의 길도 '나같이 천재적 기질이 없는 사람이 갈 수 있는 길인가' 라고 생각했습니다. 이쯤에서 접어야 하는 것이 아닌가도 생각했습니다.

늘 상처받고, 내상의 피를 흘리고, 그러면서 여기까지 오게 되었습니다. 그러나 지금도 그 오락가락하는 마음은 변함없습니다. 늘 목이 타고 이것이 내 자리인가 괴로워합니다.

그러니 요즘 젊은이들은 오죽하겠습니까. 저같이 방향이 정해진 사람도 뒤죽박죽 안절부절못하는데 갈 길이 정해져 있지 않는 사람들은 얼마나 답답하겠습니까. 그대들의 방황에 대해 마음 아픕니다. 아마 누구나 답답한 것은 마찬가지일 것입니다.

젊은이들이여! 생의 길은 걷기만 하면 가게 되어 있는 것이 아닐까요.

너무 겁내지 말고 가 보십시오. 의지를 가지고 맨손으로 나무를 베는 자신감으로 …… 아 그렇지요, 자신감이 없겠군요. 어쩌지요, 자신감부터 키워야겠군요. 이렇게 생각합시다. '이 세상에 나 같은 인간은 하나다. 나도 이 세상의 한 사람이다. 그러므로 소중하다.' 그러고도 마음에 들지 않으면 '나는 늘 자라는 나무다, 내일은 조금 더 자라 있을 것이다' 라고 생각하면 어떨까요.

가다가 넘어지겠지요, 쓰러지겠지요, 김연아 선수를 보십시오. 금메달을 따는 순간까지 넘어지고 쓰러진 횟수는 인간의 숫자로는 다 셀 수 없을 것입니다. 스무 살까지 넘어지기만 했다고 해도 과언이 아닐 것입니다.

그래서 우뚝 섰습니다. 지금 막 넘어졌습니까? 다시 넘어질지도 모릅니다. 웃으십시오. 생은 넘어지면서 일어나는 무대입니다.

저는 생텍쥐페리를 무척 좋아합니다. 그래서 그의 고향인 프랑스 리옹시에도 가서 광장에 세워진 그의 동상을 배경으로 사진을 찍은 적도 있습니다.

그래서 《어린왕자》를 좋아합니다. 백 권도 넘게 샀을 것이고 적어도 삼십 번은 읽었습니다.

그 어린 왕자는 어느 별에 내립니다. 그 별에는 약을 파는 장사꾼이 있었습니다.

그 약장사는 묘한 약을 팔고 있습니다. 매력이 있는 약입니다.

"자, 이 약을 사십시오. 이 약을 한 알 먹으면 일주일 동안 목이 마르지 않습니다."

얼마나 마음을 당기는 약입니까. 갈증을 사라지게 한다니…… 그것은 진정 마음을 움직이는 약이었습니다. 사람들은 그 약을 샀습니다. '목이 마르다'라는 것은 괴롭고 불행하고 귀찮은 일이니까요. 그래요, 그래서 그 약을 사는 사람들이 있었습니다.

그렇지 않습니까. 저도 밥하기 싫을 때면 알약 하나 먹으면 배가 부른 그런 약이 필요했으니까요. 하루 세 끼는 너무 귀찮지 않습니까.

생텍쥐페리는 이미 1943년에 그것을 알고 있었던 것입니다. 인간들이 편리 위주에 길들여져 밥하는 과정을, 물을 먹는 과정을 삭제하고, 인간다운 것을 버리고, 이기적으로 알약 하나로 배를 채우는 비정한 사회를, 인간 자신이 만들 것이라는 사실을 이미 알고 있었던 것입니다.

그는 천재입니다. 암담했던 1943년에 어떻게 오늘의 인간 세계를 그렇게 독파해 냈을까요. 그렇지 않습니까. 우리는 얼마나 교묘히 편리에 길들여져 있습니까. 더 편하게 더 편하게 그렇게 노래 부르며 살지 않습니까. 어린 왕자는 약장수에게 가서 물었습니다.

"이 약을 먹고 일주일 동안 물을 먹지 않아 절약되는 시간은 얼마입니까?"

약장수는 의기양양하게 말했습니다.

"그렇지, 시간의 절약이야말로 앞으로 인간에게 가장 절실한 것이지, 시간이야! 시간!"

그러면서 더 큰소리로 외쳤습니다.

"53분."

이 말을 들은 어린 왕자는 이렇게 말했습니다.

"만약 나에게 53분이 주어진다면 나는 이 약을 먹지 않고 저 샘을 향하여 천천히 걸어가겠습니다."

감동적인 말 아닙니까?

인간의 행복은 어떤 것일까요. 약을 먹고 누워 있는 것일까요. 우리들의 희망을 조금 멀리 두고, 그것을 향해 걸어가는 것 아닐까요.

먼저 샘이 있다는 믿음이 중요합니다. 그대에게는 반드

시 샘이 있습니다. 그대를 기다리는 샘이 있습니다. 사랑으로 아픕니까. 직장으로 괴롭습니까. 약을 먹고 누워만 있으면 어떻게 그 괴로움을 면하겠습니까. 샘을 향해 걸어 가십시오. 그대를 위한 생이 반드시 있을 것입니다.

천천히 가십시오. 생각하면서 사색하면서 고민하면서 한 발자국 한 발자국을 즐기고 느끼며 걸으십시오. 그렇게 걷는 것입니다. 걷는 것은 노동의 가치를 말합니다. 걷지 않고 어떻게 먹을 것을 구하겠는지요. 그렇게 걸으면서 자신에게 말하십시오. '힘들지?' 하고 두 손을 비비면서 걸으십시오. 그러면 비록 주머니가 얇아지고, 그냥 주저앉고 싶을 때도 힘이 날 것입니다.

중도 포기 유전자가 달아나 버릴 것입니다. 그대가 두려워했던 것은 중도 포기 유전자 때문일 것입니다. 가십시오, 걸으십시오.

그래서 어린 왕자는 이렇게 말했던 것입니다.

'저 샘을 향하여 천천히 걸어가겠다.'

역사의 인물들을 보십시오. 모두 어려운 여건에서 참패

를 당하는 치욕을 맛보았지만 일어서서 걸었습니다.

탁월한 자리에 올랐다면 탁월한 패배도 견뎌 낸 것입니다. 케네디 대통령은 1961년 쿠바 출신 망명자들의 쿠바 피그스만 침공을 지원했다가 전멸하는 참극을 맞았고, 영국의 대처 수상은 무리한 인두세의 추진을 진행하다 수상직에서 하차했으며, 우리나라 최고의 경영인 이건희 회장은 자신이 좋아하던 자동차를 출시할 때 10분의 1만을 건진 참패를 가져오기도 했지만, 그들은 모두 그 참패를 교본으로 삼아 일어선 영웅들입니다.

거인도 나무에서 떨어질 때가 있다는 거지요. 떨어져도 막무가내 걸어갔던 것입니다. 여러분도 그렇게 걸어가십시오. 젊음의 힘을, 에너지를 땀으로 흘리고 새로움을 창조하면서 당신의 샘에 이르게 하십시오. 그대 옆에는 반드시 그대의 손을 잡는 친구가 있을 것입니다. 맑은 샘이 있을 것입니다.

친구여! 발을 힘차게 네 네 그렇게, 한 발 두 발 네 네 그렇게……

'멋진 실패에는 상을 주고
평범한 성공엔 벌을 주라'

세계 3대 경영 석학으로 꼽히는 톰 피터스는 몇 년 전 한국능률협회 주최로 서울 그랜드 인터콘티넨탈호텔에서 '상상을 경영하라'는 주제로 강연회를 가졌습니다.

이런 강연회는 간접적으로 듣는 일마저 행운이라고 생각하고 있습니다.

그는 시작부터 6시 15분에 시작하는 강연 시간도 빠르지 않다고 지적하고 성공하려면 아침 시간을 아끼라는 말부터 강조했다고 합니다.

요즘 늦장을 부리며 아침 자리를 떨치지 못하는 자신을

재빨리 돌아보게 되었지요. 젊은 날에는 아침이 아니라 '새벽형 인간'이라 좋아하고 자부심도 느꼈지만, 건강이 나빠지고 온몸이 처지면서 밖이 훤히 밝고 남들이 아침 식사를 할 때 일어나 겨우 커피 한 잔 마시는 제 자신을 얼른 숨기고 싶었습니다.

그의 강연은 솔직하고 거침이 없었습니다. 마이클 포터^미

하버드대 석좌교수 · 경쟁전략 이론의 대가에 대해서는 '꿈만 꾸는 책상물림', 피터 드러커^{경영혁신 이론의 창시자로 2005년 타계}에 대해서는 시스템만 강조한다고 평가절하하는 등 경쟁자에 대한 평가도 적나라해서 듣는 사람들을 가슴 뜨끔하게 했어요.

다 아는 경제이론가들을 이렇게 서슴없이 평가절하하는 용기는 무엇일까요. 그것은 다 듣고 느낀 것입니다만 그의 확신 있는 신조였다고 생각했습니다. 강연에서 GM 같은 거대 기업은 실패 사례로 집중적으로 거론됐지만, 스타벅스와 GE는 모범 사례로 자주 등장했습니다. 말하자면 세계의 기업을 다 꿰뚫고 있다는 증거가 아닐까요. 특히 스타벅스 창업자 하워드 슐츠의 현장 경영을 높이 평가했습니다. 하워드 슐츠는 매년 적어도 25개의 매장을 방문한다는데 톰 피터스는 '미국의 다른 최고경영자^{CEO}들은 현장을 방문하더라도 몇 개월 전에 알리고 많은 수행원을 대동하며 요란을 떤다'며 '한국 CEO들은 그렇지 않겠죠'라고 물었습니다. 청중들은 폭소를 터뜨렸지요. 한국 CEO들의 현장 방문도 크게 다르지 않다는 의미입니다. 조크라고 들렸는데 잘못이었을까요.

톰 피터스의 강의 중에 가장 마음에 와 닿는 것은 물론 제가 여성이어서 그럴 테지만 여러 차례 '여성이 경제 성장을 좌우한다'는 말이었습니다. 여성과 관련된 시장은 이제 틈새시장이 아니라 앞으로 가장 큰 기회의 시장으로 부상한다는 대목에선 손에 힘이 주어졌습니다.

우리가 새겨들어야 할 시대적 요청이라 생각합니다.

여성들이 미래의 경제 성장을 가져올 주인공이라는 것에 그치지 않고, 여성들이 정치 무대나 문화권에서도 두드러지게 활약하는 것이 그런 현상 아닐까요.

좋아만 할 일이 아니라 그만큼 여성들은 부단히 공부해야 하고, 치열한 열정이 필요할 때라고 생각합니다. 아이를 하나만 낳는다면 딸을 낳겠다는 사람이 많아지고 있는 현상도 그냥 넘어갈 일이 아닙니다. 그 하나에 부모가 얼마나 집착해서 교육을 시키겠습니까. 그 집념의 자식들이 결국 이 시대를 이끄는 동력으로 자리 잡을 것이라는 예상은 빗나가지 않을 듯합니다.

그는 '작은 기업이 좋다'라는 말도 했습니다. '소기업을 하나 만들고 싶은데 어떻게 하면 좋겠냐'는 질문을 받고 '대기업을 하나 사서 기다려라'고 대답해 장내는 웃음바다가 되었지만 뒷맛은 씁쓸했습니다. 왜 젊은이들이 대기업에서 일하려 하는지 이해할 수 없다고 했습니다. 아마도 작은 기업에서 일을 배워 그 경험으로 스스로를 대기업으로 만들면 그것이 자신을 위해 큰 저축이 된다고 믿는 것 같았습니다.

'성공적인 실패를 두려워하지 않는 기업가 정신을 가진 중소기업이 미래를 바꿀 것이다'라는 그의 말은 오래 새겨들어야 할 일이라고 생각했습니다. 우리는 너무 큰 것을 좋아하니까, 자꾸자꾸 늘려서 거대한 지붕을 이루니까, 무더기는 큰데 내용은 약해지는 병폐를 지적하지 않았을까요.

'모든 것은 시간이 지나면 관료적으로 된다'라는 지적도 결코 스쳐 지나갈 말이 아니라고 생각합니다. 처음에는 새로움으로, 긴장감으로 순수하게 시작하지만 시간이 흐를수록 관료적으로 변해 결국 타성에 빠져 버리는 일은 우리

기업이나 사회에서 많이 있어 온 일입니다.

또한 '나는 행복을 중요시한다' 라고 말하는 그의 행복론도 마음에 들었습니다. 어떤 경영을 하더라도 개인이 행복하지 않으면 무슨 의미가 있겠습니까. 기업 경영에도 행복론은 부제가 아니라 큰 틀의 주제가 된다는 것을 알았습니다.

결국 사람이 하는 일 아닙니까. 남들에게 '미쳐 보일 정도로 새로운 것을 하다가 실패하는 것은 문제가 안 되지만, 성공해도 별 이득이 될 것 같지 않은 프로젝트를 2년간 붙들고 있는 것은 문제다. 멋진 실패에는 상을 주고 평범한 성공에는 벌을 주라. 혁신에 성공하기 위해서는 에너지가 넘치는 열정 있는 사람이 필요하다'고 한 그의 힘 있는 목소리가 들리는 듯합니다.

우리는 실패가 두려워, 가능한 한 실패하지 않으려고 너무 조심하는 것은 아닐까요. 그의 말대로 '멋진 실패에는 상을 주고, 평범한 성공에는 벌을 주는' 사회적 분위기를 우리들 상식으로 받아들일 수 있을까요. 리더나 직원, 다 함께 생각해 봐야 할 문제입니다.

CEO는 누가 되는가?

우리나라에서도 너무나 잘 알려진 《칭찬은 고래도 춤추게 한다》를 펴낸 켄 블랜차드는 말합니다.

"기업의 생산성을 향상시키고 가족의 만족도와 가정의 행복을 높이려면 질책보다는 칭찬을 해야 합니다."

이렇게 강조하는 켄 블랜차드에게 기자가 물었습니다.

"CEO가 강력한 리더십을 발휘하려면?"

켄 플랜차드가 힘 있게 강조하는 것은 확실한 비전이었습니다. 리더의 비전은 조직의 나침반이라는 말도 잊지 않았습니다. '리더의 확고한 비전은 조직원 모두의 에너지를 한 방향으로 결집시키는 것이며, 이것은 소비자가 기업에서 느끼는 신뢰로 이어진다' 라고 말하고 있습니다.

의미 있는 목적, 미래의 청사진, 분명한 가치를 신뢰를 바탕으로 보여 주는 리더를 어떻게 따르지 않겠습니까.

이런 확신을 주었던 우리나라의 CEO들은 많습니다. 돌아가신 정주영 회장이 그랬고, LG 회장님이 그랬고, SK 회장님이 그랬으며, 삼성을 만들어 낸 이병철 회장도 그랬습니다.

2010년 탄생 백주년을 맞이한 이 회장님은 벌써 40년 전 한국이 일본을 앞서 갈 것을 확신했다고 합니다.

완성이 아니면 생산하지 않고 일류가 아니면 더 탐구하게 했던 위대한 개혁가라고 불러도 좋을 것입니다.

실패를 두려워하지 않았고, 남의 탓을 하지 않았으며, 자신에게나 부하들에게도 냉혹하게 정신 집중을 시키며 낙오자가 되지 않기 위해 노력했다는 것입니다. 나라의 힘이 미약할 때, 기업이 살아야 나라도 산다는 일념을 버리지 않았다는 것입니다.

부자만 되려고 하지 않고 나라의 발전과 함께 모두 일류 국민이 되고자 했던 분이었습니다.

그는 1910년 2월 12일 경남 의령에서 태어났다. 그는 마산에서 협동 정미소 대구 삼성상회를 창업하고 조선 양조를 인수, 삼성 물산공사를 설립하는 데 이른다.

그 후 제일제당, 제일모직, 동방생명, 동방백화점^{현 신세계}, 한국비료, 삼성전자공업을 설립하면서 드디어 1971년 삼성전자의 물자를 미국으로 첫 수출하는 미래 발판을 세우게 된다.

그 후에도 새로운 사업을 계속 열게 했는데 이 회장은 도전을 즐기며 그 새로운 일에 열의를 쏟았다고 합니다. 그는 기업가 정신이란 금전욕을 뛰어넘는 창조적 본능과 사회적 책임감이 잘 화합되어 우러나오는 것이라고 자주 말했는데, 그의 말대로 그의 삶도 따라갔다고 할 수 있을 것입니다. '말과 행동이 같은 기업가' 라는 말은 그래서 신뢰가 가는 것입니다.

인간적인 면에서도 이 회장은 거국적 기업인이라는 생각이 듭니다. 이 회장은 사장들이나 직원들의 얼굴빛이 좋지 않거나, 안색이 전과 다르면 비서를 불러 그 친구 표정이 안 좋던데 알아보라고 했다고 합니다. 그런 엄격함 속에서도 섬세하게 직원을 챙기는 면모는 이 회장의 따뜻한 인품을 보는 일이라 생각됩니다. '리더는 월급만 주는 것이 아니라 사람의 마음도 챙기는 것'이라는 정신이야말로 더 많은 일을 잘할 수 있도록 마음 터주는 일임을 알고 있었던 것입니다.

젊은이들이 좋아하는 아이폰을 만들어 낸 애플의 CEO '스티브 잡스'도 시대적인 영웅입니다. 서로 다른 점은 있겠지만 이 시대에 맞는 캐릭터를 가지고 세계를 공약하는 천재 CEO입니다.

스티브 잡스는 홍보 문구도 다릅니다. '가장 앞선 기술' '마술 같은 혁명적 장치' '믿을 수 없는 가격'이라고 영어 92자를 뽑아 젊은이들을 현혹시켰다고 합니다.

말하자면 시대를 읽을 줄 알고 그 시선으로 강한 추진력을 발휘, 모든 어려움을 돌파하고, 화려한 언어 구사로 마케팅을 주도합니다.

잡스는 화려한 언어 구사의 왕이기도 한데 위대한, 놀라운, 믿기지 않는, 엄청난, 경이로운, 멋진 등의 수사를 늘 어놓는 사람입니다. 놀라운 일은 그에겐 즉흥 대사가 없다는 것입니다. 예측 불가능한 연습이 바로 그의 천재성을 뒷받침한다는 그것이야말로 하나의 완벽을 추구하는 이 시대의 CEO 아니겠습니까.

말하자면 CEO는 시대를 막론해 앞서 가는 천재이고, 어려움을 돌파하는 사람이고, 자부심을 가지며, 개발된 상품이 곧 자신이라는 정신이 있는 사람이라 생각합니다.

일본 호리바제작소의 호리바 마사오 최고 고문은 '나와 같은 생각을 하는 사람은 월급을 주지 않겠다'고 했답니다. 자기만의 특수성을 개발하라는 것이겠지요. 《성공하는 사람들의 일곱 가지 습관》의 저자 스티븐 코비는 복사판이 아닌 오리지널, 그리고 자기 브랜드를 강력하게 주문하고 있습니다.

뛰어난 사람들은 사고부터 달라져야 한다는 것이지요. 정준양 포스코 회장님은 역발상, 근원적 기술 혁신, 그리고 '위기는 기회'라는 말을 되새겼습니다. 오랜 경영의 자리에서 얻은 교훈이라고 생각됩니다. 이런 CEO들이 있어 한국은 좀 더 세계로 확장돼 가겠지요. 보십시오. 2010 밴쿠버올림픽에서 금을 따내는 젊은이들, 김연아, 모태범, 이상화 같은 선수들도 개인이 하는 운동이지만 정신으로 치면 국가를 우월하게 하는 CEO들인지 모릅니다.

그들의 땀과 노력을 근수로 달면 얼마나 될까요?

신달자

1943년 경남 거창에서 출생, 부산에서 고교 시절을 보내고 숙명여대와 동대학원을 졸업했다. 평택대학교 국문과 교수, 명지전문대 문예창작과 교수를 역임했다. 1964년 『여상』여류신인문학상을 받으며 등단했으며, 결혼 후 1972년 박목월 시인의 추천으로 『현대문학』에 시를 게재, 본격적인 창작 활동을 시작했다.

1989년 대한민국문학상, 2001년 시와시학상, 2004년 한국시인협회상, 2007년 현대불교문학상을 받았고, 영랑시문학상, 2009년에는 공초 오상순문학상을 수상하였다. 시집 『봉헌문자』『아버지의 빛』『어머니 그 삐뚤삐뚤한 글씨』『오래 말하는 사이』, 장편소설 『물 위를 걷는 여자』, 수필집 『백치애인』『그대에게 줄 말은 연습이 필요하다』『여자는 나이와 함께 아름다워진다』『고백』『너는 이 세 가지를 명심하라』『나는 마흔에 생의 걸음마를 배웠다』 등이 있다.

미안해… 고마워… 사랑해

ⓒ신달자, 2010

초판 1쇄 발행일 | 2010년 4월 30일
초판 20쇄 발행일 | 2012년 7월 10일

지은이 | 신달자
그린이 | 송영방
펴낸이 | 임인규
책임편집 | 임은희
디자인 | 이석운, 김미연

펴낸곳 | 동화출판사/문학의문학
주소 | 413-756 경기도 파주시 교하읍 문발리 509-3 파주출판단지
전화 | (031) 955-4961
팩스 | (031) 955-4960
등록번호 | 제3-30호 (1968. 1. 15)
홈페이지 | www.dhmunhak.com

ISBN 978-89-431-0367-5 (03810)